文春文庫

テミスの剣（つるぎ）

中山七里

文藝春秋

目次

テミスの剣（つるぎ）

一　冤獄

1

昭和五十九年十一月二日午後十一時三十分、埼玉県浦和市。

三日ぶりの風呂から出て、夫婦一組の布団に入ろうとしたところで電話が鳴った。受話器を上げるといきなり低い声が聞こえてきた。

『コロシだ。今からそっち行くから支度しておけ』

こちらの返事も待たずに切れた。渡瀬(わたせ)は溜息を一つ吐いて遼子(りょうこ)に向き直る。

「事件が起きたらしい。行ってくる」

「また？」

遼子は眉を顰(ひそ)めて抗議する。

「さっき帰って来たばかりじゃないの」

「仕事だ。しょうがない」

遼子は唇を尖らせて布団から這(は)い出た。帰宅するのは一週間に三日。しかも呼び出されたら夜も昼もない。仕事柄やむを得ないとしても、新婚一年目の妻としてはそれが当然の反応だろう。

浦和署と官舎は目と鼻の先だ。果たして着替えを済ませた直後にドアのチャイムが鳴った。

「行ってくる」

遼子の返事はない。舌打ちしたいのを堪えてドアを開けると、見たくもない顔がそこにあった。

「風呂上りか」

鳴海は鼻をひくつかせて言った。一メートル近く離れているのに、洗い髪の匂いを嗅ぎ取ったらしい。

「これからお楽しみってところだったか。ヤりたい盛りの新婚にはさぞ辛かろうな」

鳴海は唇の端を上げてみせたが、渡瀬は見ぬふりをして素早くドアを閉める。鳴海の下品さにはもう慣れたが、それでもこの男に部屋の中をじろじろと見られることにまだ抵抗がある。

官舎を出た途端、大粒の雨に打たれた。まるで銀色の槍が降り注いでいるようだ。肌には寒気も突き刺さる。夕方から台風十八号の接近に伴う大雨が降り続いているが、この季節特有の氷雨で風呂上りの身体には一層応える。もしこれで風邪でもひいた日には鳴海から「女房とずっと裸で寝てたのか」とからかわれるのがオチなので、渡瀬はせめてもの用心にコートの襟を閉じた。

官舎の門近くに停めてある覆面パトカーに急いで乗り込む。ここから現場までは若い渡瀬がハンドルを握るのが習わしになっている。

「現場はどこですか」

「浦和インター付近のホテル街。その中にある不動産屋だ。一軒きりだからすぐ分かる」

鳴海はそう言うなり助手席でタバコを吸い始めた。風邪はひかなくても洗ったばかりの髪に煙が沁み込みそうだったが、渡瀬は表情を殺した。

渡瀬が交番勤務をしていた頃、たまたま職務質問した相手が連続強盗事件の容疑者だった。幸運は続くもので、その直後に今度は手配中の放火犯を捕縛した。

その功績で念願の刑事として浦和署に配属された。そこまでは確かについていたが、問題は教育係兼パートナーに鳴海が選ばれたことだった。

鳴海健児五十五歳。ごま塩頭の五分刈り、中肉中背。風貌は十人並みだが目はキツネのように細くて陰険な色をしている。捜査畑ひと筋に歩いてきた男で、検挙率は署でも一、二を争う。なるほど新人の教育係には最高の人選だったが、人格もそうであるとは限らない。

クルマはやがて浦和インターチェンジ付近に到着した。もう零時過ぎだというのに、一帯は毒々しいネオンで暗く輝いている。地価の安さと規制の緩さで、大抵こういう場所にはラブホテルが林立している。目指す現場もホテル群の中にぽつんと存在していた。

久留間不動産という看板を掲げた二階建ての家。その周囲を数台の警察車両と警官たちが取り囲んでいる。

渡瀬がちらとドアを一瞥すると、ガラス戸のノブ上部分が丸く切り取られている。

鳴海と入れ違いに鑑識課員が物件を携えて家から出て行く。彼らの作業が終わったので、ここからは強行犯係の仕事だ。

玄関先では、先に到着していた強行犯係の堂島が末永検視官と話をしている最中だった。

途端に渡瀬の鼻が血と失禁の臭いを感知する。

いや、臭いだけではない。

外では横殴りの雨がアスファルトを叩く音がするが、現場にいるとまるで気にならない。ここが死の気配に支配されているからだ。寒さのせいではなく、耳の後ろがざわざわと粟立つ。

「ああ。鳴海さん、今着きましたか」

「状況を教えろ」

鳴海が前に出たので渡瀬にも現場の全貌が明らかになった。

現場は事務所になっており、フローリングの床に応接セットが一組、その後方には事務机が二脚。玄関先と東側の壁は全面ガラスで、内側から物件情報が貼付されている。

死体は事務所の奥で俯せになっていた。渡瀬は合掌して頭を垂れる。見れば脇といわず背中といわず、パジャマは血で斑に染まっている。

「被害者はこの家の主人久留間兵衛と妻の咲江。他に同居家族はいません。咲江もこの先に続く廊下で、同様に刺殺されています」

堂島の説明を聞きながら、鳴海は遺体をじっと見下ろす。渡瀬も遅れまいと前に出るが、血と排尿の池が広がっているためにそれ以上動けない。鑑識の敷いた通行帯ぎりぎりまで足を寄せるのが精一杯だ。

「刺切創は合計七つ。全て背中と脇腹に集中している」末永が説明を引き継ぐ。「左脇から入った傷が致命傷で心臓に達している。司法解剖の結果待ちだが、これだけの出血だ。死因は失血死で間違いないだろう」

前からの傷がないということは、被害者が敵から逃げ回ったことを窺わせる。

「奥さんの方は階段の真下で胸をひと突き。創口の形状から同じ凶器である可能性が高い。胸から入った刃物が肋骨をすり抜けて、これも心臓に達している。階段を下りてくる最中に下から刺入されたと考えれば、死体の状態と合致する。下りてくる最中では簡単に身を翻すこともできないからな」

「凶器は何だと思いますか」

「創洞の深さと創端の形から有尖片刃器、市販されている大ぶりのナイフのようなものではないかな」

「死亡推定時刻は」

「二人とも午後九時から十一時の間。発見が早かったから誤差も少ないはずだ」

「発見者は」

鳴海は堂島に向き直る。

「向かいのラブホテル。そこの従業員が第一発見者です。一応、待機させてますから」

「何故、こんな真夜中にラブホの従業員が向かいの変事に気づいたんだ。不自然だと思わないか」

「雨ですよ、雨」

堂島は天上を指した。

「あそこは地下駐車場で、以前にも豪雨で浸水したらしいんです。それで今日の大雨でしょう。心配になって外へ出てみたら、不動産屋の照明が消えているのにドアが開けっ放しになっている。変だと思って店舗の前までやってくると、事務所の奥に人が倒れているのを発見した、と」

「おい、事務所の電気は消えてたんだろ。どうやって人の倒れているところが見えたんだよ」

「それはさっき試してみました。ほら、この事務所の壁は全面ガラスになってますでしょ。するとですね、電気を消しても周囲のネオンで結構、中の様子は分かるんです」

渡瀬は念のために鳴海から離れ、ガラス戸に近づいた。なるほど物件情報が何枚か貼ってあるものの、隙間が大きいので外の光を容易く透過させてしまう。

「人が倒れているので、一大事と近づいてみると出血しているのが分かった。それで大慌てでホテルに戻り、110番通報したとのことです」

後で改めて本人から聴取するとしても、堂島の説明に矛盾点はない。鳴海はつまらなそうな顔をして、死体の周辺を見回した。すると事務机の後方、クリスタルキャビネットの陰に隠れるようにして高さ三十センチほどの耐火金庫が鎮座していた。その扉は無残にこじ開けられ、中には何も残されていない。鑑識に確認すると、金庫には久留間夫婦以外の指紋も残っていると言う。

ガラス戸をガラス切りで開けた手口とこじ開けられた金庫。押し込み強盗に入ったはいいが、住人に目撃されて居直った——まだ経験の浅い渡瀬にも状況は一目瞭然だった。問題があるとすれば犯行後の逃走経路だが、クルマを使ったにしろ走って逃げたにしろ、その痕跡はこの大雨で掻き消されている。

更に凶器の問題もある。浦和インターチェンジの東側には埼玉県警高速道路交通警察隊に抜ける小川が走っているのだが、この川が豪雨で増水している。万が一、川に凶器を放り込まれていたら、どこまでも流されて発見が困難になる。

渡瀬が考えつくことなら当然鳴海も考える。鳴海はあまり気のない口調で堂島に聞いた。

「緊急配備はしたのか。インターの近くだから遠くに逃げる可能性がある」

「署長が県警本部に要請済みですよ。今頃はインター直近の所轄署が動いているはずです」

「手回しのいいこった」

そう言ってから鳴海は事務所の奥、階段に続く廊下に進む。渡瀬は慌ててその後を追う。

「鳴海さん、どこへ」

返事はない。鳴海はこともあろうに階段下に横たわる咲江の死体を跨ぎ、階段を上って行く。鳴海が被害者の遺体に敬意を払わないのは毎度のことだが、さすがにこの行為には腹が立った。

「お前、これが物盗りの犯行だと思うか」

不意に訊かれた。

「表面的にはそう見えます」

「もし俺が強盗だったら、こんな家は狙わん」

「何故ですか。不動産屋ならしこたまカネを溜め込んでいると推測しても不思議じゃないでしょう」

「いくら不動産屋だからって、こんな場末に事務所建てるような業者にカネがあるとは思えんな。それに犯人はガラス切りにバール状の道具を用意している。計画的犯行な訳だ。だが周辺を見てみろ。辺り一帯ラブホだらけだ。しかも夕方から豪雨になっている。近辺を流していたアベックや高速走っていた奴らが雨をやり過ごすために、この時間もラブホに集まって来る。いつそいつらに目撃されるかも分からないのに、わざわざこんな日に決行すると思うか」

言われてみれば確かにその通りだ。現に両隣のホテルはともに満室の表示が出ていた。

「亭主の刺し傷もただの居直り強盗にしては多過ぎる。七カ所。メッタ刺しだ。普通金目のものが欲しいだけで、そんなには刺さん。女房の方をひと刺しで済ませているのと比べたら、その線はますます濃厚になる」

渡瀬は一応頷いてみせたが、鳴海の説は少々乱暴に思えた。何度も刺した事実が怨恨を示すと言いたいのだろうが、金庫をこじ開けている最中に目撃されたのなら気も動顚する。気が動顚すれば逆襲される怖れも手伝って、闇雲に凶器を振り翳すこともあるのではないか――。

だが口には出さず、鳴海の後に従う。

二階は夫婦の居住空間になっていた。広めのリビングと寝室、そして書斎。調度品は一見して値の張る物と分かる。階下の簡素な事務所とはずいぶん佇まいが違う。いずれも鑑識が根こそぎ浚った後だが、少なくともここに犯人の押し入った形跡は見当たらない。

鳴海は各部屋を一瞥すると、まず書斎に飛び込んだ。

本棚に並んでいた書物を片っ端から引き抜いては頁を繰り、すぐ床に放り出す。そしてまた次の本を抜き、繰り、放る。抜き、繰り、放る、を続ける。見る間に床は無造作に放られた本で埋まっていく。

「鳴海さん、いったい何をしてるんですか」

「こんな場末の不動産屋がカネ持ってるもんかと言ったよな」

「ええ」

内心、それは渡瀬も同意していた。

先刻、ガラス戸に貼ってあった物件情報を眺めて気がついた。物件はどれも坪単価が安く、そのために売却価格が大きくない。賃貸物件の賃料も同様だ。不動産屋の利益は一にも二にも仲介手数料だが、取引金額の何パーセント以内と宅建業法に基づく告示で決められている。だから掲げていたような物件を仲介しても、それほど高額の利益は得られないはずだった。

「ところがここに揃えられた家具は、どれも立派な物ばかりだ。理屈に合わない。とすれば考えられるのはだな、亭主が別に兼業をしてたんじゃないかってことだ」

「その兼業の証拠がこの部屋にあるって言うんですか」

「事務所に置いてあった書類は鑑識が持ち去った後だし、第一、裏仕事の書類なんざ人目につく場所には置かん。自分の身近なところに隠しておくもんだ」

乱暴な理屈だが、これもまた頷けない話ではない。そして、薄弱な根拠を強引な捜査で補完するのが鳴海の手法だった。渡瀬は常々危うさを感じていたが、高い検挙率という実績の前では、新人の臆病さにしか聞こえなかった。

書斎の本棚をあらかた抜き終わると、次に鳴海は寝室に移動した。まるで台風の通った跡で、本物の強盗もここまで乱雑にはしないだろう。

二つのベッドの真ん中に小ぶりのサイドテーブルがある。鳴海は抽斗（ひきだし）の中に手を突っ込み、次々と中身を取り出していく。

そして、ふと動きを止めた。

右手に握っていたのは一冊のノートだった。鳴海は適当な頁を開き、穴が開くほどに見つめてから渡瀬に手渡した。

「何だと思う」

開かれた頁には数字の羅列があった。縦枠は個人名、横枠には左から金額、日付、日数、金額、そしてまた金額。

「これは……貸付金に対する入出金の帳簿です」

「お前、計算得意だったな。金利はどんなもんだ」

「出資法の上限金利をはるかに超えてますよ」

「それで分かった。被害者は不動産屋のかたわら、裏で違法な高利貸しをやっていたんだ」

渡瀬は思わず帳簿の氏名欄を見直した。

違法な高金利と過酷な取り立て。先月も、そんな理由で客から恨みを買い、金融業者が殺された事件があった。

つまり、この帳簿に記載された全ての客に動機が存在することになるのだ。

翌朝、浦和署で第一回目の捜査会議が行われた。だが鳴海をはじめとして所轄の捜査員は後方に押しやられ、前列には県警捜査一課の面々が陣取っている。まだ昨日からの雨が続いていることも手伝って、浦和署の面々は揃って晴れない顔をしている。

強盗殺人。凶悪事件であり被疑者不明のまま逃亡中となれば主導権は県警側にある。

渡瀬にも事件を横取りされるという口惜しさが強くある。犯罪捜査で何を縄張り争いかという思いもあるが、元より犯罪者を検挙することが刑事を志望した動機だから、後方支援に回されるのにはやはり抵抗がある。

自分ですらこうなのだから、鳴海あたりはさぞかし憤(いきどお)っていることだろう。そこで斜め後ろを窺ってみたが、意外にも鳴海は無表情で雛壇(ひなだん)を眺めている。これが警察官としての自制心なら大したものだと思う。

まず、死体検案書の報告があった。末永検視官の見立て通り、兵衛も咲江も直接の死因は失血によるショック死。死亡推定時刻は午後九時から十一時までの間。殺害状況も同様で、兵衛は一階で犯人から逃げようとして背後から刺殺、咲江もやはり階段で犯人と顔を突き合わせ、退路を封じられたまま下から刃物を刺入されていた。被害者二人と犯人の動きは現場に残された足跡から、そう推測された。また死体の掌指から犯人のものと思(おぼ)しき皮膚や繊維が採取されなかったのも、被害者に抵抗の余地がなく逃げ回ることしかできなかったことの証左になった。

「犯人の遺留品はあったのか」

濱田(はまだ)管理官の声に浦和署の捜査員が立つ。

「犯行現場となった一階事務所には被害者夫婦のみならず、複数の足跡が検出されています。事務机や壁、応接セットと耐火金庫からも同様に複数の指紋が検出され、現在その特定を急いでいます。また毛髪も複数分が検出されています」

一階部分は店舗になっていた。毎日掃除をしない限り、訪問客の指紋や毛髪が残存するのはむしろ当然のことだ。

「強盗に入ったのなら犯人の下足痕(げそこん)が残っているはずだろう。まさか、犯人は行儀よく履物を脱いでスリッパに履き替えたというつもりか」

「その、まさからしいです」

　捜査員は恐縮して目を伏せる。

「鑑識からの報告によれば、犯人はフローリングの上を靴下で移動しています」

「ふん。おそらく不要な音を立てたくなかったのと、なるべく遺留品を残したくなかったからだろう。ただ昨夜の雨量を考えれば、通常の靴では靴底に雨水が溜まって靴下はびしょ濡れになるはずだ。犯人の足跡が濡れていなかったのであれば、履いていた靴は長靴かかなりヒールが高いことになる。玄関先で採取した足跡が複数あったとしても、これでかなり特定できるだろう」

　濱田は断定的に言うが、怪しいものだと渡瀬は思う。九月に入ってから続けざまに台風が襲来し、埼玉県下でも多くの家屋が床下浸水の憂き目に遭った。すると大雨に呼応して長靴やヒールの高い靴が売れ始め、仮にそうした靴底の跡が採取できたとしても、流通経路からエンドユーザーを絞り込むのはかなり困難になっているはずだ。

「次、盗品のリスト」

　これには県警の刑事が立ち上がった。

「被害者宅は二階建てになっているんですが、二階の居住部分には被害者夫婦の指紋しか残っておらず、また一報を聞いて浦和署捜査員が駆けつけたところ荒らされた形跡も認められませんでした。犯人は一階事務所部分だけを物色したようです。事務所内で金目のものといえばこじ開けられた金庫ですが、中にどれだけの現金が収められていたのか、また現金以外のものは何が収められていたのか……同不動産屋は夫婦経営で従業員は雇っていなかったためまだ詳細は不明ですが、ただ以前取引に同席した司法書士は、金庫内にかなりの札束があるのを見たと証言しています」

この説明に濱田も誰も疑義を唱えようとしないので、渡瀬は少し苛立った。不動産取引には当然大金が動く。しかし現金決済というのはほとんどなく、住宅ローンの融資を請け負う金融機関にしても保全上の理由から受け渡しは銀行振り込みで行うのが一般的だ。つまり銀行が融資する際に、売り主と仲介業者、そして登記手続きに関与した司法書士の三方に分け、各々の口座へ同時に送金するという手順になる。従って、不動産屋だからという理由で金庫に大金が眠っているというのは却って不自然なのだ。

渡瀬は昨夜、鳴海と話したことを思い出す。違法な高利貸し。顧客たちが支払いに日参していたのなら、大金の素姓にも見当がつくではないか。違法な裏稼業で入手したカネだからこそ、銀行には預けず金庫保管にしていたという推測も成り立つ。

「通帳やカード類はどうだ」

「二つとも二階リビングの抽斗に入っていました。二階まで上がろうとした時、家人を殺害してしまったので慌てて逃げたのでしょう」

「それにしても、わざわざ夫婦が寝ている真下に押し入ろうとするというのは腑に落ちんな。物盗り目的なら住人の不在時を狙うのが普通だろう」

濱田の疑問に、これも周辺の訊き込みをした県警の捜査員が答える。

「本当なら、昨夜、あの家は留守になる予定でした」

「予定？」

「現場に残っていた旅行会社作成の予定表で判明しました。被害者夫妻は昨日の午後から成田空港に行き、三泊のハワイ旅行に出掛ける予定でした。近所の話では当日、事務所のドアに臨時休業の張り紙がしてあったそうです」

「旅行を取りやめたのか」

「予定していた便が台風の接近で欠航になったんです。夫妻は空港で欠航を確認すると夕方自宅に舞い戻り、張り紙を剝がしたそうです」

つまりその数時間、家の前を通った者は留守になると思い込んだことになる。犯人は道具類を用意して準備を整える。そして暗くなってから自宅に侵入するが、真上で被害者たちが寝ているとは夢にも思わなかった。バールで金庫をこじ開けたところ、物音に気づいた久留間が下りてきて鉢合わせになり――。

捜査員たちの報告で徐々に当日の場面が明らかになってくる。しかし、この場面には重要なピースが一つ足りない。渡瀬たちが発見した、高利貸しへの復讐という可能性だ。このピースを嵌め込むことでパズルの完成図は大きく変わる。

だが、鳴海は一向に発言しようとしない。

まさか自分に華を持たせるつもりか。

恐る恐る表情を確認しようとした時、鳴海と目が合った。

信じられないことに、鳴海は顰め面で首を横に振った。黙っていろという合図だ。

「次、凶器」

「これは傷口の形状から市販のナイフのようなものと推定されます。ただし付近は未だ路面状況が芳しくなく、河川も増水していることから凶器の捜索は難航しています」

「周辺の訊き込みは」

「元々、現場一帯はホテルが密集しており、民家や商店は数えるほどです。しかも、あの大雨でしたから外に出ていた者もおらず、まだ有力な目撃証言は得られていません」

「ないない尽くしか」

「では鑑取り。怨恨、金銭トラブルの線はどうだ」

渡瀬は、はっとして身構える。しかし鳴海が相変わらずこちらを睨んでいる。

「兵衛の兄弟は既に他界し、咲江の姉妹は東北に居住しています。那美という夫婦の一人娘がおりますが、これも北海道で家族と暮らしており、実家にもあまり帰っておらんようです」

先刻、司法書士から証言を引き出した刑事がまた立ち上がる。

「不動産取引でトラブルが生じたことはないようです。夫婦二人だけの経営ですから従業員もおらず、またホテル街の真ん中に立地していたために近所づきあいも必要最小限といったところでした。従って、あまり濃密な人間関係というものは形成されていなかったと思われます」

「そうなると、やはり物盗りの線が一番濃厚か。では、本部の捜査員は直近の類似事件との関連も含め、窃盗の常習者をピックアップ。所轄の捜査員は引き続き凶器の捜索と遺留品の追跡調査を行う、以上だ。何か質問は」

居並ぶ捜査員たちから手が挙がらないので、署長が解散を告げる。

ちょっと待ってください――渡瀬がそう叫ぼうとした時、肩を強く摑まれた。

鳴海だった。

「仕事、戻るぞ」

「鳴海さん、昨日の帳簿の件」

「こんなところで余計なこと喋るな」

鳴海は一際低い声で遮る。

「でも、あの顧客たちを洗うのなら情報を共有化した方が早いじゃないですか。第一、本部に隠したことが後で発覚したら……」

「別に隠してる訳じゃない。少なくともウチの課長には報告してある」

「課長に？」

「被害者には、まだ表沙汰になっていない人間関係があるかも知れないとな。ただ、まだまだ不確かな情報だから会議で発表するような段階じゃない。もう少し詰めさせてくれと言ったら、すんなり承諾した」

なるほど嘘ではない。しかし正直でもない。

「あの帳簿に記載されていた客は何人いた」

「……六十五人です」

「たったの六十五人くらい二人いれば充分に調べられる。借金の額と遺恨の有無、それからアリバイ。そんなもんだろ」

「二人でも一カ月近くかかります。捜査本部を巻き込めば一日で終わる捜査です」

「渡瀬よ。とびきり美味い寿司はどうして美味いか知ってるか」

「さあ」

「優秀な寿司職人が極上のネタで握るからだ。どんなにネタがよくても、握る職人がクソだったらまともな寿司にならん」

「捜査本部の刑事がクソだって言うんですか」

すると、肩を摑んでいた手が襟首に回った。

「だからって自分が評価されてるなんて勘違いするなよ。お前もクソだ。ネタ元を知っているから付き合わせてやるだけだ」

鳴海の昏い目を見ながら、どうして検挙率一番の古強者が警部補の階級に甘んじているか分かったような気がした。

この男は刑事としては途轍もなく優秀だ。自分がどれほど精進しても決して追いつけないと思わせられるほどに。

しかし、人の上に立つ器量ではない。

杉江班長は鳴海と渡瀬に犯人の遺留品、取り分け下足痕の追跡調査をするよう命じた。靴底のパターンはメーカーごとタイプごとに特徴があり、まず商品が特定される。次にメーカーから卸問屋、卸問屋から商店への販路を突き止め、最後に商店から購入者をリストアップしていく。だがカードでの購入者はともかく、現金で買った客、しかも一見の客では身元が分からない。加えて追跡の対象がマスプロ品であった場合は、捜査範囲が果てしなく拡がり、エンドユーザーまでの特定は事実上不可能となる。

しかし、仕事の割り振りは事前に鳴海が杉江に根回しをしていたものだ。鳴海の能力と実績を知る杉江は、二人の単独捜査を黙認するつもりらしい。考えてみれば、鳴海の功績はそのまま班長である自分の功績、延いては浦和署の功績になる。仮に目論見が外れたとしても、最初から関知していなかったことなら杉江の失点にもならない。つまり杉江の思惑まで計算した上で、鳴海は根回しをしたのだ。

帳簿に記載された六十五人の顧客のうち浦和市民は五十五人。残り十人が埼玉県他市と東京都の人間だった。興味深いことに六十五人の中には、久留間に不動産取引の仲介を任せていた人間が半分以上もいた。

「つまり、こういうことだな。取引を無事に終えて新居に入居したはいいが、諸事情で月々のローンや家賃を払うのが苦しくなり、久留間に相談しに行った」

「契約が終了した後、久留間が親切めかして言ったそうです。これも何かの縁だから、資金繰りとかで困ったことが起きたら連絡してくれと」

既に渡瀬が事情聴取した三人からは同様の証言を得ていた。久留間は本業の傍ら、裏稼業の顧客をせっせと開拓していたのだ。

新たな生活を獲得した者にとって住居は最大の財産となる。何としても手放したくない。売却や立ち退きを免れるためなら、多少の高利に目を瞑ってでもカネを工面しようとする。さすがに仕事柄、久留間は住宅取得者たちのそんな心理を知り尽くしていた。

「貸付残金の大小には拘るな。取り立て内容がキツかったら、それだけで充分な動機になる。あと少しで返済が終わるヤツも同じだ。事務所に出入りしているうち、金庫の中身を見て犯行を思いついた可能性もある。一番の線引きはアリバイがあるかないかだ」

鳴海と渡瀬にとって好都合だったのは、事件当日が記録的な大雨に見舞われたことだった。その範囲は関東一円に及び、各交通網を遮断した。お蔭で電車・バスなどの通勤者は軒並み足を奪われ、職場に寝泊まりするか付近のホテルに泊まる者が多かった。深夜の出来事にも拘わらず、そうした事情で半数以上の候補者にアリバイが成立したのだ。

容疑者は二十人に絞られた。もちろん全員が犯行を否認している。

駅で運行再開を待とうと、そのまま構内で夜を過ごした者。

急な雨で足止めを食らい、名も知らぬ店を転々と移動したと言う者。

冠水した車道から高台に追い出され、そこでひと晩過ごしたと言う者。

自宅で家族と一緒にいた者、あるいは一人でいた者。

渡瀬と鳴海は根気よく裏付け捜査を行った。二十人分の写真を携え、駅員や飲食店の店員に訊き回った。

JAFの問い合わせ記録、近隣住人からの証言。聴取した人間の数は百人を優に越えた。途中、渡瀬は何度も応援を具申してみたが、鳴海は耳を貸そうともしなかった。

「ちっとは執着しろ、半人前。自分一人の手で犯人挙げてやろうって気にはならんのか」

鳴海に小突かれ、罵られるうちに容疑者は一人また一人とリストから消えていった。

一方、県警も所轄も捜査は暗礁に乗り上げていた。窃盗の常習犯には消息が摑めない者が多く、凶器も未だ発見されていない。現場に残された複数分の指紋と毛髪についても、その主が特定できたのは七割程度だった。また警察で保管されている指紋資料と合致するものは一つもなかった。

初動捜査で芳しい結果が得られない事件は長期化する傾向にある。捜査会議での濱田の顔色が目に見えて焦燥と苛立ちの色に染まっていく。何故か怒りの矛先は所轄署の捜査員に向けられ、会議の席上で「所轄の動きが遅い」と、名指しすることが多くなった。その度に真横に座る署長の眉間には深い皺が刻まれ、杉江の鳴海を見る目は険しくなってくる。捜査本部の体裁は合同会議体だが、県警を仕切る濱田は、いざとなれば初動捜査の遅れを浦和署に転嫁しそうな男だった。

何とかしろ。

渡瀬の目には、杉江がそう訴えているように見えた。

そして事件発生から二十日目、鳴海と渡瀬は遂に容疑者を一人の男に絞り込んだ。

楠木明大という男だった。

2

楠木明大二十五歳。住所、浦和市辻○-○。

二十日間に亘る捜査で唯一アリバイが立証できなかった男だ。事件当日は朝からずっとアパートの自室に籠っていたと証言している。隣の部屋はずっと空室で目撃証言も得られなかった。鳴海が一度自宅を訪問しているので、どんな人物かは渡瀬も聞き及んでいる。

辻熊野神社の裏手、生い茂った林で一日中光を遮られた木造アパート。明大はその二階に住んでいた。渡瀬は道路脇に覆面パトカーを停め、鳴海に続いて外へ出た。

歩く度にかんかんと音を立てる階段は端がぼろぼろに錆びている。壁にも無数の罅が入っているが一切補修された形跡はない。朽ち果てるに任せている風で、持主の熱意のなさが露骨に表れている。久留間が仲介した賃貸物件の中でも特に家賃が格安なアパートだったが、実物を目にするとその価格設定にも納得がいく。

二階奥の205号室、上部の電気メーターが緩やかに回転しているのを確かめると、鳴海はドアを強く叩いた。

「楠木さん。楠木さん」

五回目のノックでドアが開いた。現れたのは上下の薄汚いジャージを着た、痩せぎすの男だった。

「何だ、またあんたか。今日は何の用ですか」

「先日伺った続きだよ。殺害された久留間さん夫妻の件で」

「あのさあ」

明大は面倒臭そうに頭を掻く。

「この間も言ったけど、確かに俺は久留間さんからカネ借りてたけど、二日には行ってないよ。期限は毎月月末だったんだから、そんな中途半端な日に行くわきゃないよ」

「それは聞いた。今日は新展開があってな。今日の予定は？」

「ないよ、そんなもの」

「じゃあ、ちょうどいい。今から一緒に来てくれ」

言うが早いか、鳴海は明大を部屋から引っ張り出した。

「な、何するんだよ」

「署で話を聞くだけだ。心配するな。疑問が解消したらすぐ家に帰してやるから」

「ちょ、待ってよ、おい」

明大は身を捩って抵抗するが、鳴海に背後から両肩をがっしりと摑まれて押し出されていく。

「鍵は玄関先、だったな」

前回訪問時に記憶していたのだろう。渡瀬が玄関を覗くと、靴箱の上に鍵が放置してあった。

「渡瀬、鍵掛けとけ」

ドアを施錠してから、明大の両脇を挟むようにして連行する。明大の肩を捕えた時にわずかな逡巡を覚えたが、鳴海の勢いに流されて渡瀬も歩き出す。

「おい、階段で暴れるなよ。鉄板は滑りやすいから、下手に動くと大怪我するぞ」

脅しともとれる言葉に、明大は身体を硬くする。

「よーしよし。そのままいい子にしてろ。悪いようにはせんから」

階段を下りきると、鳴海は明大の身体をクルマの中に押し込んだ。

「いいか。お前は何の強制もなくついて来た。これはあくまで任意同行だからな」

「強制じゃないって……」

「強制ってのは逮捕して手錠を掛けることだ。それとも手錠掛けて欲しいのか」

「いえ……」

「じゃあ、黙ってついて来い。さっき言った通り、話を聞くだけだ」

鳴海が睨み据えると、明大は消え入るように「はい」と答えて身を縮めた。

鳴海の恫喝には意味がある。後々、調書を取る段になった際、強制的に連行された訳ではないことを記憶に刻みつけるためだ。不意を突かれてパトカーに乗せられた者は、大抵慌てふためく。動顛してまともな思考ができないから記憶もあやふやになりやすい。

渡瀬は同様の場面を今まで数回見てきた。憎むべき犯罪者を追い詰め、やがて自供させるための最初の手順だった。紳士的でないことは百も承知している。しかし犯罪者に紳士的な態度など不要だ。まずは双方の力関係を相手に叩き込んでやらなくてはいけない。

こいつは被疑者だ。

呼吸をするように嘘を吐く生き物なのだ。

渡瀬は心の中で、何度もそう繰り返した。

浦和署に到着すると、渡瀬は伝令に走らされた。被疑者楠木明大を確保したことを杉江に伝えるためだ。

捜査本部で焦燥した表情の杉江にその旨を伝えるなり、その顔はぱっと輝いた。

「被疑者だと！」

請われるまま、渡瀬は明大が容疑者として浮上した理由を説明する。被害者が裏で高利貸しを営んでいたこと。その顧客の中に明大がいること。そして今回、事件と明大を結ぶ新たな事実が発覚したこと――。言葉を続けるごとに杉江の表情は歓喜から驚き、驚きから困惑、困惑から安堵（あんど）へと次々変わる。

「全く酷い男だ。いつもながらとんでもない切り札隠してやがる」

罵りながら、顔では称賛している。捜査が暗礁に乗り上げた今、被疑者確保は起死回生の一撃だった。

冷静さを取り戻した杉江は腕時計を確認する。

「午前十時四十分……調書、巻けそうか」

鳴海は明大を任意同行で引っ張ってきた。任意同行で拘束できるのは精々（せいぜい）一日間だ。本格的に取り調べをしようとするなら、日付が変わらないうちに本人の供述調書を作成し、正式に逮捕しなければならない。逮捕してしまえば更に四十八時間が与えられる。鳴海たちはその時間内に検察官へ送致すればいい。

「取り調べ主任は鳴海さんですから」

渡瀬は期待と不安を滲（にじ）ませて答える。百戦錬磨の鳴海なら落としてくれるという期待、こちらの手札がどこまで有効かという不安。

だが、杉江は期待しか読み取ってくれなかったようだ。

「頼むぞ、渡瀬くん。鳴海主任をきっちりサポートしてやってくれ」

話を聞いていた他の捜査員たちも頷いて渡瀬を促す。何やら目に見えない圧力に押されるようにして、渡瀬は取調室に向かった。

取調室に入ると既に鳴海が明大と対峙していた。部屋の隅では記録係の寺内がワープロを前に口述書記の準備をしている。

明大は訳も分からない様子でそわそわと辺りを見回している。しかし、殺風景な取調室にはじっくり観察するようなものは何もなく、結局目の前の鳴海に視線を戻すしかない。

鳴海が座っているのは事務用の椅子だが、明大のそれはパイプ椅子だ。些細なことだが、こうした扱いの違いで被疑者が警察官との上下関係を理解するように仕向けられている。それにパイプ椅子は座り心地が悪く、長時間の尋問に耐えられない。その不安定さも被疑者の安心感を突き崩す。

「さて、始めるか」

鳴海は明大を真正面から見据える。普段から強面の顔は、睨むと更に凶暴になった。

「楠木。お前が久留間からカネを借りたのはいつだった」

「きょ、去年くらいから」

「いくら借りた」

「最初は三万円だった」

「だったじゃない！　でした、だ！」

いきなり鳴海が机を叩いたので、明大はびくりと身体を硬直させた。

「口の利き方も知らんのかあっ」

「す、すみません」

言葉尻を捕まえて、ことあるごとに威嚇する。これも鳴海の常套手段だった。

「で、その三万円で済んだ訳じゃなかろう」

「毎月、少しずつ生活費が足らなくなって……久留間さんのところにいけば貸してくれるから」

「どうして生活費が足りなくなる」

これは押収した帳簿を見れば一目瞭然だった。毎月のように借り入れが増えた理由も、明大の勤務先への訊き込みで分かっている。しかし、それを敢えて本人の口から言わせる。

「前の会社をクビになって……再就職がなかなか決まらなくて」

「前はどこに勤めてたんだ」

「クマザワ板金てとこです」

「どうしてクビになった」

返事が途切れる。鳴海はまた机を叩く。

「ちゃんと答えろおっ」

「は、はい。あの、不景気で人員整理をする必要があると言われて」

明大は目を伏せて言った。退職理由もクマザワ板金の社長から聴取済みだ。だが、それを供述すれば自分への心証が悪くなることが分かりきっている。だから正直に話せない。

「人員整理で切られたって言うのか。ほお、具体的にはどんな条件で切られたんだ」

「……仕事の習熟度合いとか……あとは年齢とか……」

「ナめるなあっ、この野郎っ」

鳴海はひと声吠えた。

署内に響き渡るような声に打たれて、明大はひっと後ろに仰け反る。鳴海はいきなり明大の頭を捕まえて机に捻じ伏せた。

「何が人員整理だ。警察を騙そうって肚か。言っとくがお前のちっぽけな頭で考えついた嘘なんか通用しないぞ。警察はな、お前の抱えてることは全部調べ尽くしてるんだ」

抱えて表に出そうとしないのは自尊心があるせいだ、と渡瀬は思った。

自分も同じ年代なので大方の察しはつく。ボロアパートで一人暮らし、無職、貯金なし、恋人なし。誇れるものは何もないが、それでも根拠のない自信と優越感だけはある。鼻っ柱が強く、他人から蔑まれることに我慢がならない。だから自分に不名誉なことはつい隠したがる。それが仮に警察の取調室の中でも。

膨れ上がった自我を破壊することで供述は取りやすくなる。渡瀬の見る限り、鳴海の尋問手法はそれが基底にあった。

「お前、会社で久留間から取り立てに遭ったんだろ。今月分の利息を払えって朝昼晩と何度も電話された。それが続くもんだから社長が迷惑がって、お前をクビにした。そうだよな」

「は、はいっ」

「利息分は八万三千円。たったそれだけが払えずに解雇された。そうだな」

「はい……」

「いったい全部でいくら借りたんだ」

「……五十万円くらい……」

「このうすのろめ」

鳴海は明大の頰を弄ぶようにひたひたと叩く。

「いくら高金利でも五十万の元金でひと月の利息が八万三千円の訳ないじゃないか。お前ってヤツは自分では嘘しか吐けないんだな。いいか、久留間の設定していた金利は年五十パーセント。逆算するとお前の借金は二百万円だ。そうだろ」

「はい……」

「はい、じゃないだろおっ」

怒号とともに、鳴海は明大の身体を力任せに突いた。

明大が後方に椅子ごと倒れる。

「本当にお前は嘘しか言えないのかっ」

見かねて渡瀬が抱き起こそうとするが、鳴海は目で合図を送ってきた。

まだ構うな、だ。

鳴海は床の上に伸びた明大に近づくと、襟首を摑んで吊り上げた。

「お前みたいなクソ野郎を、俺はもう何百人と見てきた。だから分かるんだよ。世の中には、自分より他人に代弁してもらう方が本音を出しやすいってヤツがいる。お前もその一人だ。いいか、お前はそういうヤツなんだ」

襟首を掴む手に力が加わる。見る間に明大の顔が苦悶に歪む。

「く、苦し……」

「鳴海さん、本人、苦しがってます」

渡瀬が中に割って入ろうとする。だが、これは事前に打ち合わせていたことだ。鳴海が脅し、渡瀬が宥める。そういう役割分担を決めておく。人間は弱い動物だ。どこかに逃げ道を作っておくと、そちらに向かう。自白も一緒だ。宥め役を作っておくと縋るようになる。噴飯ものの猿芝居だが、極限状態に置かれた人間は観察力が摩耗しているのでそれすらも見破れない。

鳴海はぱっと手を放す。明大の身体は糸の切れたマリオネットのように床に落ちた。

「立て」

しかし、明大は芋虫のように身体を丸めるだけだった。

「立てったら立てえっ」

鳴海は明大の髪を掴んで無理に立ち上がらせた。ぶちぶちという音がしたので、何本か髪の毛が千切れたのだろう。

明大がのろのろと椅子を戻して座る。だが、表情は恐怖と不安に彩られている。

「じゃあ、改めて訊くぞ。お前が会社をクビになったのは、久留間から取り立ての電話がひっきりなしに掛かってきたからなんだな」

「そう……です」

「社長は迷惑がった。当然だよな。仕事中なのに私用電話がしょっちゅう掛かってくる。しかも借金の取り立てだ。横で聞いていて愉快な話じゃない」

「はい……社長も……そう言ってました」

「しかし、一番迷惑だったのはお前じゃなかったのか」

そう問いかけられると、明大は表情を変えた。初めて目の前の人間と心が通った――そんな顔だった。

「そ、そうです、そうなんです。俺、ちゃんと決まった時間にはアパートにいるからそっちに連絡してくれって言ったのに、あいつ会社に掛けてきやがった。何日にカネ工面できるんだ、何時にできるんだ、いつ来るんだって、しつこく訊いてくる。最初は取り次いでくれた社長も終いには掛かってくる度に説教し出した」

「そりゃ大変だったな」

「お蔭でクビになった。退職金も雀の涙だったから一部弁済もできなかった。その後はなかなか就職が決まらなくて、それでも生活費や家賃が必要だから、また久留間から借りて……」

「ひどい話だよな。久留間のためにお前の人生が狂わされたようなものだ」

「本当に、その通りです」

「さぞ久留間が憎かったろう」

こくりと頷いてから、明大はさっと顔色を変えた。

自分が罠に落ちたことを知った顔だった。

「自分の仕事を取り上げた張本人。しかもまだ借金が残っている。だから殺した。そうだろ」

明大はぶるぶると首を振るが、鳴海は微笑みを浮かべて言葉を続ける。

「結果的に金庫の中にあった現金なんて駄賃みたいなもんだ。憎くて邪魔だったから殺した」

「違う。俺は殺してなんかいない」

「いいや、お前だ。あの日、お前は久留間不動産に行った時、表の張り紙で午後から臨時休業になるのを知った。カネに困っていたお前は、久留間の羽振りの良さを知っていたから空き巣を思いついた。それで夜まで待ち、一階事務所に侵入した」

「知らない！　俺は空き巣なんて」

「金庫をバールでこじ開けた途端、旅行に出掛けたとばかり思っていた久留間が現れた。現場を見られたお前は、持っていた刃物で久留間を刺した。そして物音を聞きつけて二階から下りてきた妻の咲江を階段で刺した。その後で金庫の中の現金を奪って逃走した」

「違う！」

「ほう、違うか。それならお前は事務所に忍び込まず、金庫も開けず、久留間夫婦も殺さず、現金も奪わなかったってか」

「そうです。そ、その事件のあった日、俺は一日中部屋にいました」

「そのクソみたいな話は前にも訊いた。どうせ吐くなら、もっとそれらしい嘘を吐け」

「嘘じゃないです！」

「よし、それならもう一度訊くぞ。お前は押し入りもしなかった。金庫の中の現金も盗らなかったって言うんだな」

「はい」

「ふざけるのもいい加減にしろおっ。それなら何で金庫にお前の指紋が残っていたんだあっ」

明大は驚愕して目を見開く。鳴海は表情を変えなかったが、渡瀬にはその舌なめずりの音が聞こえそうに思えた。

これこそが事件と明大を結びつける新たな物証だった。

前回、明大の部屋を訪れた際、鳴海は帰りがけに自分の名刺を渡した。いつもの癖だったが、明大は「どうせ部屋に電話ないから」と、名刺を突き返した。

その名刺に付着した明大の指紋が、耐火金庫に残されていた遺留指紋の一つと一致したのだ。

「おいこら」

鳴海は明大の髪を引っ摑むと、左右に大きく揺さぶった。

「金庫に近づかなかったヤツの指紋が何で残ってるんだ。この嘘吐き野郎！」

髪を摑んだまま、その頭を何度も机に叩きつける。

「痛い、痛い、痛い」

明大の額を机に擦りつけて、鳴海は上から怒鳴りつけた。

「人間二人殺した上にカネを奪って逃げた。貴様は死刑決定だ」

びくっと明大の身体が震えた。鳴海が頭を持ち上げると、目が泳いでいる。

「そんな……死刑って……」

「人を二人も殺してカネ盗ったら死刑が相場なんだ。そんなことも知らないのか」

「違う、俺じゃない。俺は殺してなんか……」

すると鳴海は髪を摑んでもう一度机に叩きつけた。

「まだ言うか！　だったらどうして金庫にお前の指紋が残ってるんだ」

鳴海は明大の頭を突き放す。明大はまた椅子ごと後ろに吹っ飛んだ。

「さあ、正直に吐け。お前があの二人を殺した。そうだな」

鳴海は床の上で丸くなった明大に近づき、その腹に蹴りを入れた。

一発。

そしてまた一発。

三発目が入る前に、渡瀬は飛び出した。

「やめてください、鳴海さん！」

これも打ち合わせ通りの行動だった。しかし、芝居っ気はもうなくなっていた。明大に顔を寄せて耳打ちする。

「なあ、この鳴海って人は殊のほか犯罪者に厳しいんだ。警察から検察に送致されて裁判になるけど、裁判では警察でどんな態度を取ったのかも斟酌される。嘘を吐き通すと、反省していないと受け取られて罪が重くなるぞ」

親身に言ったつもりだが、明大の反応はない。ただ、ひいひいと半泣きになって床の上でもがいているだけだ。

いったん攻め方を変えた方がいい——咄嗟に鳴海を窺うと、さすがに疲れたらしく肩で息をしながら頷いてみせた。

壁に設置されたマジックミラーに目配せする。しばらくして新手の刑事二人が部屋に入って来た。

選手交代。渡瀬と鳴海は入れ違いに取調室を退出する。今から始まるのは緩急の緩の部分だ。一方的に責め立てても容疑者は全てを語ろうとしない。供述を続ける気力さえ失ってしまう。肝心なのはやはり退路を確保してやることだ。

ただし自供という名の退路を。

「あいつはホンボシだ」

ぼそりと鳴海が呟いた。

「金庫の件を持ち出した途端、顔色を変えやがった。野郎、遺留品が何もないと思い込んでタカくくってたんだ」

明大が顔色を変えたのは渡瀬も見ていた。だが、自分にはその反応だけで明大を犯人と断定するだけの経験も知見もないので、黙っているしかない。

「それにしても鳴海さん。あれは少しやり過ぎだったんじゃないですか」

「馬鹿。人殺しするヤツなんて全員、性根が腐ってやがる。あれくらいしないと絶対本当のことは吐かないんだよ」

明大を容疑者と踏んだのには物的証拠の他にもう一つ理由がある。事前に訊き込みで得ていた人物評だ。

明大が久留間からの督促電話が原因で職を失ったことは事実だった。だが、それが全てではない。元勤務先から訊いた話では、明大の勤務態度は決して褒められたものではなく、無断欠勤も怠業も目立っていた。社長の目からは根っからの怠け者に見えたようだ。

会社を辞めてからは日払いの仕事を続けたが、こちらの評判も芳しくない。とにかくすぐに疲れを訴えて作業が長続きしない。その癖、仕事内容や賃金に対して不平不満を言い募る。そればかりか大言壮語の傾向もあり、仲間内では将来ロック歌手になるだの、ひと山当てて富豪になるだのと吹聴（ふいちょう）していたらしい。つまりは堅実な生活を嫌い、妄想で頭を膨らませた怠惰な人間だったのだ。そういう人間がカネに困った時に採る手段は大抵短絡的なものになる。

不意に犯行現場が脳裏に甦った。

血の池に倒れていた久留間と階段下に横たわっていた女房。二人とも決して安らかな死に顔ではなかった。死んだ時の感情が表情に凝固するとは限らないが、それでも命を奪われる不条理に怒り、戸惑っているようだった。

生前に人を泣かせたことがあったかも知れない。他人の人生を踏みにじってきたかも知れない。だが、殺していい理由にはならない。人が二十四時間悪人でい続けられる訳もなく、ある局面では彼らも善人だったはずだ。

渡瀬は久留間夫婦の無念を思う。いつもの習慣だった。被害者の無念を反芻することで犯罪者への憎悪を容易く喚起できる。正義の味方を気取るつもりは更々ないが、非道に屠られた命を弔えずに何が警察官かと思う。

刑事部屋に戻ると、杉江が二人を待ち構えていた。

「どうだった」

「あいつはクロですよ。金庫の件を暴露したら、えらく動揺しました」

「今日中に巻けそうか」

問われて、鳴海は眉を顰める。

「別件で令状取る訳にいかんのですか」

「指紋が付着していたという事実だけでは住居侵入罪でも要件が不充分だ。金庫は出入り自由の事務所の中に置かれていたからな」

杉江は落ち着かない様子でこめかみに手を当てる。どうやら何か変事が起きたらしい。

「濱田管理官の機嫌が悪い」

軽く笑おうとしているようだが、上手くいかなかった。

「久留間が高利貸しをしていた事実を摑んでおきながらスタンドプレーに走ったと、署長に抗議した」

鳴海は忍び笑いを洩らす。

「今日中に調書が巻けなかったら、県警に引き渡すように言い出した」

つまり金庫に付着した指紋と帳簿に名前があった事実で、県警側も明大を容疑者と認定したということだ。その上で手柄を横取りしようとしている。

大人気ない話だと渡瀬は思ったが、次の瞬間すぐに気がついた。功名争いに走っていたのは自分たちも同じだ。

「日付が変わるまであと十二時間もあります」

鳴海は首をほぐすように回した。

「俺たちは今から少し休憩もらいますが、その間に逮捕状の用意しておいてください」

自信の窺える口調に、杉江が大きく頷いた。

鳴海は人間的に難のある男だったが、渡瀬もこれだけは見習わなければならない。有言実行と執念——少なくともコンビを組んで以来、鳴海が落とすと明言した容疑者が落ちなかったことはない。その実績こそが鳴海の存在意義であり、杉江が独自捜査を許した所以(ゆえん)だ。

鳴海が仮眠室の方向に歩き出すと、居並ぶ捜査員たちが道を作った。まるで海を裂いて渡ったモーゼのようだ。

残された時間の中で捜査員たちは三交代制で尋問に当たる。それでも十二時間の長丁場だ。遅めの昼食を兼ねて英気を養うため、渡瀬も仮眠室に向かった。

再び鳴海と渡瀬が取調室に入ったのは午後七時を少し回った頃だった。あと五時間。

それまでの間に、少なくとも明大から久留間を殺害したという言質を取らなければならない。ローテーションを考慮すれば鳴海たちはもう一度休憩できる計算だが、鳴海本人は休むことなど露ほども考えていないようだった。

明大は目に見えて憔悴していた。

八時間連続の取り調べ。捜査員は次々に交代できるが、明大の方は一人で対応している。しかもその間、小便に一度立たせただけで飯はおろか水一杯も呑ませていない。疲弊するのは当然だった。浴びせられる言葉は罵倒・叱責・懐柔・同情・そしてまた罵倒。大きく揺さぶりをかけられ、精神的にも疲労困憊の極みにあるはずだ。

半分閉じられていた目が、鳴海を見るなり全開した。

「寝てるんじゃないっ、このクソ野郎がっ」

早速、鳴海の平手が飛んだ。

「鳴海さん」

すかさず渡瀬が割って入ると、明大の表情が安堵に蕩ける。地獄で仏とは、こういう顔か。

「す、すみません。すみません……」

「どうだ。全部打ち明ける気になったか」

「あの……少し休ませて……お腹も空いて……」

「それはお前の返事一つだ」

明大は懇願するように渡瀬を見る。

「話してくれ。どうして、事務所の金庫にお前の指紋が残っていたのか」

前の捜査員たちが何度も繰り返した質問だった。明大は強情に答えようとしなかったらしいが、今見る限り抵抗は限界値に近い。

「……カネを……カネを盗もうとしました」

思わず鳴海と顔を見合わせた。

これで落ちるか。

「続けて」

「先月末の期限日、久留間さんの事務所に行ったんです……。利息分を払った時、手元に帳簿がなかったんで久留間さんは奥に消えました……。事務所の中は俺一人になりました。その時、あの金庫が目に入ったんです……」

「うん。それから？」

「ほ、ほんの出来心で」

「いいから、その先を早く」

「金庫まで近づいて扉を開けようとしたんだけど鍵が掛かっていて……何度か試しているうちに久留間さんが戻って来たもんだから、すぐに金庫から離れたんです。きっと指紋はその時に……」

言い終わらないうちに、鳴海の拳が明大の顔に炸裂した。

「この期に及んで、まだシラを切るつもりかあっ」

鳴海は顔を真っ赤にして怒っていた。実はこれも演技のうちだ。息を止めて力んでいれば誰でもこうなる。ところが鳴海の一挙手一投足に怯える者の目には、それがあたかも赤鬼のように映る。

ただし、渡瀬自身も見苦しい弁解には腹が立った。ここまで証拠がありながら、まだ明大は自分の罪から逃れようとしている。卑怯で姑息、小心で小狡い。いくばくか残っていた明大への同情心も、この瞬間に霧消した。

「お前のようなろくでなしは、こうしてやる」

鳴海は明大の後ろに回り、二の腕を相手の首に巻きつけた。後方に反るように締め上げると、たちまち明大の顔面が鬱血し始めた。

「鳴海さん！」

頃合いを見計らって止めに入る。明大は喉を押さえて空咳をする。涙で歪んだ目は恐怖一色に染まっている。

今だ。

渡瀬は事前に暗唱した台詞を口にする。

「楠木、今のはお前が悪いぞ。本当のことを言うにしてもタイミングが悪過ぎる。今まで隠していたから、すっかり主任を怒らせちまったじゃないか」

渡瀬は急に声を潜める。耳打ちで鳴海には聞こえないと明大に思わせるのが肝心だ。

「本当は殺してないんだろ」

明大は必死の面持ちで頷く。

「主任が落ち着いてから、改めてゆっくり話を訊いてやる。だから、いったんここは認めてしまえ。本格的な取り調べでちゃんと説明すればいいんだから。大丈夫だ、俺が何とかしてやる」

「でも……」

「お前を助けてやりたいんだ。俺を信用しろ」

明大の視線は朦朧として一点に定まらないが、それでも言葉は相手の胸奥に届いたようだった。

あとひと息だ。

「いいか、警察の仕事は容疑者を捕まえることだけだ。無実かどうかは裁判所が決める。ここで罪を認めても、裁判で否認すればいいんだ。裁判官は公平な立場でお前を見てくれる。もしも無実なら必ず無罪放免になる」

もちろん無実なら、という言葉を胸の裡で繰り返す。

「俺が簡単な調書を作ってやる。そうすれば飯も食える。留置場でゆっくりと寝ることもできる」

明大の目が闇の中に沈んだ。

「……お願いします」

語尾が震えた。

「もう、もう休ませてください」

それが合図だった。

渡瀬は事件のあらましを明大の代わりに語り始める。明大はそれを聞きながら時折頷く。

内容は記録係が同時にワープロに打ち込み、やがて印字される。

供述調書

本籍　所沢市神島町五丁目〇－〇
住居　浦和市辻〇－〇ハイツ陽明２０５号
職業　無職
氏名　楠木明大
　昭和三十四年六月七日生（二十五歳）
上記のものに対する殺人並びに窃盗事件について昭和五十九年十一月二十二日、浦和署において、本職はあらかじめ被疑者に対し、自己の意思に反して供述をする必要がない旨を告げて取り調べたところ、任意次の通り供述した。
わたしは昭和五十九年十一月二日の夜、久留間不動産に押し入り、金庫の金を強奪しようとした際、居合わせた久留間夫妻を殺害しました。詳しい話は後で述べますが、右の事実に間違いありません。

上記のものに対する――からの文字は不動文言であるので敢えて読み上げなかった。

「さあ、ここに名前書いて」

明大は渡されたボールペンで署名する。力のない、止めや撥(は)ねのない文字だった。

以上の通り録取して読み聞かせたところ誤りのないことを申し立て署名指印した。

調書の末尾に渡瀬が署名押印すると、横で待機していた記録係が明大の左手を摑まえ、その人差し指をスタンプ台の上につけて署名の下に押し当てた。これで供述調書の完成だ。

記録係が出来上がったばかりの調書を携えて部屋を出る。入れ替わりに別の捜査員数人がどやどやと入室して来る。

明大の眼前に一枚の書面が突き出される。逮捕状だ。

「楠木明大。久留間兵衛ならびに咲江両人の殺害容疑で逮捕する」

両手が突き出され、そこに手錠が掛けられる。

午後八時十二分。楠木明大逮捕の瞬間だった。

鳴海と渡瀬が刑事部屋に戻ると、杉江をはじめとした捜査員たちが凱旋(がいせん)兵士のように迎えてくれた。

「よく、やってくれた。さすがは鳴海さんだ」

任意出頭の当日に逮捕状を取れた。これで事件は浦和署主導で捜査することができる。後から出張ってきた県警本部はいい面の皮だが、捜査員たちの満面の笑みには当然彼らへの意趣返しが含まれている。所轄というだけで捜査会議の後列に置かれ、地元で発生した事件であるにも拘わらず後方支援しかさせてもらえない。その口惜しさを今回ばかりは払拭できたからだ。

だが、実際は明日からが正念場だった。四十八時間以内に明大を送検するために、隙のない供述調書と物的証拠を揃えなくてはならない。


翌日の午前七時、早速取り調べが再開された。あれから留置場で飯を食い、たっぷり睡眠を摂ったはずの明大は、昨夜と同様に憔悴しきっていた。聞けば、胸が詰まったようで飯は半分も喉を通らず、目が冴えてほとんど眠れなかったのだと言う。

当然だろう、と渡瀬は思った。常習犯でもない人間がいきなり留置場に入れられて平常心でいられる訳がない。

「じゃあ、さっさと調書作って終わらせようや。そうすりゃ、安心して食事もできるしぐっすり眠れる」

ひと晩で英気を養った鳴海は、声を張り上げて明大と対峙する。取り調べに入る前から両者の優劣は歴然としている。

「まず、事件当日の朝から話を始めようか。朝のうち、まだ雨は降っていなかった。そうだな？」

「はい」

「お前は十月末に久留間にカネを返したが、すぐに生活費に困ったので、また借りようとした。そして久留間の事務所を訪れた際、ガラス戸に臨時休業の張り紙を見て、その日久留間が事務所を留守にすることを知った。それは何時ごろのことだ」

明大は口をもごもごさせるだけで答えようとしない。

「久留間夫婦が空港に出掛けたのが午後三時ごろ。張り紙をしたのがその直前くらいだから、時間としてはその辺りだろう。どうだ」

「それぐらい、だと思います」

「よし、四時くらい。まだ豪雨になる前だったんだな」

「そうです」

「どうやって事務所まで行った」

また黙り込む。

「カネを返しに行く時、いつもは何を使った」

「自転車です」

「だったら、当日も自転車を使ったんじゃないのか」

「そうです」

「よし。お前は久留間不動産が留守になることを知ると、事務所の金庫からカネを奪うことを思いついた。金庫の場所は事務所に日参して知っていたし、耐火式で頑丈なことも知っていた。そうだな」

「そうです」

「そこでいったん自宅まで戻り、ガラス切りやバールを用意した。工具類は日払いで雇われた現場から失敬したものを部屋に溜め込んでいたから、わざわざ購入する必要がなかった」

これも事実だった。逮捕直後、明大の部屋を家宅捜索した別働隊が、部屋の隅から様々な工具を発見していたのだ。その中にバールもガラス切りも見当たらなかったのは、犯行後に明大が処分したからだと捜査陣は考えている。

「夕方前から降り始めた雨が土砂降りになった。夜になり、完全に人通りが絶えた頃を見計らってお前は事務所に侵入した。それは何時のことだ」

明大はまた黙り込む。鳴海は苛ついたように、指でこつこつと机を叩き始めた。

「あの辺はラブホが林立しているよな」

「ええ……」

「普段だと深夜零時には泊り客の出入りが途絶える。あの日は土砂降りだったから、十時くらいにはどこも満室になった。すると……何時だ、人通りが絶えるのは」

「……十時、です」

「すると十時に押し入ったんだな」

「はい」

「ガラス切りの使い方は以前の職場で知っていたんだな」

「はい」

「バールも使ったことがあるんだな」

「あれは……単純な工具で誰にでも使えるから……」

「よし、その調子だ。事務所に入ると……事務所に人気(ひとけ)はなかった。そうだな」

「はい」

「それで早速バールを取り出して金庫をこじ開けた。中にはいくら入っていた」

また明大は口を閉ざす。渡瀬の見る限り、肝心な部分になると供述を渋っているようだ。

往生際の悪い被疑者は珍しくない。手錠を掛けられ、物的証拠も揃っているというのに、自白さえしなければ罪を逃れられると思い込んでいる。

すると案の定、鳴海が激昂した。

「野郎」

ひと声呟くと机の下から足を伸ばし、明大の腹を蹴る。無防備だった明大は堪らず椅子ごと後ろに倒れる。

更に鳴海は明大を見下ろす形で、脇腹を蹴る。

「黙秘すれば罪にならんとでも思ってるのか。この腐れ外道め」

三度目の蹴りを入れた時、明大は黄色い固形物を嘔吐した。どうやら昨夜口にした飯らしい。

これ以上はまずい。そう判断した渡瀬は鳴海を背後から抑えにかかった。

「鳴海さん、二班と交代しましょう」

渡瀬の腕を振り解いて、鳴海は渋々といった体で踵を返す。同時に、隣室で待機していた二班の捜査員たちが部屋に入って来る。

あと一日と十三時間。杉江は取り調べに九人もの人員を投入して調書を完成させようとしている。もちろん捜査員側は二時間を目処に次々と交代するが、被疑者にそんな余裕を与えるつもりはない。

それにしても、と渡瀬は思う。

あの明大という男は案外しぶといのかも知れない。前科がなく、取り調べはおそらく初めての経験で鳴海の詰問に怯えている風だが、犯行時刻や奪った金額など供述の要点となる箇所になると途端に黙り込む。

「二日間で時間切れになることを知ってるんですかね」

ふと思ったことを口にすると、鳴海はふんと鼻を鳴らした。

「最近は刑事ドラマで要らん知恵をつけるヤツがいるからな。ただし、痩せ我慢が通用するのはブツがない時だけだ」

「しかし金庫に指紋が付着していただけでは少し弱くないですか。強盗の立証は可能かも知れませんが、殺人に直結する証拠ではありませんし」

「ヤツがそう思っているなら好都合だ」

「え」

「こちらには殺人に結びつく有力な証拠がない。だから時間切れまで堪えていればいい……ふん、そういう魂胆ならとことん付き合ってやろうじゃないか」

鳴海はほくそ笑む。これは勝利を確信した人間の顔だ。

「何か隠し球でもあるんですか」

「察しがいいな。実は昨夜の家宅捜索でお宝が見つかってよ」

いかに三交代制でも取り調べの主体はあくまで鳴海であり、他の八人は補佐に過ぎない。そこで鳴海が隠し持った爆弾をより効果的に炸裂させるために、他の二班は明大を徹底的に消耗させる手段を採ることになった。

人間は閉所に長時間拘束されるだけで不安になり、時間の感覚も狂う。取調室の壁に時計が掛けられていないのはそのためだ。一方的に詰問され、詰られ、責め立てられ続けると時間感覚の喪失と相俟って自我が崩壊していく。どれほど冷酷で鉄の心臓を持つ被疑者も、精神の根幹が崩れたら為す術はない。そこに取調官から緩急自在の揺さぶりをかけられたら、まず大抵の被疑者は落ちる。

九人の捜査員たちは、明大に肉体的にも精神的にも休息を許さなかった。四六時中責めるのではなく、一時間罵倒して十分労うという手法だ。こうすることによって精神力は途切れないものの、糸のようにか細くなっていく。

取り調べ中は眠ることも食べることも禁じ、トイレだけ許可した。水分と胃の中身が失われ、身体から忍耐力が削り取られていく。それでも明大は肝心要の殺人についてはなかなか自白しようとしなかった。ここまでの取り調べで、住居侵入罪と窃盗罪の供述は序曲に過ぎないことを明大も気づいているのだ。

一日目の取り調べは午後十一時まで続けられた。連続十六時間の供述を終えた明大は精根尽き果てた様子で留置場に引き摺られて行った。

刑事部屋で明日の作戦を練っていると、杉江が不機嫌そうな顔で現れた。

「明日、楠木の両親がこちらに来るそうだ」

鳴海たちが明大を落としにかかっている頃、別働隊は所沢にある実家に赴き、明大の所持品と思しきものを押収してきた。その際、両親に容疑の内容は告げなかったが、テレビのニュースで明大の名前が取り沙汰されているのを知り慌てて連絡してきたらしい。

「弁護士つきですか」

「いや、それは特に聞いていない」

杉江が仏頂面になっているのは、取り調べ中に両親と面会させれば明大が気力回復する可能性があるからだ。弁護士がついていれば尚更面倒なことになりかねない。明大の精神的疲弊を狙っている鳴海たちにとってはひどく邪魔な存在だ。

裁判所が勾留決定をしていない現段階で接見禁止はできないので、両親が会わせろと申し入れれば拒絶する法的根拠はない。弁護士が付き添っていれば強硬に接見を要求してくるだろう。

「とにかく明日、早い段階で決着をつける必要がある」

杉江は独り言のように洩らしたが、もちろん誰に向けての言葉かはその場の全員が心得ている。

「何とかしますよ」

鳴海がぽつりと言う。すると杉江は一度だけ深く頷いた。

何とかする。そう言って、この男は今まで何度も難局を「何とかして」きたのだ。

二日目の取り調べは午前六時から始められた。留置場の様子を見てきた捜査員は、明大が実質三時間程度しか眠っていないと杉江に報告した。

飲まず食わずで連続十六時間の尋問、直後三時間の中途半端な睡眠では疲れが取れるどころか却って精神は疲弊する。思考力は昨日にも増して低下し、自己防衛の本能も希薄になる。

捜査員に両脇を抱えられながら取調室に入って来た明大は、ひどくどす黒い顔をしていたらしい。渡瀬は以前、先輩の警官から聞いたことがある。肉体はともかく、精神を著しく消耗させると人の顔は黒くなっていくのだと。

取り調べ主任である鳴海の出番は三巡目に回された。浦和署のエースが登板する前に、明大から可能な限り気力を削り取っておくという戦法だ。一巡目二巡目の捜査員たちはほどよく怒鳴り、ほどよく小突いた。精神と肉体が擦り切れる一歩手前まで明大を追いやった。

正午過ぎに鳴海の出番がやってきた。

鳴海と渡瀬が入室した時、明大は机の上に突っ伏していた。それを大人しく眺めている鳴海ではない。

「起きろおっ、こらあっ」

髪を摑まれて無理に頭を起こされる。

「休ませて……」

「馬鹿野郎、今の今まで散々寝てただろう。さあ、昨日の続きからだ。お前は金庫の中からどれだけカネを盗ったんだ」

明大は死んだような目をして反応を示さない。鳴海は舌打ちしてその頭を突き放す。

金庫の中身については、高利貸しの客となった者の証言と金融機関からの聴取である程度のことは判明している。久留間は金庫の現金がまとまると、高額面の無記名債券を購入して貸金庫に預けていた。無記名債券は裏書も要らず、銀行窓口で購入すれば記録にも残らない。資産隠しにはうってつけの有価証券だが、久留間は先月末にも貸金庫を訪れている。そのため金庫の中に現金はさほど残っていなかったと、本部は見ている。

「警察はきっちり久留間の出納を調べた。そうするとな、どう計算しても金庫の中には二百五万円の現金があったことになる。お前が盗ったのは二百五万円だ。そうだな」

鳴海は明大を睨みつける。明大は追い詰められた小動物のような目をしていた。

「そうだな?」

「そう……です」

「よし。じゃあ次だ。お前は金庫の中の二百五万円を奪おうとしたが、その時、二階から久留間が現れた。久留間はお前の姿を見て当然逃げる。お前は金庫破りの現場を目撃された焦りと今までの恨みが重なり、持参していた凶器で久留間を背後から刺した」

やはり答えはない。

まだ最後の一線だけは維持するつもりか。

渡瀬が密かに歯噛みをした時、ちらと鳴海の横顔が目に入った。

鳴海は唇の端を上げて笑っていた。

「お前、いったいいくつだ。そうやってよ、黙っていたら逃げられるってのはガキの発想だぞ。もう、そっちの証拠は出ているんだ」

矢庭(やにわ)に明大の目が大きく開いた。

「お、反応したな。そうさ、見つかったんだよ。お前の部屋から血痕の付いたジャンパーが発見された。その血は紛れもなく久留間兵衛の血液型と一致した」

明大は口を半開きにした。

押収された血痕つきのジャンパー、それこそが鳴海の言う「お宝」だった。

「……知らない」

その声は肺腑(はいふ)から搾り出すような声だった。

「そんなジャンパー、知らない」

「ジャンパーを鑑識に回したら、明らかにお前のものと判断できる分泌液、まあ汗だな。これも検出された。言ったはずだぞ。黙ってりゃ逃げられるってのはガキの考えだ。科学捜査と裁判所はブツがあるのに被疑者を釈放するような間抜けじゃない。しかも、お前は決定的な証拠が提示されるまで何も真相を話そうとしなかった。殺した久留間夫婦への恨み言を重ねるばかりで、謝罪の言葉は遂にひと言も口にしなかった。分かるか。お前の喋ったことは逐一記録されているからな、後で引き起こせば全部丸分かりになる。こういうのを判決文では何て書くか知ってるか」

鳴海は両手を明大の首に添えた。

まるで絞首刑の輪を作るように。

「被告人には改悛(かいしゅん)の情も反省の態度もなく、更生の可能性はないと考える。よってお前の判決は死刑だ」

明大の目が更に大きく見開かれる。

「あああ……あああ」

若い渡瀬にも分かる。その目は恐怖で充血している。こんな人でなしでも、やはり死刑は怖いのだ。

「しかしな、一方で裁判官の中には温情判決を下さる人が沢山いる。今からでも犯行を素直に認め、改悛の情を示せば無期懲役くらいには減刑してくれるだろう」

減刑。

無期懲役。

人を二人も殺し現金を奪って逃げた罪人には、この上なく甘やかな誘惑だ。

「さあ、もう吐いちまえ。お前が殺したんだろ、あの二人を」

鳴海が明大を覗き込む。だが、明大はそれでも口を開こうとしない。

「手前（てめ）ェ！」

鳴海は相手の首に掛けていた手に力を加えた。

「そんなに減刑が嫌なら、今ここで縊（くび）ってやろうかあっ」

喉輪をしたまま立ち上がる。

ここで渡瀬の出番だ。

渡瀬は鳴海の手首を握って制止する。

「鳴海さん、駄目です。落ち着いてください」

鳴海が渋々手を放した隙に乗じて、明大の身体を抱きとめる。

そして耳元で囁く。

「今日、お前のご両親がここに来る」

効果は覿面だった。虚ろだった明大の目に一瞬感情の光が宿る。

「オフクロたちが？」

「報道で知ったんだろう。会いたいか」

明大は頷きも返事もしないが、わなわなと身を震わせて渡瀬の手を握ってくる。

逃げ道のある方が、人は怯え錯乱する。

「残念だが取り調べ中は誰とも会わせることはできん」

嘘だ。しかし、嘘も方便というのはこういう時に使う言葉だ。

「前にも言ったが、俺はお前を助けたい。オフクロさんにも会わせてやりたい。でも、お前が供述を拒んでいるうちはどうしようもないんだ」

明大の瞳が揺れている。

「いったん供述しろ。久留間夫婦を殺害したと認めろ。言い分があるなら、法廷で明らかにしろ。心配するな。日本は法治国家なんだ。無実の人間に罪を被せることなんてしない。検察官も裁判官も、日夜正義のために働いているんだ。お前もこの国の人間なら、少しはそういう職務に当たる人間を信用しろ」

覗き込んでいると、双眸から涙が溢れてきた。

とどめだ。

「オフクロさんに会いたいだろ？　供述が取れさえすれば、すぐにでも会わせてやる」

その瞬間、明大はがくりと頭を垂れた。

最後の切り札は血痕の付着したジャンパーではなく、母親だった。どんな男にとっても共通の弱点。両親がやって来るという話を聞いて、母親を落としの材料に使おうと提案したのは鳴海だったが、今はその奸智に舌を巻くより他なかった。

明大からの聴取と実家への訊き込みで、明大が母親にかなり依存しているのは分かっていた。母親も一人息子の明大を溺愛しており、父親が出張で家を空けることが多い分、母子の結びつきはより顕著になったらしい。

それから三時間後、久留間兵衛・咲江両名の殺害事件に関する被疑者楠木明大の供述調書が完成した。

一　今日は久留間さん夫妻を殺害した時の状況をお話しします。十一月二日の午後十時ころ、金庫をバールでこじ開けたちょうどその時、二階から久留間さんがやって来たのです。わたしはとても驚きました。何故なら久留間さんは昼過ぎから旅行に出掛け、家には誰もいないと思っていたからです。
二　久留間さんはわたしの姿を見るとすぐにその場から逃げ出しました。わたしはすぐにまずいと思いました。久留間さんはわたしを知っています。もし、ここで逃がしたら後で通報されるのは分かりきっています。わたしは久留間さんに追いつき、持っていたナイフで背後から久留間さんの右脇腹を刺しました。このナイフは以前勤めていたクマザワ板金という会社の備品であったのを盗み持っていた物です。右脇腹を刺された久留間さんはその場に倒れました。しかし、その一撃でこと切れた訳ではなく、悲鳴を上げながら床を這いつくばるのです。

三　その姿を見ているうち、わたしは久留間さんへの恨みを思い出しました。わたしは彼に借金をしており、その月々の支払いが遅れた際、何度も勤務先に督促の電話をされたのが原因で辞めさせられたからです。恨みはそれだけではありません。元々高利なのでなかなか元本が減らず、定職もないので少額を借り続けたのですが、その度に久留間さんはわたしを見下すのです。はっきりと口には出しませんが、カネを渡す時、まるで犬に施しをするような目で見るのです。気がついたら、わたしは何度も久留間さんを刺していました。それでもまだ久留間さんは動いているので、わたしは両手でナイフを持ち替えると、左の脇腹から深々とナイフを刺し入れました。すると、もう二度と久留間さんは動かなくなりました。ナイフの表面が血糊でぬらぬらしていたので、わたしは咄嗟にジャンパーで拭き取りました。

四　ところがその直後、階段から人の下りてくる音が聞こえました。わたしが慌てて廊下を奥に進むと、奥さんがいました。奥さんはわたしの姿を見るとひどく驚いた様子で階段にへたり込みました。こうなれば奥さんの口も塞がなければなりません。わたしは下から突き上げるように奥さんの胸を刺しました。急所だったせいか、奥さんはそのひと刺しで動かなくなりました。

五　二人を殺害すると、わたしは金庫の中から現金を取り出し、事務所を後にしました。

その時逃走した経路については別紙に記した通りです。逃げる途中で橋の上に差し掛かりました。川は夕方からの豪雨で濁流になっていました。とても激しい流れでどんな物でも押し流しそうな勢いでした。わたしは証拠になるようなガラス切りとバール、それから殺害に使用したナイフを川に投げ捨てて、そのまま自分のアパートに戻ったのです。

六　自分の部屋でカネを勘定すると二百五万円ありました。当初、予想していたよりもずいぶん小さな金額だったのでわたしは不満でした。そこでそのカネを元手にして増やそうと競馬に注ぎ込みましたが、結局は三週間ほどでスッカラカンになってしまいました。

七　以上が十一月二日にわたしが行った行為の全てで偽りはありません。

楠木明大（署名）　拇印

以上の通り録取して読み聞かせたところ誤りのないことを申し立て署名指印した。

浦和警察署
司法警察員
警部補　鳴海健児　押印

供述調書の作成を終えて刑事部屋に戻ると、杉江が二人に労い(ねぎら)の言葉をかけてくれた。

「ところで、悪いがもう一つ仕事を片付けてくれないか」

杉江の目線は渡瀬に向けられている。調書を作成したのは鳴海なので、残務処理が渡瀬の仕事になるのは当然だった。

「たった今、被疑者の両親がやって来た。相手してやってくれ」

聞くなりげんなりとした。一番辛気臭い仕事ではないか。

元より詰めた話をさせるつもりはないらしく、両親は一階フロアで待たされていた。

さすがに気が引けたので、渡瀬は二人を別室に招き入れた。

「いったい、どういうことなんですか！」

最初に口を開いたのは母親の郁子だった。きっとあまり寝ていないのだろう。化粧の上からでも目が腫れぼったいのが丸分かりだ。

「明大は優しい子です。ちょっとおカネにだらしないところはあるけど、だからって強盗なんてできる子じゃありません」

毎度お馴染みの「ウチの子に限って」という決まり文句だ。どうして母親というのは自分の子供を五割増し十割増しに見るのだろう。親の欲目ではなく、盲目だとしか思えない。

「でもね、お母さん。証拠も上がっているし、たった今本人が自分の犯行だと自供したところなんです」

「嘘です！　何かの間違いです」

狭い部屋で郁子は絶叫する。隣に座る夫の辰也はそれを横目で一瞥してから渡瀬に向き直る。

「アレに……他人様を殺すような度胸があるとは思えんが」

「本当に優しい子なんです。子供の頃はよく捨て猫を拾ってきました。あたしが家では飼えないって叱っても色んな言い訳を考えて、一日でも長く面倒を見ようとしてました。昆虫採集だって、折角捕まえた蝶を逃がしてやる子だったんです」

世の中には愛犬家の殺人者も存在します、と言おうとしてやめた。父親はともかく母親は感情的になっている。どんな理屈を考えても通用する状態にはない。ここは事務的な話に終始するのが賢明だろう。

「クラスでも男の子から苛められるばっかりで、あの子から手を出すことはなかったんです。そんな子が人殺しなんてできるはずないじゃないですか」

「ともかく明大さんの身柄は早晩浦和拘置所に移されます。もし差し入れ等の用意があるのでしたら早めにお届けください」

「待ってくれ、刑事さん」

話を切り上げて立ち上がろうとした時、二の腕を捕まえられた。見れば辰也が射竦めるように自分を睨んでいた。

「俺は現場仕事が長くて家にはいられず、アレのことはずっと女房に任せきりだった。だがそれでもアレを、カネ欲しさで人を殺める人間に育てた覚えはない。刑事さん、重ねて聞くが、これは何かの間違いじゃないのか」

渡瀬を捉えた視線が揺るぎない。これが親の信念というものか。

しかし、渡瀬にも刑事としての信念がある。

「わたしたちが知らないだけで、確かに彼は心優しい人間なのかも知れません。しかし優しい人間でも、追い込まれたら窃盗も殺人もします。そして兇悪犯の親で、自分の子供は兇悪だと断言した人間はほとんどいません」

「親よりも警察官の方が人を見る目は確かだと言うのか」

「こと犯罪捜査においては」

「では、あんたたちは今まで間違ったことがないと言うのか」

辰也の声がわずかに跳ね上がった。

「俺はビル建築の仕事をもう二十年近く続けてる。若いモンからは生き字引みたいな扱いを受けてる。それでも年に一回か二回は間違いをする。見逃していたら、とんだ欠陥ビルを建てちまうような大ミスだ。ビルなんてあんな図体しているが、耐用年数やら耐震性やら設計図の段階からかなり細かい仕様が決められている。極端な話、鉄筋一本仕様が違えば後々影響が出てくる繊細なものなんだ。幸い大事になる前に気づいて修正してるから事なきを得ているんだがな。百人二百人が集まっている現場でさえそうだ。本当に、あんたたちは一度も間違えないって言うのか」

ビル建築と犯罪捜査を一緒にするな――咄嗟にそう言おうとしたが、両者の根本的な違いは何だと問われたら、答えようがないことに気がついた。

「間違いかどうか、それを裁くのは裁判所の役目です。いずれ法廷がそれを明らかにしてくれるでしょう」

「……弁護士に頼んでみる」

「それがいいでしょう。当然の権利ですからね。弁護士会というところに相談すれば、国選といって優秀な弁護士を紹介してくれますよ」

国選弁護人に頼むよう仄めかしたのは、渡瀬のせめてもの厚意だった。夫婦の身なりで楠木家の経済状態は凡そ分かる。とても私選の弁護士を雇う余裕はないように思えた。

話し終えて渡瀬が席を立とうとしたその時だった。

いきなり郁子に両手を握られた。

「あの子を、助けてください。あの子を……どうか、お願いします」

小さくて、とても柔らかな手だった。

渡瀬は遠慮がちに郁子の手を払い、夫婦を出口に誘った。

辰也は郁子を抱きかかえるようにして浦和署を後にした。

その後ろ姿を見送りながら、渡瀬は郁子に握られた跡を無意識に押さえていた。柔らかな感覚はしばらく疼痛のように残っていた。

3

昭和六十一年二月一日。東京都千代田区霞が関一－一－四、東京高等裁判所。

高遠寺静は二日後に迫った控訴審の準備に余念がなかった。一月の仕事始めから案件が山積しており、ここ一カ月はずっと過労気味になっている。キャビネットに投げ込まれた未決書類の束は一向に減らず、いつになればひと息つけるのか見当もつかない。

それでも静は粛々と裁判記録に目を通していく。そろそろ退官までの年数が残り少なくなってきたが、だからこそ他の判事から同情や憐憫の目で見られるのはご免だった。日本で二十番目の女性裁判官の肩書が伊達ではないことを、審理の質と量で証明したい。

ただ退官の二文字を思い浮かべると、やはり家庭人としての自分が顔を覗かせる。夫は先に逝き美紗子も嫁いでしまったが、あの夫婦は早く子供が欲しいといっていたから孫の顔が拝めるのもそう遠くないだろう。退官したら、亡き夫の分までたっぷり孫に愛情を注いでやろうと考えている。さて、いったい自分はどんな婆バカになることやら。

想像を逞しくしているとノックの音がした。静の返事で入って来たのは高検の住崎清二検事だった。

「ああ、判事。お仕事中でしたか」

「今更。裁判官室で仕事以外の何をすると言うんですか。どうせこんな状況を知った上でのご訪問でしょ」

「恐れ入ります」

そう言いながら、勧められもしないのに中央の席に座る。何度か顔を合わせているが、慇懃無礼がネクタイをして歩いているような態度は相変わらずだ。

「高遠寺判事とは新年の挨拶もまだでしたからね」

「もう二月ですよ」

「四日後に判事がご担当される控訴審。わたしが担当検事なものですから、その挨拶も兼ねましてね」

やはりそうか。静は溜息を堪えて住崎を見る。住崎の訪問目的は法廷外弁論だ。弁護人を交えない、裁判官と検察官による一対一の弁論。違法ではないが、裁判所と検察が馴れ合っている証左の一つだとも言われている。無論、静の方に馴れ合っている感覚など毛頭ないので、こうした訪問は迷惑以外の何物でもない。

「一昨年の十一月に発生した浦和の強盗殺人です。一審判決が出て、弁護人が即日控訴しています」

無表情を決め込んだが、その事案は数日前に裁判記録を読んで知っていた。被告人は確か楠木という無職の若者で、被害者とは金銭トラブルが生じていたとあった。

「とんでもなく悪辣な被告人ですよ。自分が勤め先をクビになったのは、被害者が借金の催促をしたせいだと逆恨みして女房共々殺害しています。実際は本人の勤務態度がひどいから解雇されただけなんですけれどね。その上、金庫にあった現金を強奪し数週間で散財したというのですから情状酌量の余地もありません。一審での判決は至極当然の司法判断でした」

書類に目を落としながら、静は住崎の思惑を探る。一審が検察側の一方的な勝利であれば、控訴したところで判決が引っ繰り返る可能性は皆無に等しい。わざわざ法廷外弁論など持ち込む必要もない。それなのにこの男は、殊更被告人を悪し様に印象づけようとしている。そこに、どんな意図があるのか。

「情状酌量の余地がない理由はもう一つ。第一回公判から一転、被告人が無罪を主張したからです。提出された物的証拠も自白調書も警察の捏造だというのですから驚きました。まあ、それが被告人の苦し紛れの弁明であることは誰の目にも明らかでしたが」

「住崎検事」

静は感情を殺した声で言った。

「その事件をご担当されることはよく分かりました。案件につきましてはわたしも記録を熟読させていただくつもりですから、検事の貴重なお時間を使わずとも結構ですよ」

「やあ、これは失礼しました。こちらこそ判事の貴重なお時間をわたしの無駄話で潰してしまうところでした」

住崎は今にも舌打ちしそうな表情になったが、それも一瞬だった。さすがに退去して欲しいという趣旨は伝わったようで即座に席を立つ。そして慇懃に礼をして踵(きびす)を返す。

「判事。それでは法廷で」

ドアが閉まった瞬間、静は脱臭剤を振り撒きたい衝動に駆られたが、生憎(あいにく)手元にそんな洒落(しゃれ)た物は置いていない。

こちらが出て行けと促すと即座に従った。相談内容が表だって口にはできないことだったからだろう。裁判官に後ろ暗いことを平然と語れるほど、住崎という男は豪胆ではない。そして静が記憶している限り、住崎が担当している案件は他にもある。それにも拘わらず、浦和の事件にだけ言及したのは何故か。

導き出される結論は一つ、浦和の案件について検察側に何らかの不都合があるからだ。

気になったら、その場で確認する——習い性となった教訓が、無意識のうちに身体を動かす。静は壁の書類棚から該当案件のファイルを取り出した。

浦和の不動産業者強盗殺人事件はマスコミが大きく取り上げたこともあり、法曹関係者でなくてもまだ記憶に新しい。静はファイルの中にある公判調書に目を留めた。公判調書は書記官が公判の流れを記録したもので、これを読めば法廷で何が語られ何が起きたかを容易に把握できるようになっている。

被告人楠木明大は罪状認否の段階で自らの無罪を主張した。殺人も強盗も身に覚えがなく、証拠も自白調書も所轄である浦和署刑事の捏造だと言うのだ。

当然、調書を作成した鳴海健児なる刑事が証言台に立たされたが、取り調べは適法の下に行われ、暴力的な言動は一切なかったと証言している。実際、被告人が外傷を受けたという診療記録も映像も存在せず、弁護人はその主張を立証できていない。いや、弁論要旨が見当たらないことから察するに、この弁護人は立証する気などなく、ただ口頭で主張しただけのようだった。

物的証拠の段になると被告人には更に分が悪かった。凶器こそ発見できなかったが、現場に遺留された指紋、具体的に言えば事務所の金庫に付着したものは紛れもなく被告人のものであったし、玄関先にあった比較的新しい下足痕も被告人の靴底のパターンと同一だった。決定的なのはアパートから押収されたジャンパーに被害者の血液型と同じ血液が付着していた事実だ。何か別の物から血を拭い取った形状であり、これも供述調書の内容と一致する。また現場からは被告人の毛髪も採取されている。

静は弁護人が国選であるのを知って、やる気のなさが合点できた。国選は弁護士会から依頼されての仕事だ。優秀で私選の多い弁護士には面倒ばかりで利の少ない案件と言える。否認事件であるにも拘わらず、これほど証拠が揃っていては気力も萎える。第一、提出した証拠を引っ繰り返すだけの労力と費用がまるで見合わない。

公判調書を追っていくと、予想通り弁護人は提出された証拠に対して碌な反証も挙げられず、最終弁論においても「寛大な裁きをお願いしたい」と結んでいるだけだった。同じ国選でも、所謂人権派と呼ばれる弁護士に当たったのなら多少は流れも変わったのだろうか——否、と静は判断した。弁護は熱意ではなく論理で構成されるものだ。いかに警察憎し検察許すまじの左翼系弁護士が口角泡を飛ばそうとも、この物的証拠の前ではただ指を咥えているしかない。

そうなると、住崎の訪問理由が分からなくなってくる。圧倒的に検察側有利の裁判で、何を住崎が懸念しているのか。検察側の証人鳴海健児に何か問題があるのか。

鳴海という名前は小耳に挟んだことがある。浦和署の古強者で、検察官の覚えもめでたいと聞く。そして供述調書を読む限り、瑕疵らしいものは見当たらない。蟻一匹這い出る隙のない完璧な自白調書だ。それなら住崎は、公判で一転証言を覆したのは被告人の性格に帰するものであり、警察および検察側に捏造の事実はないと強調したかったに違いない。普段の慇懃無礼さから小心者という印象はないが、試合巧者ほど些細な穴を気にする。

重い判決を下す場合、判決文の読み上げは被告人に配慮して主文は最後になることが多い。判決言渡しの目的は被告人にその内容を理解させることだからだ。この事案もその例に洩れず、主文は最後に読み上げられた。

主文、被告人を死刑に処する——。

自分でもそう裁断を下すだろう。そう考えて末尾に記載された裁判官名を眺めて、おやと思った。

裁判長黒澤勝彦。

静の脳裏に懐かしい顔が浮かぶ。黒澤は一つ上の先輩で、静がまだ法律家のタマゴだった頃に薫陶を受けた一人だった。温厚な性格そのままに温情判決で知られた判事だが、その黒澤の目をもってしても死刑判決だったのだ。

裁判官は一人一人が独立した司法機関であり、下級審の判断や況してや知己の情実に左右されることがあってはならない。

しかし一方、裁判官といえども一個の人間であり、その知見や倫理観に先達や啓蒙された書物の影響のないはずがない。

静はぶるんと大きく頭を振った。敬愛する人物の名前の存在が薄膜のように、鑑識眼を曇らせている。ここはいったん主文以降の文言を消去して、もう一度公判記録の詳細を詰めるべきだろう。

その上で法廷の被告人を直視する。自分の目で見たものならば、どんな判断をしようと責任を取ることができる。また、責任を取れないのであれば安易に判断を下すべきではない。

二月五日、控訴審第一回公判。

法衣を纏った静が二人の裁判官と共に入廷すると、廷内の人間が一斉に立ち上がった。

空気がぴん、と張り詰める。

この瞬間、静は法廷の支配者が自分であることを自覚する。驕り昂るのではない。裁判官席の高さそのままに、弁護側よりも検察側よりも高い視座で事件の全体像を把握しなければならない。

向かって左側の被告人席には楠木明大が立っている。記録では二十代半ばのはずだが、落ち窪んだ眼窩と脂っ気のない髪のせいで三十過ぎに見える。

弁護人席に座っているのは一審と同じく国選の梶浦弁護士。静も一、二度法廷で顔を合わせているが、淡々と仕事を進めるタイプであり、検察憎しで国選に手を挙げるような弁護士ではない。

右側に座る住崎は相変わらずだ。緻密な計算と策略を取り澄ました表情の下に隠し、明大の顔を覗き込んでいる。

傍聴人席は半分ほどが埋まっていた。一時マスコミを騒がせた事件でも、控訴審になれば世間の興味も半減するということか。

傍聴人席の隅に初老の夫婦が並んで座っていた。沈痛な面持ちと被告人席に向ける視線で、明大の両親だろうと察しがついた。特に母親の動揺ぶりが激しく、叫びたいのを必死に堪えている様子だ。私情は厳に慎むべきだが、やはり見ていると胸に痛みが走る。

静は二人から視線を逸らせることにした。

「これより六十一年ネ第二十二号控訴事件の審理に入ります」

書記官が開廷を宣言し、まず弁護人からの要請による証人尋問が始まった。

明大本人の陳述書と共に提出されていた控訴趣意書には取り調べ関係者の尋問が含まれており、今回も鳴海が召喚されている。鳴海は一審で既に証言しているのだが、弁護側が反証するためには、どうしてもこの男の証言を覆す必要がある。

廷吏に先導されてごま塩頭の男が証言台に立った。これが噂に聞く浦和署の古強者、鳴海健児か。

静は人定質問の間に鳴海を観察した。法廷に立つのは慣れているのか、緊張感は欠片も感じられない。しかし静は鳴海が明大に向けた一瞥でこの男の非情さを感知した。どことなく不遜な面構えは凶暴性を秘めているようにも見える。警察官というよりは名うての猟師といった印象だ。

「鳴海健児、浦和署勤務。階級は警部補です」

梶浦が質問に立ち上がる。

「あなたは被告人を取り調べる主任を務めたのですね」

「そうです」

「取り調べ主任というのは、つまり取り調べ全般について把握していると考えてよろしいでしょうか。もちろん全ての聴取に立ち会われたのではないと思いますが」

「いいと思います。聴取した内容はその都度主任が報告を受ける形ですから」

「取り調べは何人がどういう編成で行われましたか」

「合計九人の捜査員が三班に分かれて聴取しました」

「被告人が任意同行で出頭したのが十一月二十二日。同日に逮捕され翌日から本格的な取り調べが始まった訳ですが、その開始時間と終了時間を教えてください」

「任意同行で供述を始めたのが午前十時四十分、自供したのが午後八時十二分。翌日は午前七時から午後十一時まで。三日目は午前六時から午後四時まででした」

「ざっと計算すると一日目は九時間半、二日目は十六時間、三日目は十時間を要したことになりますが、それは連続だったのですか」

「いいえ。我々の交代時に空き時間もありますし被疑者には適時トイレ休憩を与えています」

「それにしても長過ぎはしませんか」

「そんなことはありません。取り調べに当たって担当者は被疑者の健康状態に留意し、また被疑者本人と相談しながら聴取を継続しました」

静は証言を聞きながら、頭の中で五十九年二月に下された違法な取り調べに関する最高裁判例を紐解く。

『任意捜査の一環としての被疑者に対する取調べは、（中略）事案の性質、被疑者に対する容疑の程度、被疑者の態度等諸般の事情を勘案して、社会通念上相当と認められる方法ないし様態及び限度において、許容されるものと解すべきである――』

一読すると厳格な判例と読めないこともないが、前段の『諸般の事情』という但し書きが拡大解釈を可能にしている。警察内部では一回の取り調べ時間に制限を設けていると言うが、あくまでも自主規制であり、つまりは泥棒が盗む金額の上限を決めるようなものだ。従って明大への取り調べが直ちに違法であるとは、今の段階では断言できない。

「しかし被告人は取り調べ中、碌（ろく）に食事もさせてもらえず、わずかな睡眠さえ許してくれなかったと言っています」

「食事はわたしたちも勧めましたが食欲がないからと遠慮されました。取り調べ中の居眠りについては注意しましたが、終われば留置場に直行しますから睡眠はたっぷり取れたはずです」

さすがに鳴海の答弁には澱（よど）みがない。これも場慣れしているせいか、それとも生来が鉄面皮なのか。おそらく両方だろうと静は思った。

「被告人は取り調べ中、幾度もあなたたちから暴力を受けたと言っていますが、それは本当ですか」

「そのような事実はありません」

梶浦の質問に傍聴人席がわずかにざわめく。

「暴力によって自白を強要されたと言っています。自分は何も盗まなかったし、被害者夫婦を殺しもしなかったのに、無理やり自分の犯行であるように供述させられたと」

「そのような事実はありません。捜査は適法に行われ、被疑者の供述は警察が発見した物的証拠を突きつけられて自発的に為されたものでした」

相変わらず答弁に澱みがない。だが、これは鳴海の胆力よりは梶浦の質問下手が原因だ。明大が取り調べ中に外傷を受けたという診療記録もなければ、映像が残っている訳でもない。物的証拠のないまま当事者に真偽を確認したところで、否認されれば水掛け論で終わってしまう。この場合は搦め手から攻め、証人の口から暴力が行使されていた事実を吐き出させるのが常道だが、静の見るところ梶浦にそういう手管はない。いや、そもそも警察の違法捜査を糾弾する気があるようには見えない。お座なりに被告人の心情を代弁しているだけだ。

「被告人はその物的証拠についても否定しています。実際に殺していないのに証拠があるのは捏造されたからだと。それはどうですか」

「根も葉もない言いがかりですね。金庫に付着した指紋、被害者と同じ型の血液が付着したジャンパーがともに被疑者のものであることは科捜研が証明しています」

「質問を終わります」

梶浦は何の未練もない様子で椅子に座った。静は住崎の方に視線を向ける。

「検察官、何かありますか」

「ありません」

住崎は泰然として答える。元より高検の検事は法廷で多くを語ろうとしない。それは高裁がほとんどの場合一審判決を支持してくれるので、検事はただ法廷に座ってさえいればいいからだ。だが今日の住崎の場合にはもう一つ理由がある。弁護人の質問は形式的に過ぎ、反論するにも値しない。

「裁判長、次の証人を」

「どうぞ」

鳴海と入れ違いにやって来たのは、これも浦和署の担当刑事で渡瀬という男だった。

齢は被告人と同じくらいだが、こちらはまだやんちゃな少年の面影を残している。人定質問でフルネームを聞いた時には思わず噴き出しそうになった。下の名前が可愛らしいものだから実物とのギャップは更に大きい。厳つい顔の造作、拗ねたような目とへの字に閉じられた唇。他の社会では敬遠されそうな風貌でも、警察組織の中ではそれなりに受け入れられているのだろう。静は彼の憎しみが犯罪だけに向けられているようにと願った。

「あなたは鳴海警部補と共に被告人の取り調べを担当したのですか」

「そうです」

「ずっと同じペアだったのですか」

「捜査も取り調べも常に行動を共にしていました」

「では、取調室での鳴海警部補と被告人のやり取りを全て目撃していたのですね」

「はい」

「取り調べ中、被告人が訴えたような暴力行為はありましたか」

「……いいえ」

「たとえば必要以上に大きな力を加えたりということもなかったのですか」

「質問に当たる者が行き過ぎた行動に出ないよう、取り調べは必ず複数で行うよう決められています。質問者以外に記録係を常駐させているのもそのためです」

渡瀬は不味いものを咀嚼しているような顔で証言する。それが渡瀬本来の癖なら、この若者は第一印象でずいぶん損をしていると静は思った。

あるいは自分の意に添わない証言をしているのか。

「質問を終わります」

今度も梶浦はあっさりと終わる。

「検察官、何かありますか」

「ありません」

自ら控訴趣意書に取り調べ関係者の尋問を要求しておきながら、その淡泊さに静は鼻白む思いだった。被告人の言い分を信用しての尋問ではない。ただ被告人の要求に従ったというポーズを取っているに過ぎない。国選にも様々な弁護士がいるが、選りにも選って梶浦のような人間に当たってしまうとは。この点に関してだけ、静は明大とその両親に同情したくなった。

取り調べ関係者への尋問が終わると、今度は被告人の本人尋問の番だった。

既に気づいていたのだろう。明大は証言台に立った時、一瞬だけ傍聴人席を振り返った。

視線の先には母親がいた。

「被告人に訊きます。あなたが陳述書に書いたことは本当ですか」

「本当です……俺、二百五万円なんてカネ盗んでないし、久留間さん夫婦を殺したりもしていません」

久しぶりに口を開いたかのようなざらついた声だった。明大は二、三度咳いてから言葉を続ける。

「俺はその二日前に借金の利払いに事務所へ行っただけです」

「しかし供述調書には久留間夫妻をナイフで殺害した後、金庫の中から現金を盗んで逃走したとあります。この供述は間違いだったのですか」

「あ、あ、あ、あの刑事が」

明大は傍聴人席に戻った鳴海を指差した。

「殴ったり蹴ったりしました。それで俺、やってもいないことを無理に白状させられたんです」

語尾が震え、次第に感情が溢れてきた。

「ろ、碌に眠らせてくれなかった。眠りそうになると、小突かれて起こされた。お、俺は無実なんです！」

明大は裁判官席に向かって訴え始めた。感極まったのか両目には涙まで溜めている。

必死の表情に胸を衝かれるが、法廷の秩序を護る裁判官としてここは明大を抑えなくてはいけない。

「被告人、静かにしなさい」

静のひと言で明大は押し黙る。きっと梶浦から、裁判長の命令には従うように言われているのだろう。

「被告人、もう結構です」

梶浦は静たち裁判官に配慮したのか、明大の証言を強制的に終わらせた。明大はまだ何か言いたげだったが、梶浦に耳打ちされると火が消えるように身を縮ませた。

「検察官、反対尋問はありますか」

「いいえ。ありません」

住崎は悠然と被告人席を眺めている。静には住崎の考えが手に取るように分かる。供述調書の正当性を揺るがす証言なのだから直ちに反論すべきというのは拙策の誹りを免れない。明大の証言を裏付ける証拠は何もなく、逆に明大の犯行を示す証拠は完備している。この局面で徒に取り調べの正当性を声高に叫ぶよりも、沈黙を守った方がはるかに有効だ。

梶浦が控訴趣意書で求めたことはこれで全てだった。静は次回開廷日を設定した上で閉廷を告げた。


その後、二回に亘って控訴審が開かれたものの、弁護側から新証拠が提出されることもなく、審理は既存の証拠を検証する作業に終始した。八月五日に予定された結審日で静は判決を言い渡さなければならなかった。

一審の公判記録を読み、自身も三回の控訴審を見届けた立場で言えば、今回は一審判決を支持せざるを得ない。検察側の証拠、具体的には現場に遺留された下足痕・毛髪・金庫に付着した指紋・ジャンパーに付着した被害者の血液はいずれも楠木明大の犯行であることを示している。明大は、高利貸しを兼業していた被害者の経済状態も知っていたし、同時に怨恨も抱いていた。殺人の動機としても充分に頷ける。

一審判決にもある通り、これだけ証拠も揃っている状況で、明大は犯行そのものを否認している。黒澤が「改悛の情なく、更生の可能性もない」と断じたのも当然だった。唯一引っ掛かりを覚えるのは供述調書が捏造であるという明大の証言だが、それを証明するものは何もなく、また有罪判決を逃れたい一心から公判で一転無実を訴える被告人は珍しくない。法廷で明大がどれだけ泣き喚こうが、一審判決は微動だにしない。

しかし、それにも拘わらず静は逡巡していた。法律家ではなく、一人の母親である静が迷っていた。本人尋問の際、明大が放った無実の叫びが今でも耳の奥に残っている。あの声を無視してはいけないと、胸の裡で別の自分が警告している。法的根拠や論理ではない。原初的な感情、長年のうちに培った観察眼という胡乱極まりない判断基準であり、裁判官には夾雑物でしかない代物だ。

法廷は感情ではなく論理が支配している。裁定に感情が介入すれば、法廷は私刑の場にもなりかねないからだ。従って裁判官が感情を判決の構成要件にしていいのは唯一つ、〈市民感情〉とやらに限られる。

私情と闘いながら静は判決文を書き始めた。もう三十余年も裁判官を続けてきたが、未だに判決文を書く時には呻吟し、煩悶する。自分の文章によって、事件に関わった人間の人生が変わることを考えると気が狂いそうになる。死刑判決を下す時は尚更そうだ。本当に自分の価値判断は正しいのか、本当に被告人の生命を奪うことが法の正義と言えるのか。法律家として死刑廃止論が頭を掠めない日はない。司法は国の決めた法律に従えばいいと言う同僚もいるが、静はそこまで割り切ることができない。

一文書いては考え、また一文書いては迷う。

結局、静が判決文を書き上げたのは明け方四時を過ぎた頃だった。

4

八月五日、静はいつもの時間に起床し、いつもの時間に家を出た。まだ八時前だというのに、はや陽光はぎらつき、容赦なく静の肌を灼(や)いた。風もなく、朝のニュースではこの夏一番の暑さを記録しそうだという。実際、アスファルトの上では陽炎(かげろう)が揺らめいていた。

判決言渡しの日であっても行住坐臥(ぎょうじゅうざが)を変えるつもりはなく、淡々と事を済ます――少なくとも傍目(はため)からはそう見られるように心がけた。

だが心の中まで止水明鏡という訳にはいかない。判決文を書き終えた時点で葛藤は止んでいるはずだったが、それでも光の届かぬ隅にざわつくものが残っている。まるでしつこい澱(おり)だ。何度、理屈で洗い流そうとしてもなかなか剝がれない。

今回、判決文を書いたのは静だが、無論二人の裁判官と事前に意見は擦り合わせてある。右陪審の多嶋(たじま)判事は今年で任官十年目、法理論の組み立て方は整然としており、各判例との対比も適確だ。左陪審の佐村(さむら)は昨年法衣を纏(まと)ったばかりの判事補で、他の新人のように気負ったところもなければ怯(ひる)んだところもない。若さに比して沈着かつ論理的な解釈のできる裁判官だった。

控訴審とは第一に被告人の罪を改めて問うものではなく、下級審の判断を審理する場所だ。この事案の場合には静たちが一審の黒澤の判断を審理することになる。ただし静が黒澤の薫陶を受けていることは多嶋にも佐村にも告げていないので、二人が黒澤に対して思慮する必要は全くない。

その二人をして、事案の判断は一審の支持だった。検察が積み重ねた数々の証拠に対して、被告人の発した悲痛な訴えは空疎にしか響かなかった。

また、二人は五十九年二月の判断、即ち違法な取り調べに関する最高裁判例についてはひと言も言及しなかった。つまり明大の自白調書が強引な取り調べの末に捏造された可能性を完全に黙殺したのだ。

先の最高裁判例は取りも直さず、取り調べについての規定を厳格には定めず、各事案の事情に合わせた柔軟性を認めたものだ。明大の取り調べについて追及することは、この判断に疑義を差し挟むことと同義になる。それを両裁判官は意図的に忌避した。理由は言わずもがなだった。二人とも最高裁の判例に反旗を翻すつもりなど毛頭ないからだ。

もっともそれは今に始まったことでも今回に限ったことでもない。押しなべて裁判官と呼ばれる人種は最高裁に逆らおうとしない。その判断と対立してまで自説を貫こうなどとは露ほども考えない。何故なら裁判官といえども公務員であることには変わりなく、その処遇を決定するのが最高裁だからだ。

一号俸から八号俸まで分割された給与体系はそのまま裁判官のカースト制度を具現化している。八号俸から始まって任官二十年目までは皆順当に四号俸に達するが、その後は三号俸以上に昇格していく者と四号俸に停滞する者に二分されていく。その格差は歴然としており、収入面だけ見ても退官までに億単位の差異が生じる。しかも、その処遇基準が最高裁内部の決め事になっているため、裁判官たちの疑心暗鬼を呼び、尚更最高裁への盲従に誘導している。何のことはない。誰も彼も戦々恐々として、最高裁判例を不可触の扱いにしているのだ。言い換えれば、そろそろ退官が視界に入った静のような立場なら最高裁判例に背を向けても痛痒はあまり感じない。

そういった状況下では静が一審判決を支持しても二人に異存があるはずもなく、審理には何の波風も立たない。それこそ補足説明も参考意見も必要のない、至極明快な判決になるだろう。

だが、静にはその明快さが却って不気味だった。

一審判決と多嶋佐村両名の判断にはいささかのぶれもない。一方、静の感性は明大の声なき声を聞いて判断にわずかな揺らぎが生じている。静を落ち着かなくさせているのは、まさにその差異に他ならなかった。

揺らぎの原因が静の母性にあることは自己分析できても、それを完全に無視できるかどうかは別の問題だ。法廷を支配するのが論理であることは百も承知しているが、裁きの場所で一切の感情を封殺することが果たして是であるのか。

法廷内ではなく、いち裁判官の胸の裡で感情と論理がせめぎ合う。これは自分が未熟だからなのかと、黒澤に相談したことがある。その時の返事は未だに忘れられない。

それは君が未熟だからなのではなく、人間という存在自体が未熟だからなのだ——と、黒澤は答えた。人間の犯した罪を同族である人間が裁こうとする行為そのものが不遜であり、傲慢なのだ。本来、人を裁くのは神の仕事ではないのかね――。

洗礼を受けた身でもないのに、黒澤はそう投げかけた。あれほど経験を積み研鑽を重ねてきた判事が、人を裁くことについて懐疑を抱いている。静には少なからず衝撃的な話だった。

しかし黒澤は彼自身の言葉で警告してくれたのだとも思えた。

人が神の視座に立つことなど到底不可能だ。それにも拘わらず裁判官は人を裁かなければならない。だからこそ裁判官は絶えず己を律し、大多数の人間が範とする見識を持たなくてはならない。満足も慢心もせず、怠惰や安直に流れる自分を糾弾し続けなければならない。そうやって神になることは叶わなくとも、神の視点に近づくことは許される。

静は裁判所の玄関を潜ると、一階ホールの天井から吊るされた豪奢なシャンデリアに視線を移す。元々は最高裁判所旧庁舎の玄関ホールにあったものを移設したのだが、その威容たるや尋常ではない。

不意に静は最高裁一階大ホールに鎮座するテミス像を思い出した。右手に剣を、左手には秤を携えた法の女神テミス。

剣は力を意味し、秤は正邪を測る正義を意味している。力なき正義は無力であり、正義なき力は暴力である、といったところか。だがテミス像には剣を掲げたものと秤を掲げたものの二種類が存在する。最高裁のテミス像が右手の剣を高々と掲げているのは、正義よりも力を誇示していることへの痛烈な皮肉なのか。

法の執行者の一人である静は剣の非情さを思い知っていた。テミスが振り下ろす剣には一片の同情も仮借もない。冷厳な刃で唯々咎人を切り刻み、その骸を民衆の前に並べるだけだ。

裁判官室に入って法衣に袖を通すと、静は一つ深呼吸をした。これから自分はテミスの代行者となる。力を代行する限り、剣に刻まれる者の憤怒と怨嗟をも一身に引き受けなければならない。

人を裁くことは同時に自らを裁くことだ。

「全員、起立願います」

廷吏の声で廷内の人間が一斉に立ち上がり、静たちに注目する。

「礼」

全員が腰を下ろしても、明大だけは被告人席で立ち尽くしている。

静は傍聴人席を一瞥した。楠木夫婦の顔はすぐに発見できた。少し離れた場所には、あの渡瀬という刑事も確認できる。だが鳴海の姿はどこにも見当たらない。圧倒的勝利を確信した将校はいち早く戦場から離脱したという訳か。それにしては渡瀬の表情が優れない。公判中に見せたのと同様、なけなしのカネで買った馬券をスったような顔をしているが、目だけは怯えて泳いでいる。いったい、この若い刑事は判決が逆転するとでも危惧しているのだろうか。

いや、逆にこのままの流れで結審することを怖れているのだろうか。

静は一言一言を区切るように、はっきりと話し始めた。

「これより昭和六十一年ネ第二十二号控訴事件の判決を言い渡します」

判決文に目を落とす。ここから先は読み上げるだけだ。

「主文、本件控訴を棄却する」

法廷からは咳一つ起きない。

「理由
一　本件控訴の趣意は弁護人梶浦正義（まさよし）作成名義の控訴趣意書に記載されているとおりであるから、これを引用する。
二（1）論旨は、要するに次のとおりである。すなわち原判決は被告人が金品を強取しようと企て、昭和五十九年十一月二日夜、埼玉県浦和市大門五－〇－〇所在の久留間方に侵入し、一階事務所部分で物色していたところ、久留間兵衛に発見され、これを刺殺。ついで物音を聞いて駆けつけた妻の咲江も刺殺した。更に金庫内に保管されていた現金二百五万円を強取した旨事実を認定判示した。しかしながら被告人は金員の強取はもとより被害者夫婦の殺害にも関与しておらず、証拠として認定された供述調書は検察側の捏造によるものであるから、原判決は不当であるというのである。

そこで、原審記録及び証拠物を調査し、当審における事実取調べの結果を併せて検討すると、所論が指摘するとおり、被告人は被害者夫婦に対し確定的殺意をもって殺害したという原判決の事実認定は正当と判断できる。以下、説明を加える。
（2）まず、原判決挙示の関係証拠によれば、被告人が被害者夫婦宅に侵入するまでの経緯として、概（おおむ）ね原判決が『事実認定の補足説明』の項1において判示するとおりの事実が認められる。その概要を示すと、以下のとおりである。すなわち、被告人は昭和五十八年六月ころから久留間兵衛に借金をし、返済に滞り久留間兵衛から会社で督促されるとそれが元で退職になり、久留間兵衛を恨みに思うようになった。そして五十九年十一月二日の午後四時ころに被害者夫婦宅を訪れたところ、表の張り紙で午後から留守であることを知り金員を探し出して窃取しようと考えた。金庫の場所は以前被害者夫婦宅に返済に来た際に記憶しており、被告人はいったん自宅に戻るとガラス切りとバールといった工具類を用意して被害者夫婦宅に向かった。

（3）次に、弁護人がその信用性を問題とし、原判決がその信用性を認定した殺害状況等に関する被告人の捜査段階における自白を除いた関係証拠によれば、犯行状況等につき以下の事実が認められる。

ア　被告人は金員を強取しようと企て、侵入するための道具を準備した上、昭和五十九年十一月二日午後十時ころ、被害者夫婦宅に侵入した。

イ　一階事務所に備えつけられていた金庫をバールでこじ開け、中にあった現金を窃取しようとしていたところ二階から下りてきた久留間兵衛に目撃され、逃げようとした久留間兵衛の脇腹を準備していたナイフで背後から刺した。久留間兵衛は悲鳴を上げながら床を這っていたが、被告人は重ねて六回刺し、着ていたジャンパーでナイフの血を拭き取った。

ウ　次に、物音を聞いて咲江が二階から下りてくると、同女の胸を刺した。

エ　被告人は二人を殺害すると金庫から現金二百五万円を窃取し、被害者夫婦宅から逃走、途中でさしかかった橋の上から、殺害に使用したナイフと侵入に使用した道具類を川に投げ捨て、自身の部屋に戻った。

（4）織本慎太（おりもとしんた）医師作成の鑑定書によれば被害者夫婦の死体所見や死因は、以下のようなものであったことが認められる。

ア　久留間兵衛の右脇腹と左脇腹には長さ約4センチメートルの刺創、背中には1センチメートルから3センチメートルの刺創が存在した。このうち左脇腹の刺創は心臓に達し、右脇腹の刺創は深部筋層に及び、筋肉内出血が存在した。

イ　久留間咲江の左胸の刺創は長さ約4センチメートルで心臓に達していた。

（5）以上を前提として、被告人の供述について前記医師の死体所見に関する見解との整合性等に基づいて、その信用性を検討すると、供述の信用性を認めるのが相当である。

（6）金庫には被害者夫婦の他、被告人の指紋が付着していた。現場からは被告人の毛髪、玄関先からは被告人が所有していた靴と同型の靴跡が採取された。また被告人の部屋からは血液の付着したジャンパーが押収されたが、鑑定した結果、この血液の血液型は久留間兵衛のものと同じであることが認められた。

（7）被告人は侵入と金庫を開ける道具の他にナイフを準備していたが、金員窃取のみが目的であれば凶器となるナイフを準備する必要性がないので周到な計画性を窺わせる。さらに被告人が数度に亘って久留間兵衛に暴力を加えている事実から、確定的殺意の発生は十分に首肯し得るものである。また被告人が久留間兵衛の動かなくなった状態を確認した後に、久留間咲江に暴行を加えたのが、凶器のナイフに殺傷能力があることを確信した上であったことを考慮すると、被告人に未必的殺意があったことも首肯し得る。
(8)他方、被告人は金員強取も被害者夫婦の殺害にも関与しておらず、死体所見と照合した供述調書が検察側の捏造であった旨を主張するが、金庫から採取された指紋、久留間兵衛と同じ血液型の血液が付着したジャンパーなど、供述調書を除いた関係証拠はいずれも信用性の高いものであり、被告人の犯行であることを証明するには充分である。
(9)なお、被告人は供述調書が検察側の捏造であり、作成時に受けた暴力と不眠による意識混濁がその要因であると主張するが、供述調書の内容は、強盗の犯意に止まらず強盗殺人の犯意まで生ずるに至った理由等を含め、詳細を述べたものであって、体験した者でなければ容易に供述し得ない臨場感のあるものであることが窺われる。また、取調室で暴力行為が行われた形跡はなく、取り調べに要した時間もただちに違法と認めることは困難であり、被告人の主張は首肯することができない。
三　控訴棄却
以上によれば原審の判断は相当の理由があり、原判示の各事実と併せて、原判決が不当であるとはいえない。

四(1)以上に加えて被告人は兇悪事犯である強盗殺人を犯しながら、原審公判において犯行を否認し、被害者夫婦に対して冥福を祈る言葉を表明することもなく、自己の責任を回避する態度に終始しているものであって、真摯な反省に及んでいるとみるのは困難である。

（2） 以上によれば、本件の犯情は非常に悪く、被告人の刑事責任は極めて重大であるといわなければならない。本件強盗殺人の及ぼした社会的影響の大きさ、被告人の反社会性、犯罪性等を考えると、被告人の負うべき罪責は余りにも大きく、罪刑の均衡の見地からも一般予防の見地からも、原判決どおり極刑をもって臨むほかない。

よって、主文のとおり判決する。

昭和六十一年八月五日

東京高等裁判所第1部

裁判長裁判官　高遠寺静

裁判官　多嶋俊作

裁判官　佐村武志」

全文が読み上げられた直後、法廷からは声にならない溜息が洩れた。

その途端、明大がぐらりと姿勢を崩した。もし横に刑務官が付き添っていなければ床に倒れたかも知れない。

見るづもりはなかったが、反射的に傍聴人席の両親に視線がいった。郁子は小さく叫んでから顔面を震わせ始めた。辰也がその震えを押さえるように上から覆い被さる。

視線を明大に戻して、静は息を呑んだ。

悔恨ではない。

絶望でもない。

熱い感情からはほど遠い。今までの労苦が全て徒労に終わり、零になる。魂の焔が消滅し、生物であることを放棄していく。

明大はそういう目をしていた。

失意も怯懦も何もなく、生気という生気が失われ、後には虚ろだけが残っていた。

静は慌てて視線を逸らせた。

過去に何百人もの被告人を裁いてきたが、こんな目に出会ったのは初めてのことだった。あの虚ろを眺めていたら、こちらまで魂が吸い込まれそうな気がした。

「判事」

右陪審の多嶋に促され、静はようやく手順の最後を思い出した。

「閉廷」

そのひと言で廷内の統制が解け、傍聴人席の人波が崩れた。楠木夫婦と渡瀬はその波に吞まれてすぐに見えなくなった。

裁判官室に戻るなり、静は法衣を脱いだ。道すがら途轍もなく重たく感じた法衣だったが、脱いでみても肩に伸し掛かる圧力は一向に減じなかった。

急に寒気が襲ってきたので両腕で肩を抱いた。それでも悪寒は治まらない。馬鹿な。まだエアコンも入れておらず室内は蒸し暑いはずなのに。

外気に関係のない寒さも道理だった。悪寒は体表ではなく身体の芯から伝わっていた。

静は力なく椅子に沈む。このうそ寒さをどう表現すればいいのだろうか。まるで自らの手で小動物の首を縊った後のような感触だった。

もしかしたら、自分は誤った判断をしたのではないか——不意に芽生えた疑念が胸底でしこりに変わる。だが、それはあくまでも感覚の問題であり、法律家の理性は静の判断を肯定する。

この事案なら、どんな裁判官も一審を支持せざるを得なかった。

静は何度も自分にそう言い聞かせ、やがて胸のつかえを押し殺したまま、次の出廷準備に取り掛かった。

*

その後、弁護人は上告に踏み切ったが、最高裁がこれを棄却したため、明大の死刑判決が確定した。

渡瀬はその報せを浦和署で聞いた途端、胸騒ぎを覚えた。だがその正体にまでは思い至らず、鳴海の姿を探した。鳴海の反応如何で不安の原因が分かるような気がしたからだ。

ところが死刑判決の確定を告げても、鳴海の表情には毛ほどの反応も現れなかった。

「そうか」

興味がなさそうに返すと、署内備えつけの朝刊にまた目を落とす。

「もう終わった事件に、いつまで首突っ込んでるつもりだ。さっさと頭切り替えろ」

まるで取りつく島がない。事実、渡瀬も常時三つの事件を抱えているので、鳴海の言うことは至極当然だった。

それでも渡瀬は釈然としなかった。頭で理解していても、気持ちが納得していない。自白調書の作成が鳴海の主導で行われたにせよ、自分がその補佐を務めたにせよ、事件の実相は調書の内容通りだったはずだ。明大の心証は最悪で、万人が認める物的証拠は山のようにある。動機、チャンス、方法と明大の犯行を裏づける要件は全て揃っている。


堅牢な案件を揺るがすもの——それはあの日、明大の両親から投げかけられたものだ。

辰也は言った。

本当に、あんたたちは一度も間違えないって言うのか。

そして郁子は手を握ってきた。小さくて柔らかな手だった。

辰也の言葉と郁子の手の感触、どちらも払拭しきれず、未だ昨日の出来事のように残っている。記憶は明大の虚ろな目と直結し、渡瀬の安寧を脅かしている。

「判決の確定、楠木の両親も知ったでしょうね」

「それがどうした」

鳴海はもう、渡瀬の顔を見ようともしない。

「兇悪犯に死刑判決が下りる度、その親に慰めの言葉でも掛けろってのか」

「いえ」

「大体あんなど畜生に育てた親にも責任があるんだ。死刑判決ってのはな、親の育て方が間違ってたっていう判定でもあるのさ。いい気味とまでは言わんが、まあ自業自得だな」

「そんなものですか」

「少なくとも自分の親兄弟や子供を殺された家族はみんなそう思ってるさ。そしてできることなら犯人を自分の手で殺してやりたいと願っている。だが日本の法律は仇討ちを禁じている。だから俺たちが遺族の代わりに犯人に縄を掛ける。そうやって給料をもらっている。違うか」

くそ、と渡瀬は口の中で毒づいた。

どうして、この事件だけがいつまでも後を引くのか。明大を法律の下に罰することに、何故これほど躊躇を覚えるのか。元より自分は法の執行者などではない。犯人を捕獲し、証拠を揃え、そして送検する。それだけが自分の仕事であり、裁き罰するのは判事たちの仕事ではないか。

だが、そう割り切ろうとしても脳裏には楠木夫婦の顔が浮かぶ。高裁法廷で見たのが最後だが、今頃あの二人は何をしているだろう。母親は泣き狂っているだろうか、それとも消沈しきっているだろうか。父親はどんな風に母親を慰めているのだろうか。

「訊き込み、行ってきます」

渡瀬はコートを摑んで刑事部屋を出た。今、追いかけている事件に傾注しなければ、頭がどうにかなりそうだった。その点だけは鳴海の言葉も正鵠を射ている。

庁舎の外に出ると、鈍色の空から粉雪が舞い落ちていた。

渡瀬が楠木明大の名前を久しぶりに聞いたのは、翌六十三年七月十五日のことだった。

浦和市内での窃盗事件を追っていた渡瀬が署に戻ると、刑事部屋に居合わせた堂島が開口一番こう告げたのだ。

「楠木が死んだぞ」

一瞬、耳を疑った。明大は死刑判決が確定してからは東京拘置所に収監されていた。渡瀬が驚いたのは、明大の前に死刑囚がまだ百五十三人もいるため、明大が絞首台の露と消えるのは当分先になると踏んでいたからだ。

「えらく執行が早まったんですね」

「違う。房の中で自殺したんだ」

二の句が継げなかった。

「昨夜の巡回が終わった後、ドアに手拭いを引っ掛けて、それで首を縊った」

「……遺書とかは」

「なかったらしい。知ってるだろうが、房の中じゃあ紙も筆記用具も看守に頼まないと入手できないしな。衝動的だったら遺書を書くような余裕もない」

「でも、どうして今この時に」

言いかけて自分で気がついた。

一昨日、法務大臣の命令の下、二名の死刑が執行されていた。一件は四年前に刑が確定した放火殺人、もう一件は幼女誘拐殺人。うち幼女誘拐殺人の犯人は東京拘置所に収監されていたはずだった。

もちろん拘置所側で死刑執行を告知することはないのだが、そういうニュースは瞬く間に拡散する。同じ拘置所にいた明大の耳にも、当然届いたと考える方が妥当だ。いや、もしかしたら執行された囚人と房が近かったのかも知れない。

死刑確定と執行は順不同だ。古い事案から順番に執行される訳ではないので、確定囚は一日一日を恐々として過ごすことになる。

吊るされるのは今日かも知れない。今日が過ぎても、また明日の運命に戦慄する。延々とその繰り返し、毎日がロシアン・ルーレットのようなものだ。

明大は決して神経の太い男ではなかった。拘置生活が続く中で、神経を消耗していったとしても不思議ではない。

「隣の房の囚人が朝になったらいなくなっている。同じ立場のヤツだったら、悟りでも開いていない限り、気が狂いそうになるだろうな。楠木が自殺したのも無理のない話さ」

「あの野郎、逃げやがって」

堂島が話す背後で、鳴海が天井を睨みつけていた。

「悪党なら悪党らしく絞首台で死にやがれ。自殺だと？　けっ、お前らにそんな権利があるもんかよ」

さすがに堂島をはじめとした捜査員たちが眉を顰めたが、鳴海はいささかも気にする様子がない。

「自分でけじめをつけると言やあ体裁はいいが、結局は十三階段が怖くて逃げただけだ。ちっ、お前を安らかにするために拘置所送りにした訳じゃない」

「ま、ま。鳴海さん。それでも死んでしまえば、みなホトケさんじゃないですか」

「それじゃあ殺された被害者が浮かばれねえよ」

堂島の窘めを、鳴海は鼻で笑う。

「人を殺したヤツは死んだって地獄行きだ。そうに決まってる。どんなに後悔しようが懺悔しようが、それで殺されたモンが生き返る訳じゃない。死ぬ間際の無念さを思ったら、簡単に許せるもんか。殺人犯なんてのは獄中で苦しみ抜いて、恐れ慄いて、身も心もぼろぼろになった挙句に吊るされるのが一番真っ当なんだよ。そうでなきゃ、俺たちがわざわざ捕まえる甲斐もありゃしない」

半ば得々と語る鳴海を、もう誰も止めようとしなかった。鳴海は来年三月に定年退職する予定だ。今更周囲に遠慮する必要はなく、元より傍若無人の傾向もある。この程度の放言はむしろ当然といった面持ちでいる。

鳴海の犯人に対する憎悪が検挙率に繋がっているのは間違いない。その圧倒的な数字の前では生半な倫理や感情論など糞の蓋にもならない。皆、それを知っているから鳴海に反論しようとはしない。

この場にいると、鳴海の吐く毒に侵されそうになる。渡瀬は逃げるようにして刑事部屋から抜け出した。

そのまま突き進んでいると、廊下の先に意外な人物を発見した。

「……恩田さん」

「ああ、渡瀬くんか。久しぶりだな」

恩田嗣彦検事は人懐こい笑みを浮かべて渡瀬の方に近づいて来る。その顔を見て、渡瀬はふっと毒素が抜けたような気がした。

「どうして検事がここに」

「うん。高検で審理している案件で、急遽証拠物件の現物を確認しなきゃならなくなってね」

「そんなもの、関係部署にお伝えいただければこちらから届けますよ」

「こういうのは現時点で着手している人間が動いた方がいい。間違いが少なくて済む」

本来、東京高検の検事が隣県の所轄署を訪れることなど皆無に近いが、この恩田は別だった。審理中の案件で少しでも納得できないことがあれば、人任せにせず自分の耳目で確かめようとする。いい加減な仕事をする部下には煙たい存在だが、起訴を任せる所轄の刑事としてはこれほど信頼の置ける検事はいない。

恩田を知ったのは昨年、高裁に控訴された別の事案で取り調べの経過を聴取された時だった。

取り調べの過程で違法性はなかったのか。

自白調書の内容は本当に被疑者が自発的に供述したものだったのか。

自尊心が傷つくような問いかけに、それでも穏やかに答えられたのは偏に恩田の人柄によるものだった。相手が一介の警察官であっても決して偉ぶらず、常に敬意を払う姿勢は清新で好感が持てた。以来、機会は多くないが顔を合わせる度に世間話を交わすようになった。立場を越えて親しげに話してくれることが嬉しかった。

「ふむ。何やら不機嫌そうな顔をしてるな。何かあったか」

誤魔化そうとして、やめた。

観察眼の鋭い恩田のことだ。ここで隠し立てしたところで、結局は自分が納得するまで探りを入れてくるに決まっている。

「昨日、楠木が拘置所で自死しました」

それだけで恩田は合点した様子だった。

「ああ、あれは君と鳴海さんが挙げた事件だったな。それで、その顔か」

渡瀬は急に恥ずかしくなった。担当した犯人が獄死したくらいで何を動揺しているのか。同僚に嗤われるより、恩田に蔑まれるのが痛かった。

だが、恩田は予想外の言葉を口にした。

「その気持ちを大事にし給え」

「え」

「拘置所で病死や自死をする確定囚は決して少なくない。そして残念ながら我々はその一人一人にいちいち哀悼の意を示す余裕もない。しかし楠木の死を口惜しく思うのは、君がそれだけ彼と向き合い、彼を知ろうとしたからに相違ない。その気持ちを持ち続けていれば、君は必ず優秀な刑事になれる。優秀な刑事の条件は検挙率の高さじゃない。関係者の心の裡を受容できる深さと人間知識の広さだとわたしは思っている」

「意外です。嗤われるものだとばかり」

「真摯な思いを誰が嗤うものか。わたしたち検察官や君たち警察官は権力を与えられている。権力を持つ者が真摯でいなければ正義はいずれ破綻(はたん)する」

恩田は渡瀬の肩をぐいと摑んだ。

「安心しろ。きっと君は善良で、かつ思慮深い刑事になれる」

二　雪冤

1

昭和六十四年はたったの七日間で終わり、世間は〈平成〉という聞き慣れない元号に戸惑っていた。それでも元号が新しくなるのは、何かしら新しい時代の始まりを告げるような淡い期待を抱かせた。

他方、渡瀬にしてみれば元号が新しくなったからといって何が変わる訳でもない。相も変わらず浦和署の強行犯係にいて、兇悪犯罪を追っている。犯人の方も相変わらずで、平成の世になったからといって犯罪ががらりと変質する訳ではなかった。仮に変化するとしたら、それは世の中の変化と歩調を合わせるはずであり、予兆はまだ出ていなかった。

いや、一つだけ変わったことがある。長らく渡瀬のトレーナー役を務めた鳴海が退職し、新たに堂島がパートナーになったことだ。渡瀬より三つ年上の堂島は物腰が柔らかく鳴海とは好対照だった。もっとも鳴海よりも粗暴な人間などあまり見当たらないのだが。

「やっぱり俺じゃあ物足りないかな」

覆面パトカーに同乗していると、不意に堂島が呟いた。

「何がですか」

「前任が鳴海さんだったからな。相棒としちゃあ歯応えがないんじゃないか」

「歯応えも何も、あの人は食えない人でしたから」

「ははは。それどころか逆に食われてたな。しかし手錠を咥えて生まれてきたような男だったからな。鳴海さん無き後、杉江班長が不安がってるのはお前も知ってるだろ」

渡瀬は黙って頷いた。抜群の検挙率を誇る古強者の引退。その影響は早くも強行犯係の上に、暗雲のように垂れ込めている。検挙率はともかくとして、現場の空気が以前よりも弛緩しているのだ。

個性の強い捜査員が揃った強行犯係の中でも鳴海は別格の存在だった。検挙率のみならず被疑者を落とす執念とテクニックは他の追随を許さず、その存在感は杉江をも圧倒していた。

そういう人間は組織の中にあって異質ではあるが、同時に脅威でもある。絶えず緊張感をもたらし、一種の牽引役となる。そして牽引役を失った組織はすぐに個々の動きが拡散し、緩やかに崩壊し始める。今の強行犯係がそのいい例だった。

「俺の予想だと、間違いなく検挙率は下がるだろうよ」

堂島はまるで他人事のように言う。

「良きにしろ悪(あ)しきにしろ、鳴海さんは強行犯係の緊張感そのものだった。個人じゃなくチームとして動く組織が緊張感を失えば効率は必ず落ちる」

「何となく悔しいですね」

「仕方ないさ。今更にして思うが鳴海さんは特別だった。科学捜査が叫ばれて久しいが、それでも犯人を追い詰める最後の決め手は刑事の執念だからな。あの人の執念ときたら猟犬さながらだった。俺も一度組んだことがあったが、あの人は犯人逮捕をキツネ狩りみたいに愉しんでいたところがあった。仕事というよりは生き甲斐だよな。さて、そんな鬼神と称された御仁の執念を乗り越えるために、凡庸な俺たちはどうしたらいいと思う」

「地道な訊き込みと現場百遍(ひゃっぺん)」

「ご名答。じゃあ、早速それに従うことにしよう」

了解、と答えて渡瀬は交差点でハンドルを左に切った。二人を乗せたクルマは三十五号線を北に向かう。

今、二人が追っているのは昨年暮れに起きた大原での盗難事件だった。

十二月二十四日、浦和市大原三－五－〇。クリスマス旅行で家を空けていた鏑木(かぶらぎ)宅に侵入した賊がいたのだ。犯人は同邸宅の裏口ドアの鍵を開錠し、現金二百万円余と夫人所有の貴金属十四点、加えて預金通帳と印鑑を盗んだ。家の主人鏑木幸之助(こうのすけ)は病院経営者で四人家族。普段から多忙を極め、今回の旅行がせめてもの家族サービスと張り切ったところでの災難だった。

事件発生後、鏑木は直ちに銀行へ通報し、自らの口座を凍結させた。不幸中の幸いで本人がキャッシュカードを携帯していたため、すぐに現金が引き出されることはなかっなかったが、犯人が窓口で手続きを行う可能性は僅少だった。盗みの手口は手慣れたもので、侵入後の物色の仕方、被害者宅の不在確認などを考慮すると常習犯の可能性が濃厚だった。

だが、現場に不明指紋がなく、目撃者もいない状態では常習犯の特定にも至らず、初動捜査の成果は必ずしも芳しいものではなかった。今の段階で捜査員のできる仕事は近隣住民の記憶がまだ新しいうちに、可能な限り情報を聴取することだ。

被害者鏑木の自宅は住宅地の中とはいえ、周囲が畑に囲まれていて軒が隣接している訳ではない。日頃から騒音で悩まされることもないので、自然近隣への関心も薄れがちになる。自家栽培で育てられた菊などの草木が目隠しにもなる。住宅地であっても、実情は畑の中の一軒家だった。

「とにかく極端に目撃情報が少ないよな。犯行は二十四日の午後八時から翌朝四時までの間に行われた。確かに大勢の人間が外を出歩くような時間帯じゃないが、それにしたって誰一人として不審者の出入りに気づかなかったのは悩ましいところだ。あの辺りは昔ながらの住宅地で地縁も濃い場所だった。それが最近じゃあ新築のマンションやら宅地造成とかで一気に余所者が増えちまった」

「しょうがないですよ。浦和全体をベッドタウン化しようなんてヤツらが土地を買い漁っているんですから」

それどころではない。最近杉江から聞いた話では近い将来、浦和が区として統合され、市としては消滅するのだという。そうなれば東京都が主導する首都圏構想の中で、各自治体は役割に応じた都市計画立案の必要に迫られる。大原地区のベッドタウン化に拍車がかかるのは時間の問題だった。

渡瀬の感覚では、地縁の濃さと犯罪発生率は反比例の関係にある。捜査員の人員増が見込めないまま犯罪件数が増加すれば一人当たりの仕事量は確実に上昇し、結果として検挙率が低下していくのは自明の理だ。多少なりとも目端の利く者は早くもそのことに気づき、人知れず溜息を吐いている。かくいう渡瀬もその一人だった。

淡い焦燥感に頭を巡らせていると、助手席で無線が鳴った。

「はい。堂島です」

向こう側の声を聞いていた堂島が、途端に眉を顰める。

「了解。これより現場に向かいます」

会話を畳んだ堂島はふっと短い溜息を洩らした。

「行先は上木崎に変更」

「どうしました」

「今度はタタキ(強盗)が発生した」

「俺たち、大原の事件抱えているんですよ」

「他の班も別事件抱えて余裕がないってよ」

危惧していた傍(そば)からこうなる。渡瀬は愚痴の一つもこぼしたいのを堪(こら)え、ハンドルを切った。

浦和市上木崎三丁目、百五十九号線沿い。

JR東日本のアパートや病院などの中層ビルが周囲に林立する中、まるで谷間のように佇む一軒家があった。黄色いテープと制服警官に囲まれているので、すぐにそこが被害者宅だと分かる。

テープの前で仁王立ちしている警官は表情を殺しているが、緊張を隠しきれていないのでこれが単なる強盗事件でないことが察せられる。

無機質なビル群に囲まれながらも、その家は瀟洒な外見で存在感があった。背丈ほどの門柱には〈高嶋〉という真鍮製の表札が埋め込まれている。洋風の二階建て。住宅地にありながら建蔽率を欲張らず、門から玄関までのアプローチは結構な長さだ。アプローチの両側にはデイジーやパンジー、ビオラが鮮やかに映えている。

ただし華やかな雰囲気は家の中に入るなり一変した。強行犯係の人間なら慣れ親しんだ死の臭いが充満している。血と腐敗臭、そして排泄物の混じった甘い刺激臭。どれだけ脱臭剤を振り撒こうが決して消えない死の臭い。

鑑識課は既に仕事を終え、家から撤収する最中だった。渡瀬と堂島がまずリビングに足を踏み入れると、早速パジャマ姿の女の死体が転がっていた。俯せになった身体の下から、赤褐色の血溜まりができている。フローリングなので血が滲み込まず、水平方向に拡がっているのだ。

「被害者は主婦高嶋艶子さんとそのご子息芳樹くんの二人です」

最初に駆けつけた警官は、まだ興奮冷めやらぬ様子で渡瀬に報告する。どうやら殺人事件に遭遇するのは初めてらしい。

「芳樹くんを呼びに来た幼稚園の友達が異臭に気づいて親に伝え、様子を見に来た先生が死体を発見しました」

「母親と子供か……夫は？」

「世帯主の恭司氏は貿易商を営んでおりまして、現在はフランスへ買いつけに行っています。連絡は従業員が取りまして、取り急ぎ帰国の途に着いているようです」

渡瀬は現場をぐるりと見回す。犯人が物色した痕跡がリビングのあちこちに残っている。全開にされた抽斗、中身を放り出されて虚ろになった本棚、床に散乱した小物と、まるで嵐が通過したような有様だ。艶子の死体はちょうどその真ん中にあった。鑑識が押収したのか、血溜まりのところどころに物が置かれていた跡がある。これは床に物が散乱した後に艶子が殺害されたことを示している。

「息子はどこで殺られている」

「階段の下です」

仕事柄死体を見慣れているといっても、やはり子供の亡骸は別だ。無意識のうちに足が重くなる。

リビングを出て階段に向かうと、小さな死体が目に入った。見下ろしているのはお馴染みの末永検視官だ。心なしか末永の表情もいつもより固い。

「よお」と、こちらに向けた顔も何か言いたげだった。

子供もパジャマ姿だった。その背中から流れた血が床に落ちている。俯せで顔が見えないので、渡瀬は腰を落として腹這い(はらば)になる。

「何だ。わざわざ死に顔見たいのか」

この子供がどんな思いで死んでいったのか。それを忘れたくなかった。目を閉じた少年の顔はすっかり生気を失っていたが、それでも利発だったことを窺わせる面立ちだった。

「二人とも刺殺されている。母親は脇腹から入って心臓を貫通。おそらく抵抗する間もなかっただろう。こっちの坊やもそうだ。脇腹からまともに入った創端(そうたん)が心臓に達している。ひとたまりもなかったろう。ともに一撃だ。争った形跡はない」

「慣れた手口ということですか」

「犯人の予想以上に創洞(そうどう)が長くなったのかも知れん。刺創の両端とも整鋭になっているから、成傷器は左右対称両刃のナイフだろう。相当に切れ味が鋭いと思う。死因は二人とも心刺創による失血死と見て間違いない」

そう言うなり、末永は凶暴な顔になった。

「犯人はひどく手慣れている。人を殺すのは初めてじゃない。まだ就学年齢にも達していない子供に刃物を突き立てるなど、真っ当な精神の持主じゃない」

擦れ違いざま、肩に手を置かれた。武骨な感触に無念さと期待が伝わってくる。

「この外道、必ず捕まえろ」

答えるまでもなかった。

その日のうちに高嶋恭司が帰国し、二人の亡骸を確認すると共に被害状況を申告した。キッチンの床下収納庫に収めていた手提げ金庫の中身、現金百二十四万円と証券類。リビングと寝室に半ば放置されていた貴金属九点。

聴取に答えていた恭司は「たったそれっぽっちを盗むために二人は殺されたのか」と、その場で泣き崩れたという。

証言によれば前日四月十五日の午後六時には艶子と電話で話していたと言う。芳樹の友達がやって来たのが翌朝の八時三十分だから犯行はその間に行われたことになる。末永の見解では、二人の死亡推定時刻が十六日の深夜零時から午前二時までの間なのでこれは一致する。

鑑識からの報告では、現場からは家族以外の毛髪が一種類だけ検出された。採取された場所が床下収納庫付近であったため、本部はこれを最重要の証拠物件と位置づけたが、特定の人物に絞るまでには至っていない。なお艶子の失血具合から、鑑識は犯人が返り血を浴びている可能性を示唆した。

高嶋家では玄関ドアを二重に施錠していたが、犯人は裏口から侵入していた。玄関に比べて貧弱なピンタンブラー鍵であり、ピッキングの道具らしき物で開錠されていた。高嶋家の裏手は背丈のある雑草がちょうど目隠しの役を果たしており、侵入者を目撃し難くなっている。

しかし仮に見通しがよくても目撃者がいたかどうかは疑問だった。訊き込みを繰り返しても不審な人物を見掛けた者はおらず、第一、高嶋家に関心を払う者さえ皆無だったのだ。

近隣といっても中層アパートの住人がほとんどであり、彼らは両隣にすら余り関心はなく、むしろ関わり合うことを避ける傾向にあった。渡瀬が漠然と抱いていた予測が的中した形だが、これだけ市街地にありながら目撃者がいないという事実は、捜査員一同を暗澹たる気分にさせるに充分だった。

捜査員総出で現場付近の土手や小川を浚ったところ、犯行に使用されたと思しきフックピックとダガーナイフが発見された。凶器の発見に本部は一瞬沸いたが、ダガーナイフは昨年だけでも全国で三千四百五十七本も販売されている。累計では一万本以上だろう。特殊な商品ではないので製造元からエンドユーザーを辿るのは困難と思えた。一方のフックピックは棒状の金具を加工した自作の物であり、これもまた追跡は不可能に近かった。

だが、ないない尽くしの報告が重なる一方、渡瀬と堂島には一つだけ有用なものがあった。

「で、いったいお前たちは何を隠し持っているんだ？」

捜査会議が終わってから、杉江は二人を呼びつけた。

「会議の席上でお前たちは一度も発言しなかった。発言するには抵抗があるが、決して無視できないネタがある……そうじゃないのか」

「まあ、ネタっていうよりは感触なんですけどね」

堂島がとぼけた調子で返す。杉江を相手にする際は、一本気な渡瀬よりも堂島が受け答えする方が摩擦も少なかった。

「似てるんですよ。俺たちの追っている大原の事件と」

「大原って、あの事件のことか。しかし、あれはただの空き巣だったぞ」

「しかし手口に共通点があるんです」

それは渡瀬が最初に気づいたことだった。まず被害に遭った家は住宅街の中にありながら、周辺からは目撃され難い条件になっている。被害者が富裕層であり、事件当日は両方とも亭主が不在だった。犯行も同時間帯に行われている。

「だが、年季を積んだ空き巣なら、そういう家を狙うのは常道じゃないのか」

「それだけじゃなく、凶器の処分についてもです。大原の事件でも犯人は逃走途中、開錠に使用した道具を川に捨てています。室内に指紋や足跡を残さない周到さも同じです」

仕事に慣れてくると、使用する道具にも愛着が湧く。成功すれば愛用品になる。それは犯罪も同様で、常習犯であれば侵入や開錠に使う道具はあまり変更しないのが普通だ。だが、それは犯行現場に署名していくことと同義でもある。また、道具を手元に置いておくことが自分の首を絞める結果にもなりかねない。

「大原の事件で死人が出なかったのは、単に一家全員が外出していたからじゃないですかね」

「そこまで言うからには何か仕込んでいるんだろう」

「ええ。大原の現場では家族以外の毛髪が多数採取されています。それを今回の遺留毛髪と照合してもらってます」

「もしも一致すれば同一犯という訳か」

連続犯であれば、二つの事件現場から犯人の行動範囲が絞られてくる。遺留物の再検討から新しい手掛かりが得られる可能性も出てくる。

「いい報告を待ってる」

杉江はそう告げて二人を解放した。

「いい報告って、そいつは鑑識の結果次第なんだけどな」

堂島はまた他人事のように言うが、それでも手応えを感じているのか声は弾んでいる。一つの切り口から事件が解決することは往々にしてある。弾んだ声は期待の表れだろう。

だが渡瀬には期待以外にも恐怖に近い感情が芽生えていた。闇の中で伸ばした手がとんでもなく忌まわしいものを摑んでしまうかも知れない――そんな恐怖だった。

堂島にはまだ打ち明けていないが、渡瀬は上木崎の事件からもう一つ別の事件との類似を見出していた。

忘れもしない五年前の不動産屋殺し。既に刑が確定し事件は終了している。死刑囚の明大(あきひろ)も自死して再審請求もない。だが、今回の事件は否応なく忌まわしい記憶を呼び覚まさせる。

周到な下調べ、目撃されて家人を刺し、凶器は現場に残さない。おまけに二人目の犠牲者は階段から下りた直後に刺されている。まるで今回の事件と瓜二つだった。

強盗殺人なら様態は似てくると指摘されればそれまでだが、頭にこびりついて離れない。事件は終了しているという事実が尚更、不安を煽る。

思い過ごしだ。そうに決まっている。

渡瀬は自分を無理に納得させて刑事部屋を出た。

2

鑑識からの報告は予想以上に早かった。

結果はクロ。高嶋家に遺留していた毛髪が、鏑木宅から採取された不明毛髪の一本と一致したのだ。

大原と上木崎、場所も離れており両家には何の関わり合いもない。従って同一人物存在した痕跡は、そのまま二つの事件が同一犯によるものと推察できる。正直、空き巣事件だけで捜査員が動くことは少ない。空き巣以上に兇悪かつ重大な事件が山積しているので、どうしても後回しになってしまう。大原の捜査が手薄になった理由もそこにある。だが、連続した事件となれば話は別だ。他の捜査員を投入して徹底的に調べることができる。

渡瀬が着目したのは川に捨てられていたフックピックとダガーナイフだった。

「しかしフックピックは自作で、ナイフは量産品なんだろ」

訝る堂島に、渡瀬は証拠物件のダガーナイフを指す。

「よほど手先が器用なんでしょう。既製品なのにナイフを研いだ跡があるんです。しかも研ぎ筋が一方向になって乱れていない。綺麗なものです」

研磨跡は鑑識からも報告を受けている。同型のナイフと比較しても、研いだことで相当に切れ味が向上しているらしい。

「このナイフの材質はステンレス鋼です。ステンレス鋼というのは一般の砥石では研げず、それに研いだ時にバリが残り易い。不慣れな手では刃先が潰れてしまう。だから研磨には熟練の腕が必要とされるそうです。それからフックピック。これは棒の先がくの字に曲がっているだけだから簡単な細工に見えますが、鍵穴に挿し込む幅と強度のバランスが取れていないと、すぐに先端が曲がるか折れてしまう。こっちの加工にもある程度以上の技術が要るんです」

「つまり特殊な砥石を所有し、それを使いこなせるだけの技術を持った者、か」

ピッキングは元来、錠前技師の仕事だ。錠前技師は民間資格ではあるが、相応の研修を受けなければ修了できず、修了できなければ鍵屋として一人前扱いされない。

「仕事の度に道具を未練なく捨てられるのも、いつでも自作できる自信があるからです」

「そうなると容疑者は錠前技師、あるいは鍵屋に従事した経験のある者ということになるな。しかし民間資格だろ？　店員も含めて取得したヤツなんて星の数ほどいるぞ」

「大原も上木崎も念入りな下調べがされているはずです。収入、家人の不在状況、周辺の環境。逃走路や道具の捨て場所も予め確保しておく必要があります」

「ああ、そうか。それには何度も足を運ばなきゃならない。ある程度の土地鑑も要る」

「ええ。だから捜査範囲は浦和市とその周辺に限定していいと思います」

渡瀬が断定口調でそう告げると、堂島は半ば呆れ顔になった。

「目のつけどころは文句ないんだけどな。渡瀬よ。お前、そんな知識、どこで仕込んできたんだよ」

「鍵屋の親爺にレクチャー受けたんですよ」

「……お前、鳴海さんに似てきたぞ」

「え」

「あの人は博学という訳じゃなかったが、そういうねちっこさがあったからな。そこんところはそっくりそのままだ」

褒められたのだろうが、不思議に嬉しい気持ちにはならなかった。

早速、日本鍵師協会から資格取得者の名簿を拝借し、その中から浦和市とその周辺に住む者を拾い上げた。その数、百二十四人。専従捜査員はある程度拡充されたが、現状ではこの百二十四人のアリバイを六人で捜査しなければならない。もちろん百二十四人全員が空振りという可能性もあるが、それらを一つ一つ潰していくことが自分たちの仕事だ。

鳴海の横にいて得られたものは確かに多かった。しかし一方、自分にはそぐわないと思えたこともある。その一つが性急さだった。なるほど鳴海は勘も鋭く猟犬としての嗅覚も抜群だったが、結果を急ぎ過ぎるきらいがあった。その性急さが結果的に粗暴さに結びついていた。鋭敏さには憧れがあっても粗暴さを真似ようとは思わない。仮に自分が粗暴になれるとしたら、それは不合理な決まり事や機能しなくなったシステムに対してだろう。

鍵屋の訊き込みは普段の地取りよりもやり辛かった。鍵屋の所在が各地に分散していたせいもあるが、空き巣の捜査ですぐに鍵屋を回る警察の態度が先方の不評を買った。少し考えてみればそれも当然で、矜持を持つ己の職業が泥棒の養成所のように扱われては、対応が好意的でなくなるのも自明の理だった。

「何だい。俺たちの仲間内に空き巣がいるって前提かよ」

「最新式ならいざ知らず、普通のドアなら素人だって開けられない訳じゃない。鍵屋回るより先に、窃盗で補導したガキを当たった方がいいんじゃないかね」

「今、忙しいんだ。店退けてからにしてくれませんか」

「お巡りさんも大変ですな。わしらみたいな人間まで疑ってかからにゃならんのですから」

「アリバイってヤツだろ？　言うのは構わないけどさ、俺は独り者だから、誰も証言しちゃくれないよ」

最初から殺人事件を追っていると思われては警戒される。そこで捜査員たちは、昨年のクリスマスイブに発生した大原の事件に関して聞くことに方針を統一していた。クリスマスイブという特別な日であれば、四カ月前のアリバイであっても記憶に残っているだろうと踏んだのだ。あまり協力的とは言えない鍵師たちも、街の賑わいの違いからその晩を記憶している者は少なくなかった。

百二十四人のリストは日毎に×印で黒くなっていく。鍵屋を退職した者、行方不明になった者が随時残っていく。次第に対象者が少なくなる中、渡瀬は他の捜査員がしない質問を重ねていた。

「俺が怪しいと思うヤツ、だって？」

渡瀬に質問された鍵師は訝しげに顔を上げた。

「何だよ、俺に仲間をチクらせようって魂胆かよ」

「違います」

喧嘩腰になりかけた相手に渡瀬は平然と答える。

「いくらピッキング絡みとはいえ、自分の職業を疑われて愉快に思う人間はいない……それくらいは我々だって分かっています。ただですね、これは特定の職業に限らず、どんな世界にも悪いヤツというのは一定数いるものなんです。教師とか坊主とかの聖職者も例外じゃない。ああ、弁護士とか警察官も同様ですね」

警察官が例示されると鍵屋の反応が変わった。

「あんたも警官じゃないか」

「確かに悪いヤツらを捕まえるのが仕事ですが、だからといって捕まえる方が全員善人とは限らない。極悪人が悪人を捕まえるのも有り得ない話じゃありません」

「へえ、警官の中には極悪人がいるって？」

「捕まらないか、法律に触れないかだけでしてね」

一瞬、何の脈絡もなく鳴海の顔が浮かんだ。

「その一定数の悪人のために他の人間はえらい迷惑です。折角、皆が真面目に仕事をしているのに、どうしてあいつの仕出かしたことのためにと憤慨する」

「まあ、それはあるわな」

鍵屋は不承不承に頷いた。

「本当、たまーにニュースで見たりするんだよ。空き巣で捕まったヤツの顔に見覚えがあってさ。色々あって泥棒やる羽目になったんだろうけど、同情よりは怒りが先にくるからな。鍵屋の面汚しってさ」

「錠前技師の資格取得はやっぱり狭き門ですか」

「いやあ、国家試験じゃないから競争率何倍って世界じゃないけど、まあ受ける方にしてみたら意地みたいなものはあるよ。資格取れなかったらいつまでも半人前扱いだし、大体資格取ろうなんて考えてる時点で結構、自分の腕に自信持ってるヤツがほとんどだから」

鍵屋は少し含羞（がんしゅう）のある目で自分の指先を見る。

「この業界にも機械化の波がやってきて、自動研磨機なんてのも出てきたけど、最終的には職人の技術で客を確保する仕事だからな。誇りに思ってるし、自分より凄い腕前の錠前師は無条件で尊敬できる」

「その技術を悪用するような輩（やから）を許せますか」

「……あんた口が上手いな。極悪人て、ひょっとして自分のことかよ」

鍵屋は感心したように言う。

「まあ、確かに許しちゃおけねえなとは思うよ」

「既に辞めた人間でも構いません。何かしら良くない噂の同業者に心当たりはありませんか」

鍵屋はしばらく考え込んでいた。心当たりを探しているよりは、仲間意識と倫理感がせめぎ合っているように見えた。

「そういえば浦和競馬場に入り浸ってるヤツの話を聞いたよ。一レースに何万円も張り込んで負け続けていたっていうから、結構な軍資金だろうけど……そいつ、鍵屋辞めてからはどこにも勤めていないはずなのに、どこにそんなカネがあるんだろうって仲間内で話してたんだよ」

「それは誰ですか」

「迫水二郎ってヤツでさ。腕はよかったんだよ。ありあわせの物でピッキングのツール、自作しちまうくらいだったから」

迫水二郎三十二歳、独身。その住まいは北浦和、十七号線中山道沿いのアパートだった。渡瀬と堂島は離れた場所にクルマを停め、先刻からアパートの前を張っている。

迫水が勤め先である浦和駅前の鍵屋を辞めたのは、今から二年も前のことだった。辞めた理由は拘束時間の割に給料が少ないという不満だったが、同じ職種で天と地ほども支給額に差があるものでもなく、未だに再就職の口は見つかっていないらしい。

ところが調べてみると本人はハローワークにも通っておらず、遮二無二就職活動をしている風ではない。それにも拘わらず家賃は滞納しておらず、鍵屋の証言通り三日に上げずに競馬場通いをしている。

渡瀬の心証は限りなくクロに近かった。

「出て来たぞ」

一階角部屋から男の姿が現れた。中肉中背の角刈り。日本人離れした彫りの深さだが、猫背のせいか貧相に見える。渡瀬と堂島はクルマから降り、何気ない足取りで迫水に接近する。最初に声を掛けるのは人相の悪い渡瀬よりも、堂島にすることは打ち合わせ済みだった。

「迫水二郎さんですね」

背後から呼び止めると迫水が振り返った。その隙を突いて渡瀬が前面に回り込む。これで退路は断った。

「浦和署ですが、お話を聞かせてもらいたいのですが……」

その顔に警戒の色が走った瞬間だった。

いきなり迫水は堂島を突き飛ばして駆け出した。

分かり易い反応をする。きっと職務質問さえされたことがないのだろう。

渡瀬は半分呆れながら後を追った。本人はこちらの不意を狙ったつもりだろうが、渡瀬の方では逃走も織り込み済みだ。ダッシュが少し遅れた程度でそれほど差がつくことはない。元より体力にも自信がある。

どうやら幹線道路で直線勝負をするつもりはないらしい。迫水は左折して細い路地に逃げ込んだ。入り組んだ裏路地に入れば土地鑑のある者の有利になる。

渡瀬は袖がブロック塀を掠める(かす)のも構わず、路地を走り抜ける。まさかここまで追ってくると思っていなかったのか、迫水は何度か振り返ってみる。

その一瞬が仇となった。

振り向いた際、目の前に放置されていた自転車に裾を引っ掛け、迫水は自転車もろとも路上に転倒した。

放置自転車も満更(まんざら)捨てたものじゃない。

渡瀬は倒れた迫水の上に乗ると、後ろ手に手錠を掛けた。

「な、何しやがる。俺が何したってんだ」

「何もしてないんなら、何故逃げた」

「警察に追われたら大抵のヤツは逃げる」

「追いかけるなんて誰が言った。話を聞かせてくれと言っただけだ」

「じゃあ、どうして手錠なんかするんだよ」

「さっき、もう一人の刑事を思いきり突き飛ばしたよな。刑法第九十五条一項、公務員が職務を執行するに当たり、これに対して暴行又は脅迫を加えた者は、三年以下の懲役若(も)しくは禁錮又は五十万円以下の罰金に処する。あれは立派な公務執行妨害だ。ほら、立て」

突き倒された堂島は弾みで手の甲に擦り傷をこしらえたが、お蔭で迫水の執行妨害が立件し易くなった。迫水は被疑者となり即座に家宅捜索の令状が下りた。

迫水の部屋からは毛髪など色々と有益なものが採取され、報告を受けた杉江はすぐにでも本命の強盗殺人へ切り替えるよう提案したが、取り調べ担当となった渡瀬はやんわりとこれを諫めた。

「何故だ。相手は初犯だぞ。取り調べの要諦も何も分かっちゃいない。これだけ物的証拠があれば簡単に落とせるはずだ」

はず、では駄目だ。

「取り調べは初めてですが、えらく慎重な男です。大原と上木崎の事件を見てもほとんど言っていいくらい痕跡を残していません。あの慎重さでこちらの手の内を見透かされたら、その時点でアウトですよ」

慎重な人間は必ず退路を一つか二つ用意している。そんな相手にいきなり襲い掛かっても逃げられるだけだ。まず一つずつ退路を断ち、袋小路に追い詰めることが肝要になる。

「君は鳴海さんの門下生だろう。彼のあの……手法を踏襲しようと思わんのか」

杉江は奥歯にモノの挟まったような言い方をする。案件が山積している班長としては早々に決着をつけたいのだろうが、渡瀬にも期するものがある。

「どんなに威力のある武器も使い方次第ですよ。第一、鳴海さんの手法は鳴海さんにしか無理でしょう。ずっと横にいた俺が断言します。あれを鳴海さん以外の人間が試したら、必ず失敗します。お願いします。ここは俺のやり方を通させてください」

杉江は不服そうだったが鍵師に着目し、迫水を引っ張ってきたのは渡瀬だ。命令権は杉江にあるが主導権は渡瀬にある。結局しばらくは渡瀬に一任するよりなかった。

渡瀬と堂島が取調室に入ると、迫水は目だけで二人の姿を追った。案の定だった。初めての取り調べで怯えているがそれ以上に警戒し、こちらの出方に細心の注意を払っている。

その瞬間に渡瀬は確信した。こいつのしたことは窃盗だけではない。

「あなたの噂は元の仕事仲間から聞いたよ。鍵師としてはおそろしく腕がいいんだって？」

「……まあ、ね」

「部屋から興味深い道具が見つかった。一般には入手できない砥石やら工具類やら。かなり使い込んだ砥石みたいだが、鍵屋で使う道具も自作するんだって？　大したもんだ。そんな立派な腕があるのに、どうして鍵師で身を立てようとしない」

「立派な腕だから安売りしたくないんだよ」

なるほど、それで自慢の腕を最大限発揮できる仕事に鞍替え（くらがえ）したという訳か。

「何で事情聴取されてるか、もう見当はついているよな」

迫水は黙り込む。言質（げんち）を取られないよう不用意に喋るまいとしている。やはり慎重だ。

「去年のクリスマスイブ、大原のとある一軒家に泥棒が入った」

「知らねえよ、そんな事件」

「犯人は裏口のドアを破って現金と貴金属を盗んだんだが、開錠の仕方がまた見事でね。ピッキングにやられた錠なんて普通は鍵穴がぼろぼろになるんだが、この時の錠は綺麗なものだった。まるで純正の鍵で開けたみたいだった。生半可な腕じゃ、ああはならないと鑑識の連中も感心しきりだった」

「だから俺がやったっていうのか。馬鹿らしい。知らねえよ」

「大原三－五－〇、鏑木って家だ」

「知らねえったら」

「仕事の関係とか、個人的な理由でその家に行ったことはないか。部屋に上がったことはなかったのか」

「くどいぞ。そんな家、見たことも聞いたこともねえ」

「空き巣に入られたのは二十四日の夜から翌朝四時にかけてだ。その時刻、お前はどこで何をしていた」

「競馬場近くの呑み屋を梯子(はしご)してたよ。ぐでんぐでんに酔っ払っていたから店の名前は忘れた」

「呆れるな。それでアリバイのつもりか」

「これでも記憶力はいい方だけど、酔ってたなら仕方ないだろ」

「本当に、見たことも聞いたこともないんだな」

「さっきからずっとそう言ってるだろ！」

いきなり迫水の声が跳ね上がった。慎重さをどこかに置き忘れた声だった。

「じゃあ、どうしてその家にお前の髪の毛が残っているんだ」

そのひと言で迫水は固まった。ここで他の刑事であれば畳み掛ける場面だが、渡瀬はそうしない。

「ここでいくらシラを切っても物的証拠があるんじゃどうしようもない。否定すればするだけ心証が悪くなる。しかしな」

渡瀬は一段声を低くする。

「空き巣は窃盗罪、住居侵入、器物損壊の三つが重なるが、それでも最大で十年以下の懲役又は五十万円以下の罰金。初犯で、被害者に謝罪し弁償するなら示談で済む余地がある。事と次第によれば不起訴になるかも知れない」

ぐいと顔を近づけると、迫水はびくりと反応した。その顔には怖れと期待が同居している。

「なあ、十年ぶち込まれたら出所する時、お前はいくつだ。四十過ぎのムショ帰りにどんな再就職ができる？　今は景気がいいが、それだって堅気の人間限定だ。前科者の食う飯はいつだって冷たいぞ」

迫水は迷っている。おそらく慎重さが迫水の最大の武器だ。その武器を取り上げられた今、この男は渡瀬の言葉が真実かどうかを見極めるのに必死になっている。

「いくら卓越した腕を持っていても、塀の中にいたんじゃ二束三文の値打ちにしかならない。そりゃあ宝の持ち腐れってもんだ。そうは思わないか」

こちらのカードは一枚切っただけだ。迫水がそれを切り札だと誤認すれば間違いなく話に乗ってくる。

迫水はまだ迷っている。渡瀬を凝視したまま口を閉じている。こちらの顔色を読んでから、出すカードを決める腹積もりなのだろう。

望むところだと渡瀬は思った。嘘を吐き通すことに自信はないが事実を隠すことはできる。取り調べ開始から、まだ渡瀬は一つも嘘を吐いていない。表情を取り繕う必要もない。後は迫水が橋を渡って来るのを待てばいい。それで退路は断ち切れる。渡瀬は迫水の目を直視し、一語一語区切るように言った。

「俺は、嘘は、吐かん」

決然とした口調が決め手となった。

「……話したら便宜を図ってくれるのかよ」

便宜を図れ、か。ずいぶんと大仰(おおぎょう)な言い回しをする。自分が重要人物にでもなったつもりか。

「できる限りのことはしてやる。もし示談したいのなら優秀な弁護士を紹介してやってもいい」

これも決して嘘ではない。もし迫水の犯罪が空き巣だけに留まれば、更生の道を用意してやるのに吝(やぶさ)かではない。

やがて迫水は重そうに口を開くと、大原の事件についてぽつりぽつりと話し始めた。

部屋の隅にいた堂島は迫水の供述に耳を傾けながら、記録係の打ち込む文言を逐一確認していく。

前日までの下見で鏑木家がひと晩留守になるのを知ったこと。何気なく裏手に回り、裏口ドアの錠が簡便な造作であるのを確認したこと。決行時の動線。盗んだカネ、盗んだ貴金属の処分。全て当事者でなければ知り得ない事実の列挙だった。

堂島は作成したばかりの供述調書を渡瀬に渡す。渡瀬は手順通り内容を読み聞かせた上で、迫水の反応を窺った。

「これで間違いないな」

こくりと頷いたので、供述調書に署名させ拇印を押させた。これで大原の事件については起訴できる要因が揃ったことになる。迫水もこれで取り調べは終了したつもりなのだろう、肺の中が空になるような大きな息を吐いた。

そうだ、終了したのだ。

少なくとも第一ラウンドは。

「疲れただろう。もう、今日はゆっくり休め」

渡瀬が労いの言葉を掛けると、迫水はすっかり表情を弛緩させた。

今だ。

「ところで迫水。お前、人を殺していないか」

警戒心が無になった瞬間を見計らっての不意打ちだった。迫水は途端に表情を凍りつかせた。

「……何のことだ」

「四月十六日、上木崎で強盗殺人があった。殺ったのはお前だろ」

「それこそ知らねえよ」

語尾が微かに震えていた。

「本当に知らないのか。上木崎三丁目の大きな家だ。高嶋という貿易商の家で、その日は奥さんと息子さんが在宅していた」

「知らねえって言ってんだろ」

「じゃあ、知ってることを言え。四月十五日の深夜、お前はどこで何をしていた」

迫水は黙りこくる。

「何だ。今度はアリバイを主張しないのか」

「先月のことじゃないか。そんな前のことなんか誰が憶えているかよ」

「去年の十二月のことは憶えているのに？　お前さっき言ったよな。記憶力はいい方だって」

迫水は声にならない呻き声を上げる。迫水も事前に上木崎の事件について聴取されると知っていたなら相応のアリバイを用意していたのだろうが、不意打ちだったので取り繕いようもない。

これは聴取をするうちに思いついたカードで、相手の弁解を封殺する程度には有効だった。だが渡瀬にはとっておきの切り札がまだ何枚か残っている。

「証拠でもあるのかよ」

「そういう言い方をするってことは、上木崎の事件とは一切無関係ということだな」

「当たり前だ」

「殺人はおろか、空き巣にも入らなかったのか」

「そうだ」

「法廷で証言できるか」

「今すぐ証言したっていい。今度こそそんな家は知らん」

「ほう。だったら、どうして高嶋家からもお前の髪の毛が採取されたんだ」

互いの鼻が触れそうになるほど渡瀬は顔を近づける。元々が凶暴な顔つきのせいもあるだろうが、迫水は逃げるように顔を背ける。

「それも床下収納庫の傍から採取された。旦那さんの話じゃ奥さんはえらく綺麗好きな人でな。昼前には必ず家中の床を掃き、キッチンに至っては毎日粘着式のカーペットクリーナーで細かいゴミや毛髪を取り除いていたらしい。それに当日、業者が出入りした話もない。だから、あの部屋から第三者の髪の毛が採取される可能性なんてないのさ。そいつが強盗殺人の犯人じゃない限りな」

迫水は口を噤（つぐ）んだまま細かく震えている。

もうひと息だ。

「証拠ならまだあるぞ。開錠された裏口のドアだがな、鍵穴から微量ながらアルミナ系セラミック砥粒とかいう微粒子が検出された。これがお前の部屋から押収した砥石の材質とぴたり一致した。おっと、このアルミナ系何たらの砥石が結構特殊仕様で、一般にはまだなかなか出回っていないのは承知してるよな」

「そ、それだって俺がドアを破ったことは証明できても、二人を刺したってことにはならないだろっ」

もう悪足掻きにしか聞こえない。これがこの男の限界なのだろう。ならば、その足掻きすらも徹底的に潰すだけだ。

「二人が刺殺されたなんて、誰が言った？」

瞬間、迫水の口が半開きになった。

「墓穴を掘ったな、迫水。まあ、それがなくてもお前を追い込むネタには困らなかったが。同じく川から見つかった凶器は、これもご丁寧に研いであった。その研磨跡と砥石に刻まれた筋も一致しているんだ」

迫水は俯いて渡瀬の顔を見ようともしない。黙秘すること、反応を示さないことが残された抵抗手段と決めた様子だ。

交代しようか、と堂島が目で尋ねてきた。渡瀬は首を振る。ここまで来たら一気呵成に攻めるしかない。黙秘権の行使で中断すれば、それだけ迫水に退路を作らせる余裕を与えてしまう。

最後の切り札だ。

「自分のしたことを忘れたようだから思い出させてやる」

写真を一枚、迫水の眼前に突き出す。それは鑑識の撮った現場写真の中の一枚だった。

「高嶋芳樹くんだ。俯せだったから、お前も死に顔ははっきりと見ていないだろ」

写真は仰向けにした芳樹の顔を正面から捉えたもので、すっかり青白くなった肌を見ていると、こちらの心まで寒々としてくる。目鼻立ちの幼さが尚更痛々しい。

「まだ、五歳だった。優しい子でな、よく捨て猫を拾って来ては母親を困らせたそうだ。喧嘩慣れなんかしていないのに、小動物を苛める小学生を見て突っかかったこともある。事件の二日後は遠足の予定でとても楽しみにしていた」

しばらく写真に見入っていた迫水だったが、また顔を逸らした。渡瀬はすかさずその頭を押さえる。

「逃げるな。これがお前の摘み取った命だ。まだ世の中の理不尽も非情も知らず、ひたすら善意と優しさだけを信じていた命だ。そんな命をお前は、たかだか数時間でスっちまう博打に使うカネのために握り潰した。さあ、見ろよ。お前の良心が悲鳴を上げないんだったら、ずっと見ていられるはずだ」

最後の切り札はこの男の良心だった。どんなに荒んでも一片は残っている感情、ましてや幼子への哀れさを先天的に切り捨てられる人間などそうそう存在するものではない。

押さえ込んでいた頭がやがて細かく震え出した。

「ひっ、ひっ、ひっ」

笑い声のように聞こえたが、顔を上げさせると迫水は引き攣るように泣いていた。

落ちた。

「全部、話してくれないか」

そう聞くと何度も頷いた。同時に渡瀬の全身からも力が抜けた。

堂島と交代することも考えたが、ここまでやったからには供述調書の作成も自分でするのが筋というものだろう。

「じゃあ、ゆっくりといこうか」

もう闘う必要はない――そんな口調で告げると、迫水は拍子抜けするほど素直に応じた。

洩れ出る言葉が供述調書となって打ち込まれていく。迫水の声とキータッチの音以外は何も聞こえない。

その静寂の中で、渡瀬はもう一つの疑念を抱えて密かに煩悶する。

3

上木崎の強盗殺人について供述調書を作成し終えた翌日、渡瀬は再度迫水を取調室に引き入れた。

理由を告げないまま同席させた堂島は、訳が分からないといった風で隅に座っている。正式な取り調べではないので他の捜査員を呼ぶこともできず、堂島に記録係を兼任してもらうつもりだった。

「ゆっくり眠れたみたいだな」

「不思議とね」

一夜明けた迫水の表情は、憑き物が落ちたように平穏だった。

「楽になったのか」

「これも不思議とね。この後の裁判とか考えたら怖くなるはずなんだけど、妙に気が抜けちまってさ」

気が抜けたのではなく、毒が抜けたのだろうと思った。

罪から逃れようとする毒。

良心に蓋をしようとする毒。

それらの毒を昨日のうちに吐き出し、迫水は軛を外された。そして自由になった者は自由に喋ることができる。渡瀬が迫水にひと晩安息を与えたのは、自由の安楽さを充分に味わわせるためだった。今なら何を訊いても抵抗なく答えるはずだった。

「まだ俺に訊きたいことがあるんですか。もう、昨日で全部話しちゃいましたよ」

「上木崎の事件より、ずっと昔……五年も前の話なんだ」

「五年前」

「正確には昭和五十九年十一月二日、場所は浦和インター付近のラブホテル街」

迫水は昨夜とは打って変わり、ひどく冷静な目で渡瀬を観察し始めた。堂島はひどく驚いた様子で事の成り行きを窺っている。

「確かに昔の話だな」

「関係者にすればそうとも言えん」

「あんたは関係者だったのか」

「担当者の一人だったよ」

「俺も関係者だって言うのか」

「こっちが質問している」

「新聞で見た記憶があるけど、不動産屋が殺された事件だったよな」

「そうだ」

「あれって事件はもう終わったんじゃなかったのか。犯人が捕まって、刑が確定して、しかもその犯人は拘置所で死んだんだろ」

「そうだ」

「どうして今更そんな事件を持ち出すんだよ」

「俺はその事件もお前の犯行だと思っている」

「根拠はあるのか」

「上木崎の事件とあまりにも似ているんだ」

話しながら渡瀬は忸怩たる思いに囚われる。久留間の事件で保管されていた証拠物件は刑の確定を経て遺族に還付する物は還付し、それ以外で留置の必要がなくなった物は廃棄されている。大原や上木崎の事件の証拠物件と照合することも叶わず、現状は推論だけで話を繋げる以外にない。

「犯行の前には必ず下見をして家人の不在を確認する。プロ仕様の道具で侵入する。家人に見つかるとこれを刺し、次に二階から下りて来た者をまた刺す。金品を奪うと凶器と道具は逃走途中に捨てる。その捨て場所は川」

「似ているだけで、それも俺がやったことだって言うのか」

「犯人てのは、それぞれに決まった手口がある。最初に成功すると、どこかで失敗しない限り同じやり方を続ける。気紛れに他の方法で冒険しようとは思わなくなるんだな。どんなに大胆なヤツでも、その辺は慎重な訳だ」

「……分っかんねえな」

「何がだ」

「もう終わった事件だろ。仮に、仮にだぞ、それも俺の仕業だとしようか。すると警察は無実の人間を間違って逮捕し、裁判所も間違った判決を下したことになる。おまけに無実のヤツは殺人犯の汚名を着せられたまま自殺しちまった。あんたたちにしてみりゃ、とんだ大失態だ。そんな自白をすることで警察にどんなメリットがある。そして俺にはどんなメリットがある」

迫水は全面否認せずに損得勘定を確認しようとしている。

渡瀬の背中を戦慄が走る。的中してはならない予想が現実のものになろうとしている。知らない方がいいこともあるという声が聞こえる。これ以上は追及するなという警告も聞こえる。

だが、やめることはできなかった。

「お前は既に二人殺している。前もって凶器を用意しているから、検察は殺意があったと主張するだろう。殺した人数が増えたところで主張が大きく変わることはない。そういう意味でデメリットはない。しかし逆に余罪の全てを自白し、改悛の情を示したら判決には情状酌量の目も出てくる。これは大きなメリットだろう」

「あんたたちの都合はどうなんだ」

「もし誤認逮捕、冤罪だったとしてそれが公になれば、警察と検察に非難が集中し信頼が大きく揺らぐ。新聞や週刊誌は好き勝手なことを書き立て、担当者の何人かは責任を取らされるかも知れん。デメリットは腐るほどある」

「おい、渡瀬」

堂島が慌てて止めようとするが、もう遅かった。

「じゃあメリットは何だよ」

「真実が、明らかになる」

「……それだけか？」

「ああ、それだけだ」

迫水はしばらく渡瀬の顔色を窺っていたが、やがて虚ろに笑い始めた。

「面白いな、渡瀬さん。刑事っていうのはみんな、あんたみたいなのかな」

「知らん」

「説明はよく分かったよ。つまり俺の方にデメリットはあまりなく、そっちの方は大火傷するってことだな」

「そうだ」

ふん、と鼻を鳴らしてから迫水は渡瀬を直視する。

「じゃあ言うよ。その通りさ。五年前の不動産屋の事件、殺ったのは確かに俺だ」

「不動産屋の事件は初めてだったんだよ。ヤバイところからカネ借りて返済に困ってた。

そんな時にあの不動産屋を思い出してさ。前に二階の寝室のドアが壊れた時、出張修理に行ったんだ。部屋の内装見ればカネ持ってるかどうか分かるじゃん。一階事務所に金庫が置いてあるのも見えたし。当日、下見に行ったら午後から家を空けるって張り紙があったからすぐに準備したよ。もっともそのせいで二人を殺す羽目になったんだけどな。ガラス戸を切ったのには理由があって、あのドアノブはスイッチ式のサムターンでおまけに鎌デッドが装備されていた。当時としちゃあ一番防犯性能があって、俺の駆け出しの腕じゃ歯が立たなかったからだ。金庫をバールでこじ開けたのも同じ理由。今だったらあの程度の金庫は簡単にピッキングしちまうんだけどな。金庫には二百万円くらいあったかな。ところが金庫開けた瞬間に亭主に見つかった。慌てるも何も完全に気が動顚して、我に返った時には背中と脇腹をメッタ刺しにしていた。逃げようとしたら二階から下りて来た女房に見咎められて、それも無我夢中で刺しちまった。女房の方は胸をひと突きだったな。カネを奪ってすぐ外に出たら、隣のホテルから出たばかりのアベックに見られたと思ったんだけど、あんたらはそいつらを探せなかったみたいだな。ガラス切りやバールやナイフは途中で川に捨てた。えらい流れだったから遠くまで運んでくれると思ったんだ。え？　ガラス切りはどこから調達したって。その時勤めてた鍵屋がガラス屋も兼業してたから、ちょいとくすねただけさ。道具の管理もいい加減だったし一つ無くなったくらいじゃ分かりゃしない。アパートに帰ってしばらくは外に出なかったな。いつ捕まるかと思って。ところが一カ月近くした頃、テレビで犯人逮捕のニュースを見て爆笑したよ。あんたら全然違うヤツに自供させてるんだからな。金庫に犯人の指紋が残ってたって？　ははは っ、今から破る金庫を素手で触るような馬鹿がどこにいるんだよ。それにしてもあの裁判は傑作だったよな。本人が正しいことを言っているのに、検事や裁判官がみんなあいつを犯人扱いしていた。挙句の果てには拘置所で自殺だろ。俺はこんな能無しどもを怖れていたかと思うと、本当に馬鹿らしくなったよ」

「渡瀬、いったいどうするつもりだ」

取調室から出るなり、堂島は食ってかかった。

「調書、完璧ですよね」

「ああ、嫌になるくらい完璧だよ。本人の署名も拇印もある。作るつもりはなかったが、お前に乗せられて作っちまったよ。だが、そんなものどこに持っていくつもりだ」

正直、渡瀬もそこまでは考えていなかった。まさかという思いが先に立ち、証言を引き出すことしか頭になかった。

渡瀬は打ち出された供述調書を一瞥する。迫水の自供は本物と思えた。一階事務所に侵入した手口、久留間夫婦を刺した部位、金庫の中身、全て当事者しか知り得ない秘密の暴露だった。

戯れに買った宝くじが大当たりだったようなものだ。しかし、その賞金は衝撃と困惑と恥辱に塗れている。

そう考えた刹那、たった数枚の調書が途轍もなく重く感じられた。持つ手が震える。これは宝くじどころか爆弾だ。関係者全員を木端微塵にしかねない爆弾だ。

堂島が渡瀬の前に立ち塞がった。

「答えろ。その調書をどうする」

返事ができないままでいると、堂島が片手を突き出した。

「俺に寄越せ。処分してやる」

「ワープロに保存してあるんでしょ。その気になれば同じ物を何枚も再作成できる」

「身内の恥を晒すつもりか」

「あんたはあの場にいなかった。鳴海さんが楠木から供述を引き出した時、俺は横にいた。それだけじゃない。あいつの前に与えもしないエサをぶら下げて罠に誘い込んだ。もし楠木が冤罪だったら、あいつを死に追いやったうちの一人は俺だ。この気持ちがあんたに分かるか」

怒気を孕んだ言葉に堂島が後ずさる。

「堂島さん。まだ迫水の供述が真実だと決まった訳じゃない。確認しなきゃならないことがある。それが終わるまでこの調書、俺に預けてくれ」

「俺は、知らん」

堂島は怯えた顔つきだった。

「そんな調書、俺は知らん。さっきの立ち会いも知らん。お前が一人でやったことだ。いいか、俺は絶対に無関係だからな」

そう言い捨てて、さっと踵を返した。

遠ざかる背中を見送りながら、渡瀬は一つ納得する。今のは堂島なりの好意だと受け取っておこう。元より堂島を巻き込むつもりはない。これは自分が決着をつける問題だ。

だが確実に怯懦が胸に巣食っている。堂島に告げた言葉がそのまま自分を刺す。もし迫水の供述が真実なら、自分は無辜の人間を甘言で陥れ、殺人犯の汚名を着せた上で房に叩き込み、絶望のうちに自死に追いやったことになる。

胸が潰れそうになるのを堪えて、渡瀬は資料室に辿り着いた。中に入るなり、古書と黴の臭いが鼻を突いた。

〈昭和五十九年十一月二日発生不動産業者強盗殺人事件〉――スチール棚から該当ラベルの段ボール箱を順繰りに探してみるが見当たらない。やはり還付、もしくは廃棄処分されたらしい。

いや、まだだ。現物が廃棄されても記録は残っているはずだ。

渡瀬は書架に並べられた証拠物件保存簿に手を伸ばす。証拠物件の入出庫は全てここに記載されている。今はもう、この保存簿だけが浦和署に残された記録だ。

ページを繰る。探しているのは被害者久留間兵衛の血液が付着したジャンパーの記載部分だった。思えばあのジャンパーが明大の沈黙を崩す発端になり、起訴する際の決め手となった。

だが迫水の自供が正しいとするなら、あの証拠物件の信憑性は途端に怪しくなる。それこそ法廷で明大が訴えたように、何者かが捏造したのではないか。

やがて最終ページにその記載を発見した。

〈S59・11・22押収　楠木明大ジャンパー〉の項目の下、血痕が付着したジャンパーの写真が表裏一枚ずつ添付されている。十一月二十二日といえば、明大が逮捕され、鑑識が部屋から証拠物件の数々を押収した日だ。他の押収物も日付は全て二十二日で統一されている。

渡瀬は記憶を遡(さかのぼ)ってみる。本格的な取り調べが再開されたのは二十三日の午前七時。その時点で渡瀬たちに決定的な切り札はなかった。潮目が変わったのは二班と交代した時だ。

『実は昨夜の家宅捜索でお宝が見つかってよ』

鳴海がそう口にしたのは昼の直前だ。

今にして思えば不自然だった。

前日の捜索でそんなお宝が発見されたのなら、何を措(お)いても一番に報告が来るはずだ。それほど有力な証拠があれば、もっと早く明大から供述を引き出せた。それが何故、半日以上も空白が生じたのか。そもそも最重要の証拠物件の記載が、何故わざわざ最後の項目に落ちているのか。

渡瀬は再度押収日の日付を確認し、そこに或(あ)る作為を発見した。

ジャンパーの記載部分だけが他のペンの色と異なっていた。いや、ペンの色のみならず筆跡までが微妙に違っている。

物件を押収した担当者以外の者が、新たに項目を書き加えたとしか思えなかった。

背筋をざわざわと悪寒が走った。

刑事部屋の雰囲気が変化したのは翌日からのことだった。

何故か皆がよそよそしい。渡瀬が挨拶をしても、いつものような気安い返事が返ってこない。だが出勤するなり、杉江に呼び出しを食らって大方の予想がついた。

「不動産屋の事件をほじくり返しているんだって？」

杉江は不機嫌さを隠そうともしない。もっとも杉江は昔からこういう男で、腹芸や交渉事には無縁の人間だ。これで根が尊敬できる人格なら構わないのだが、卑俗な上昇志向と保身が透けて見えるから嫌になる。

「もう終結した事件を追って何の意味がある。ただでさえ人員が足らないというのに」

どの辺りまで杉江の耳に届いているのか。渡瀬はそれを探るため、自分の側から説明するのは控えようとした。

しかし、その必要はなかった。

「くだらない捜査は今すぐやめろ」

その口調から、迫水の供述した内容が漏洩していることが察知できた。

「お前のしていることは組織に唾を吐くことだ」

「そんなつもりはありません」

「つもりがなくても結果的にそうなれば一緒だ」

「もし冤罪だったらどうするんですか」

「冤罪だったらどうだと言うんだ」

杉江は小馬鹿にするように言う。

「もう楠木明大はとっくに獄死している。しかも真犯人は我々の手の内にあるから再犯も起こり得ない。そりゃあ死んだ者は気の毒だったが、全ての証拠は楠木が犯人であることを指していた。検事が極刑を求刑し、裁判官がその主張を認めたのは無理からぬことだった」

本当にそうだったのか、と渡瀬は自問してみる。あの時、浦和署は県警に主導権を奪われて躍起になっていた。そこに明大という容疑者が現れ、浦和署は犯人の逮捕による起死回生を期待していた。その流れに恣意は存在しなかったのか。真実の追求に組織の論理が優先しなかったのか。自白を引き出す前に証拠物件を精査する必要があったのではないか。現に今、最大の証拠物件である明大のジャンパーは疑惑で真っ黒になっている。

「放っておいたら、またいつ何時同じことが繰り返されるか分かりません」

「冤罪というのはあくまでお前の憶測だろう」

「しかし」

「もういいっ」

杉江は怒りを露わにした。部下の前で感情を剝き出しにすることが自身の評価を下げることにまだ気づいていない。

「お前を専従班から外し、迫水の送検は堂島に任せる」

「そんな……」

「言うことはもうない。とっとと別件に着手しろ」

解放されて刑事部屋に戻ると、やはり皆の反応は冷ややかだった。関わり合いになるのはご免とばかり、あからさまに距離を置こうとしている。

その日は早めに仕事を切り上げた。大原と上木崎の事件が一段落したからというのは方便で、本当は居たたまれなかったからだ。

官舎に戻ると遼子は驚いて夫を迎えた。

「ずいぶん早かったのね」

その言葉に、ついかっとなった。

「早かったら悪いのか」

遼子に当たるのは間違いだと分かっていても、たった一人の身内なので感情のはけ口にしてしまう。署では誰からも邪魔者扱いされた。当分、あの場所に自分の身内は見出せないだろう。

飯を食べている最中も堂島と杉江の言葉が甦った。保身、責任回避、隠蔽体質、事大主義。それが組織の本質と理解していても腹立たしい。そして同時に恐ろしい。

杉江に釘を刺されたからといって捜査をやめるつもりなど毛頭なかった。あんな風見鶏のような男に忠誠を誓えるほど、自分は堕落していないという自負がある。

恐ろしいのは自分が煉獄への扉を開けてしまうという不安だ。もちろん扉を開ける渡瀬も無傷では済まされない。何といっても、明大を殺人犯に仕立てた張本人の一人なのだ。

強行犯係を率いた杉江、彼を任命した浦和署署長、明大を起訴した検事、二審を担当した検事、そして裁判官たち——事件に携わった者全員が、非難と誹謗中傷の嵐に晒されるだろう。その中でも、最初に犯人の烙印を押した鳴海と渡瀬の責任は特別に重い。

自分は冤罪を作ってしまったのか。

自分は無実の人間を殺してしまったのか。

考えるだに気の狂いそうな話だった。市民を護るはずの警察官が市民を犯罪者にするなど皮肉以外の何物でもない。

掻き込んだ飯は砂を嚙むような味だった。渡瀬は台所から酒瓶を引っ張り出した。歳暮に貰ったきり栓も開けてなかったが、吞むとしたら今しか思いつかない。

下戸ではないがうわばみでもない、誘われれば付き合う程度の酒だった。そんな男が不安や恐怖を誤魔化す酒で愉快になれるはずもなく、吞めば吞むほど渡瀬の心は荒れた。

横から幾度となく遼子が話し掛けてくる。官舎住まいの女が口にすることといえば、大抵は昇進や異動の話か、さもなければ愚にもつかない世間話だ。最初は聞き流すだけだったが、そのうちにどうにも我慢ならなくなった。

「うるさい。少しは黙ってろ」

ところが、いつも従順な遼子が今日に限って反抗した。

たまに早く帰って来たかと思えば碌に話もせず、折角拵えた夕食をさも不味そうに食べる。いきなり一人で酒を吞み始め、気を遣って世間話をしようとすると拒絶する。こんなことなら警察官の妻になんかならなければよかった——。

「うるさいって言ってんだろおっ」

怒りに任せて振り上げた手が遼子の頬を叩いた。

それから遼子は、もうひと言も喋らなくなった。

酒はますます不味くなった。


翌日、渡瀬は仕事の合間を縫って県外に出た。

東京都千代田区霞が関一丁目中央合同庁舎第六号館A棟、東京高等検察庁。面会相手に求めたのは恩田（おんだ）だった。

「どうした風の吹き回しだい。わざわざこんな所まで足を運んで」

恩田は意外そうながらも、渡瀬を快く迎えてくれた。人好きのする顔を見ていると、この男に会いに来たのは正しかったと思えてくる。

「ご相談があって参りました」

「さて。君が担当した中で、わたしが受け持つ事案は今のところ覚えがないのだが」

「浦和署の、延（ひ）いては高検の名誉に関わる問題なのです」

渡瀬にしてみれば散々熟慮した上での判断だった。浦和署の人間では話にならない。同じ高検でも、事件を担当した住崎（すみざき）に持ち込んだら揉み消されるのが目に見えている。秘密を共有できる人間といえば恩田以外には考えられなかった。

渡瀬の真剣さが伝わったのか、恩田の顔から笑みが消えた。

「どうやら穏やかな話ではなさそうだな。聞こうじゃないか」

渡瀬は言葉を選びながら語り始める。まだ確定した訳ではないので冤罪という言葉は避け、迫水の証言で誤認逮捕の可能性が出てきたことを示唆する。

話を聞いている最中、恩田はずっと思慮深い視線を渡瀬に向けていた。

「なるほど。確かに由々しき問題だな」

渡瀬が話し終えると、恩田は椅子に深く身を沈めた。

「住崎検事はわたしの同期でね。非常に優秀な男だ。来春の異動では川越支部長への昇格も噂されている。裁判官も同様で、裁判長を務めた高遠寺（こうえんじ）さんは生ける伝説みたいなお人だ。もしこれが冤罪であると確定すれば、法曹界に及ぼす影響は計り知れない。何といっても無辜（むこ）の人間を死に追いやったのだ。昨今の風潮を鑑（かんが）みれば、関係者には有形無形のペナルティが科せられるだろう。皆それぞれに尊敬できる人物だから余計に気が重い」

渡瀬は頷かざるを得ない。求めているのは是正であって処罰ではないが、不祥事が発生すれば誰かに詰め腹を切らせようとするのは組織の常套手段だ。

「渡瀬くん、君はどうしたいんだ。自分自身も含めて冤罪を作った責任の所在を問いたいのか」

言葉に詰まる。正直、自分でも何を望んでいるのか明確には答えられない。ただ、このまま放置すれば、自分が碌でもない刑事に成り下がることだけは分かっている。

「しかし処罰云々というのはあくまで副次的なものに過ぎない。君が求めているのは法の正義ではないのかな」

法の正義。言われてみれば、今の自分に一番納得できる言葉だった。

「時に、法の女神テミスを知っているかね」

「いえ。生憎と神話や伝説の類には興味がなくて」

「ギリシア神話に出てくる正義の女神で、司法の公正さの象徴だ。大抵の裁判所には彼女の彫像が飾られている。テミスの右手には剣が握られていてね、この剣は権力を表わしていると言われている。まあ、人を裁くのは権力の最たるものだからね。だが、その権力は常に正義と一体でなければならない。正義のない権力などただの暴力に過ぎないからだ。当然その権力が誤った使い方をされているのであれば、直ちに修正しなければならない。これも司法に携わる者の務めだ」

今まで聞いたことのない熱弁に渡瀬は戸惑った。

警察内部が保身と隠蔽体質に塗れているのと同様、検察もまた理想論だけで成立している訳ではない。その中核を担う人物の口から、こうまで清廉な言葉を聞かされるとは思ってもみなかったのだ。

「どうした。あんまり話が青臭いので呆れ果てたか」

「とんでもない」

「青臭いのは昔からでね。諸先輩たちからよく言われたものだ。上を目指すのなら清濁併せ呑めと。あまり綺麗な水には魚は寄ってこないらしい。ただ、濁った水はどうしても喉を通らん。こればかりは持って生まれた性分みたいなものだから、今更変えようとも思わなくなった」

不意に渡瀬は合点した。この男の佇まいが妙に美しく映るのは単に見映えのせいではない。その裡にある魂が凜としているからなのだ。

「今の司法制度が完璧だとはわたしも思わん。抜け道の多さ、歪曲の許容に倦んだ検察官も少なくない。だが、それを以て高邁を画餅と断じるのは妥協ではなく迎合だよ。理想を掲げることが絵空事だというのは卑怯者の言い訳だ」

どん、と背中を押されたような気がした。

そうだ。自分はこういう言葉を聞きたかったのだ。

「ところで、君はまだ捜査を続けるつもりか」

「確証が得られるまでは」

「おそらく、今の部署には居辛くなるぞ」

「既になってますよ」

「そうか。じゃあ、確証が得られたならもう一度わたしを訪ねて来ればいい。君が泥の中から見つけ出したものを握り潰すような真似はしない」

「……後の処理をお願いしてもよろしいですか」

「よろしいも何も最初からそういう魂胆だったんだろ」

恩田は悪戯っぽく笑ってみせた。

「失礼だがいち警察官の君が冤罪を声高に叫んでも、妨害に遭って掻き消されるだけだ。だから、同じ内部告発するのでも破壊力が大きな高検の検事に白羽の矢を立てた……そうだろう？　案外、君も知略家だな」

図星だったので思わず恐縮した。そんな体の渡瀬を見て、また恩田が笑う。

「買い被りもいいところだ。わたしだって身分はいち検察官に過ぎない。孤立無援で竹槍を振り翳したところで、戦車に轢かれるのが関の山かな。ただ、膠着化した組織というのはどこでもそうだが、身内に甘く外部には厳しい。その一方で外部からの圧力が強くなると、途端に脆弱さを露呈する」

「外部からの圧力、ですか」

「そのテの使い方も満更知らない訳じゃない。とにかく結果がどうであれ、骨は拾ってやるよ。ただし拾える範囲だが」

それだけ聞ければ充分だ。

渡瀬は深々と一礼し、その場を後にした。


浦和署に戻ると、一時間もしないうちに杉江からお呼びが掛かった。

「東京高検にいったい何の用があった」

どうやら自分には監視がつけられているらしい。大層な身分になったものだ。

「個人的な用向きです」

「個人的な用向きか。ふん、大層な身分になったものだ」

ああ、そこだけは同意見か。

「どうも、お前は鳴海さんの好ましからぬ部分だけを受け継いだみたいだな。あの人も組織には馴染まない人だった。だから刑事としては抜群の資質がありながら出世できなかった」

それではお前はどうなのだ、と思わず口走りそうになる。上司の顔色ばかり窺い、碌に犯人を検挙した経験もないような男に現場の刑事を揶揄する資格などない。鳴海も問題の多い男だったが、犯罪者を憎む気持ちと仕事に対する情熱は杉江と比較にもならなかった。鳴海は出世できなかったのではなく、出世するよりもキツネ狩りに邁進する方を選択したのだ。

「どうしても、あの事件が冤罪だったと吹聴したいらしいな」

「確かめたいだけです。あれは俺の事件でもありましたから」

「お前の事件じゃない。浦和署の事件だ」

語るに落ちたか。結局、この男は保身でモノを言っているだけだ。これが他署の話なら高みの見物と洒落込むに決まっている。そんな相手にいちいち事情を打ち明ける必要もない。

「何度も言いますが、知り合いに顔を見せに行っただけです」

「その不細工な顔をか。ずいぶん酔狂な知り合いだな」

いくら監視がついていたとしても検察官の部屋までは尾行できない。せめて面会相手が恩田であることは知られないようにと願う。

「お前には内勤の方が向いているかも知れんな。まあ、秋の異動までに自分の資質を見極めておくことだ」

「もうよろしいですか。仕事に戻りますので」

「勝手にしろ」

内勤か――もちろん警察にも会計や事務はあるが、渡瀬は自分が備品管理や行事の運営に勤しむ姿を想像し思わず苦笑した。

仕事に戻るとは言ったが、命じられた仕事とは言っていない。渡瀬は刑事部屋ではなく鑑識課のある階に向かう。

「国枝係長」

部屋に入って呼び掛けると、本人は露骨に嫌な顔をした。こういう場合の内部統制は完璧だ。渡瀬の処遇については刑事課のみならず他の課にも伝達されているらしい。

それでも今は国枝に頼るしかない。自分が強行犯係に配属されて以来、いくつも同じ事件を担当した間柄だ。そして五年前の事件で証拠物件の管理を担当した人間でもある。

「何だよ、いったい。今、忙しいんだ」

「話があるんです。お手間は取らせません」

「これから臨場なんだ」

温和な顔が迷惑そうに歪む。真面目で面倒見のいい男だが、上の思惑に反旗を翻すような気骨は持ち合わせていない。

「杉江さんから頼まれた仕事が山ほど溜まってる。悪いがお前個人の依頼を聞いてる暇なんてないんだ。悪いな」

国枝は逃げるように部屋を出て行く。他の鑑識課員も渡瀬を一瞥するなり顔を背ける。

先刻、恩田が洩らした言葉が不意に甦った。

昨日までの味方が全員敵に回る。孤立無援とはこういうことか。

だが、それならそれで闘い方がある。

「お、お前、こんなところまで」

官舎を訪ねると、国枝はさすがに狼狽した様子だった。

「すみません、こんな時間に。夜討ちでもしない限り、会ってくれなさそうなので」

閉まろうとするドアの隙間に素早く靴先を捻じ込む。

「おい、ちょっと待てったら」

「尾行は撒きました」

「何だと」

「市外まで引っ張り回した挙句、Uターンしてきました。まさか俺が官舎に来てるとは思っていないでしょう。だけど玄関先で押し問答していると近所に聞こえちまいますよ」

声を押し殺して言うと、束の間逡巡してから国枝は渡瀬を中に引き入れた。

「全く、何て野郎だ。押し売りだってこんな無茶しないぞ」

怒りながら渡瀬をリビングに引っ張る。リビングにいた夫人が慌てて挨拶しようとすると、「挨拶なんていいからビール置いて、お前は先に寝てろ。仕事の話だ」と命令した。守秘については徹底されているのだろう、夫人は心得た風で奥に引っ込んだ。

「まずビールを呑ませろ。話はそれからだ」

酔った上での発言なら、後で発覚しても情状酌量されるという趣旨か。

「本当に最近のお前は鳴海に似てきたな」

「はい？」

「捜査のためなら他人の都合なんざ知ったこっちゃない。そういう傍若無人がまるっきり同じだ」

国枝もそう思っているのならおそらく大部分の署員が同意見なのだろうが、あまり誇れた話ではない。

「決して迷惑はかけません」

「あのな。今、お前がここに来ている時点で既に迷惑なんだよ……で、何の話だ」

「五年前の不動産屋殺しの件で」

「……迫水が余罪を自白したんだってな。昨日のうちに触れが回ってる。しかし、俺が答えられることは何もないぞ」

「証拠物件の管理担当はあなたでした」

「あの時分の事件は全部俺が担当だったさ。しかし事件が多過ぎて記憶に残ってない。迫水の話が伝わってきたから、念のため資料室に行ってみたがもう還付された後で、ブツもなければ保存簿すらなかった」

「保存簿もですか」

「ああ、きっとどこかに紛れてしまったんだろう。終結した事件の記録にはよくあることだ」

渡瀬はまたも作為を感じた。自分が調べた時には確かに保存簿が存在したというのに。

隠蔽したのは杉江か、それとも別の誰かか。いずれにしても、これで浦和署全体が隠蔽に加担していることがはっきりした。

「そんな訳だから、もう諦めろや」

「それって、こいつのことですかね」

渡瀬がジャケットの内側から紙片を取り出すと、国枝が目を剝いた。

紛うことなく、保存簿の最終ページだった。

「お前、これ……」

「このページだけ抜いておきました。まあ処分するより保管しておいた方がいいでしょうから」

渡瀬の顔と保存簿を代わる代わる見て、国枝は呆れたように言う。

「けっ、悪さなら一枚上手か。全く大したタマだな」

「俺が聞きたいのは、そこに記載された日付です。それだけが他の日付を書いたのとは違うペンで書かれている。筆跡も違う。最重要のブツだというのに、取ってつけたように最後に記載している。それはどうしてですか」

しばらく保存簿の写真を眺めていた国枝は、やがて不貞腐れた顔をして突き返した。

「理由は単純だ。お前の言う通り、取ってつけたからさ」

「どういうことですか」

「家宅捜索で押収した大量のブツは証拠物件になる物とそうでない物を分別し、証拠物件は全部写真に撮ってファイリングしておく。手慣れた仕事だ。ブツの優先順位だって心得ている。そういう人間が、犯人特定に決定的なブツを最後に持ってくると思うか」

「それじゃあ」

「あの事件はそれほどブツがなかったから当日中にファイリングは終了した。その時点で、そんな写真はなかった。写真がなかったのなら、当然ブツも存在していなかったことになる」

国枝はグラスに注いだビールを一気に呷った。

「知っているだろうが、証拠物件が保管されている保管庫は署員である限り自由に出入りができる。二十二日に俺が作業を終了した後、誰かが新しいブツを紛れ込ませて、尚かつ写真を撮って保存簿に貼付しておくのは可能なんだよ」

4

翌々日、渡瀬が庁舎を出ようとすると背後から呼び止められた。

声の主は堂島だった。

「何か用ですか」

「迫水の供述調書、今どこにある」

「まだ、俺が持っています」

「いったん返せ。あれは俺が作成した調書だ」

堂島の目は不安に揺れている。それだけで自分を呼び止めた理由が透けて見えた。

「杉江班長の命令ですか」

「命令じゃない。ただ調書の内容に遺漏があったかどうか確認したいだけだ」

それなら目が不安に泳ぐはずもない。

「保存簿の次は供述調書ですか」

「何のことだ」

「証拠隠滅の仕方が甘いですね。俺なら保存簿を処分したその日のうちに調書を手に入れます。こういうことは一気呵成にやらないと、相手に隙を与える結果になる」

「お前の言ってることは訳が分からんよ。さあ、早く返してくれ」

「ワープロ叩いたのは堂島さんですけど、調書に押印したのは俺です。内容を確認するのは俺の仕事ですよ」

「班長は俺に迫水の送検を命令した。だから、これは俺の仕事だ」

「これは上木崎の事件だけではなく不動産屋殺しの事件です。あの事件を送検したのは鳴海さんと俺でした」

対峙していると、堂島はやるせない様子でゆるゆると首を振った。一歩近づいた目には不安が一層色濃く滲んでいる。

「頼むよ、渡瀬」

声は哀願口調だった。

「調書を渡してくれ。警察が上意下達なのは今更だが、それ以前にお前のしていることは何の役にも立ちゃしない。むしろ迷惑極まりない」

「迷惑、ですか」

「ああ、そうだ。お前は自分が正義の味方になったつもりで、さぞ気持ちがいいんだろうが、他の人間にとっていいことなんざ一つもないんだ」

「正義の味方？」

思ってもないことだったので、奇異な感に打たれた。

「冤罪を隠蔽しようとする悪人たちを敵に回して孤軍奮闘する正義の男。確かにカッコいいよな。だが滑稽だぞ、独りよがりのパフォーマンスなんて。自己陶酔しているだけで周りが見えていない。自分のすることで、どれだけの人間が迷惑を蒙るのかを全然考えてない」

「パフォーマンスなんかじゃない」

「お前がそう思ってなくても結果的にはそうなんだよ。ひと一人逮捕、起訴して裁判にかける。証拠を並べて証人に喋らせて、裁判官から判決をもらう。刑務所にぶち込んで刑を執行する。その間にどれだけの人間が関わると思う。十や二十じゃないぞ。しかもその全員は自分の意思じゃなく、仕事としてこなしているだけだ。それが間違いだと言われたらどんな気がすると思う。堪ったもんじゃないぞ。冤罪の被害者に詫びろと責められたって、こっちは仕事だからやっただけだ。責任なんか取れるものか。お前がしているのはな、そういう仕事熱心な職業人を徒に不安にさせてるだけなんだ」

「堂島さん。大事なことを忘れてますよ」

「何をだ」

「楠木明大の自白調書には俺も嚙んでいる。もしも冤罪の責任を問われるんなら、その筆頭は俺と鳴海さんです」

「それはそうだろうさ。さぞかし良心が痛むことだろう。だからお前は罪滅ぼしをしたいのさ。罪滅ぼしをして、自分だけは正義とかを貫いたと免罪符を欲しがっているだけだ。そのためには仲間が誹謗中傷されようと知ったこっちゃない。いや、誹謗中傷されればされるほど、お前の正義感は満足するっていう寸法だ」

「堂島さん。もう一つ忘れてますよ」

「何だと」

「無念のうちに死んでいった楠木のことですよ」

楠木の名前を出すと、堂島は心底嫌そうな顔をした。触れられたくない領域に土足で踏み込まれた――そういう顔だった。

「拘置所であいつは自死したが、あれは俺たちが殺したも同然だ。偽りの証拠であいつは裁かれた。俺たち警察と法曹関係者がよってたかって楠木の首に縄を掛け、そして締め上げた。言い換えたら全員が殺人者だ。だったら、誰が俺たちを裁くって言うんですか」

「俺たちを裁くのは俺たちで充分だろ」

「俺たちが？」

「そうだ。反省して、捜査手順のどこに過ちがあったのかを検証し、今後はそうならないように気をつける。それで充分だし、それ以上のことは逆に不可能だ」

聞いていて吐き気がした。堂島は渡瀬が免罪符を得ようとしていると言うが、免罪符を欲しがっているのは堂島の方だ。しかも、一番手軽で安易なやり方で。

気持ちは分からなくもない。

死刑は制度による殺人だ。死刑が執行される時、スイッチを押すのは刑務官だが、事実上死刑囚は制度によって屠（ほふ）られる。死刑囚の首を絞めた感触が誰かの掌に残る訳ではない。だから関係者は全員、自分が死刑囚を殺したという感覚は希薄だ。だからこそ、いきなり死刑は間違いだったから責任を取れと言われたら困惑するしかない。理屈の上では分かっていても、殺人の感覚自体が希薄だから感情が追いついてこない。

しかし、自分は違う。

明大の首を締め上げたのは検察以上の法曹関係者だが、縄を編み、首に掛けたのは鳴海と渡瀬だ。反省し、検証し、以後気をつける。そんな程度で赦（ゆる）されるような罪ではない。

「足りないんですよ、それじゃあ」

渡瀬は胸から警察手帳を取り出した。

「この手帳も、手錠も、拳銃も、国が俺たち警察官に与えた力だ。この三つがあれば、警官は誰からでも話を訊き出し、誰の部屋にも入れ、容疑のある人間は拘束し、必要さえあれば発砲もできる。一般人には到底持つことが許されない力だ。でも俺はある検察官から言われました。正義のない権力はただの暴力だと。執行された権力が正義じゃなかったのなら、それを糺（ただ）さなきゃいけないとも」

「昨日今日配属された警官じゃあるまいし、あんまり青臭いこと言うなよ。手帳も手錠も拳銃も商売道具じゃないか。建築技師の測量器や写真屋のカメラとどこが違う。単なる備品だ。お前はいちいち大袈裟なんだよ。手帳を提示するたびにそんなこと考えてたら身が保たねえよ」

もう、理解してもらおうとは思わなかった。理解してもらえるとも思えなかった。

「少なくとも、俺と鳴海さんは楠木が覗いた地獄を同じように覗かなきゃいけない。そうしなきゃ、この先刑事を続けていけない」

「だったらお前一人が腹でも何でも切ればいいだろ。他人を巻き込むな。さあ、つべこべ言わずに調書を俺に渡せ」

「まだ、駄目です」

渡瀬は自分の胸に伸びた手を振り払う。

「今の言葉を借りるなら、調書は俺が腹を切る時の刀になります。だから、その日が来るまで俺が持っています」

「寄越せったら」

再び堂島の手が伸びる。遠慮のない、獰猛な手だった。渡瀬はその手を捉えると、さっと後手に捻り上げた。意識した訳ではない。格闘に慣れ親しんだ身体が咄嗟の動きに反応していた。

「き、貴様」

「忘れましたか。俺、術科訓練で堂島さんに負けたことなかったですよ」

突き放すと、堂島は腕を押さえて二、三歩よろめいた。

「あんたにはこんな風にしたくないんだ。邪魔しないでくれ」

「……どこに行く気だ」

「それを言ったら止められます」

渡瀬はクルマに乗り込んですぐに庁舎の敷地を出た。

バックミラーの中で、堂島がいつまでもこちらを睨んでいた。


渡瀬が向かったのは越谷市郊外にある古い集落だった。四メートルほどの狭い舗道の両脇に建ち並ぶ安普請の建売住宅。その周辺には手つかずの更地が荒れるに任せてある。大手のデベロッパーが開発に着手したものの、思ったほどの需要が見込めなかったので中断した——そんな印象を受ける。

該当の番地を捜し歩いていると三軒目で見つかった。ポストには彼の名前しかないので、まだ一人暮らしのままらしい。スレート葺きの木造二階建て、壁の色は褪色し、窓ガラスの四隅は白く濁っている。

チャイムを鳴らすと、今にも途切れそうな音だった。

『どなた』

「渡瀬です」

『裏にいる。入って来い』

門扉を開けて裏口に回る。隣宅との狭い境界には膝まで雑草が生い茂っている。

家の主は縁側に座って足の爪を切っていた。

「お久しぶりです」

「おう」

鳴海はこちらを一瞥さえしなかった。

その風貌を見て渡瀬は少なからず驚いた。退官してからまだ二カ月も経っていないというのにひどい変わりようだった。ごま塩頭はすっかり白髪となり、キツネのような目は目蓋（まぶた）に塞がれてこちらに向いているのかどうかも分からない。縁側に腰掛けた姿に何の違和感もない。まだ六十をやっと越えたばかりのはずだが、外見は八十歳にも見えかねない。

記憶を辿ってみれば、鳴海にはこれといって趣味と呼べるものはないように思う。犯人を挙げることが仕事であり趣味でもあった。そういう人間が捜査畑から遠のいた途端に老化が加速するのだろうか。

「何をじろじろと見てるんだ」

声にも以前の張りはなかった。端々にがさついた雑音が混じる。

「見た目が変わったんで仰天したか」

「いえ……」

「変わったのは見かけだけだ。中身は前と変わっちゃいねえ」

渡瀬は言葉を交わしながら家の中の気配を探るが、やはり鳴海以外の人間は住んでいない様子だ。

退官後、鳴海は退職金でこの中古住宅を購入したらしい。鳴海の退職金ではそれがやっとだったが、一人暮らしならさほど不満はない。養う家族もいないので、年金だけで生活していけるという話だった。

「お前の方は変わりなさそうだな。強行犯係の連中はどうしてる」

「同じですよ」

「だったら検挙率も思いきり下がったろう。あいつらの腕じゃ、コソ泥を捕まえるのがやっとだからな。ふん、この辺の治安も悪くなる訳だ」

検挙率が下がったのはその通りだったが、わざわざそれを告げるつもりはなかった。

「ところで急に訪ねて来たのはどういう風の吹き回しだ。お前のことだからただ世間話をしに来たんじゃあるまい」

「過去の事件に関して確認したいことがあります。楠木明大の事件を憶えてますか」

「インター近くの不動産屋殺しだろう。忘れちゃいない」

「つい最近、あの事件について新証言が得られました。別件で逮捕した男が不動産屋殺しも自分の犯行だと自白したんです」

渡瀬は迫水の供述内容から久留間夫婦を殺害した件を抜粋して説明した。元刑事とはいえ、今は一般人だ。現在捜査中の事件について情報を洩らす訳にはいかない。

だが説明をひと通り聞き終えた鳴海は顔色一つ変えなかった。

「それで、お前はその迫水って野郎の供述を信用したのか」

「はい」

「根拠は」

「犯人以外には知り得ない内容、つまり秘密の暴露を供述しています。信用せざるを得ません」

「そいつが楠木と知り合いで自慢話を聞いていた可能性もあるぞ」

「二人に接点は見当たりません。仕事での共通点もなければ、生活する範囲で重なるところもなかった」

「調べ方が足りねえだけじゃないのか」

「不動産屋殺しの件は俺の方から水を向けました。迫水が自発的に自白した供述じゃありません」

「ずいぶん尋問が上手くなったんだな。教えた俺も鼻が高い」

「迫水の自白を信用すると、楠木は冤罪だったことになります」

「あいつが冤罪な訳はないだろう。あいつの供述は本物だった。お前も横で見ていたはずだ。ちゃんとブツも揃っていた」

「だから確認しました。事件が終結したためにブツのほとんどは還付されていましたが、写真は保存簿の中に保管されていました。一番問題となったのは被害者の血液が付着した楠木のジャンパーです。ところが保存簿の記録を仔細に見ていくと妙なことに気づきました。そのジャンパーの押収日付だけ、他の押収日付と筆跡が違っていたんです」

渡瀬はいったん言葉を切って鳴海の反応を見た。だが、零落した老人の顔に動揺らしきものは認められない。

「鳴海さん。あなた、ワープロ打ちが苦手で報告書はいつも手書きでしたね」

「お前もそうだったじゃないか」

「古い報告書を見つけました。それで科捜研に筆跡鑑定を依頼したら一致しました。押収日付の筆跡とあなたの筆跡が。楠木の有罪を決定づけた血痕付きのジャンパー。あれはあなたが最後に追加したブツだった。考えてみれば、そもそも最重要のブツが最終ページに記載されていることが変でした」

「鑑識がブツの重要性をどれだけ把握していたかにもよる」

「当時の鑑識課員にも訊きました。彼にはそのブツの記憶がなかった」

「国枝だな」

鳴海は小馬鹿にするように言った。

「脇が甘々の抜け作だとばかり思っていたが、結構記憶力があったと見える」

「あなたは証拠を捏造したんだ」

「どうやって」

「久留間兵衛の着ていたパジャマは血塗れ(ちまみ)のまま証拠物件として保管庫にあった。あなたは生理食塩水に浸した脱脂綿でパジャマの血痕を溶かすと、楠木の部屋から押収していたジャンパーに塗り移した。生理食塩水を使えば、元の血液の成分を損なうことなく溶かすことができますからね。するとジャンパーにはあたかも血を拭ったような痕跡が残る。あなたはそれを写真に撮った上で、ブツとして利用したんだ」

「それも国枝から教えられたな。確かにその方法ならジャンパーに血痕を移すのは不可能じゃない。しかし俺が偽造したという証拠はあるのか」

「今となっては肝心のブツも処分されて立証することもできない。だが保存簿の日付の件だけで充分だ。じゃあ逆に訊きます、鳴海さん。あなたは証拠物件の捏造には無関係なんですか」

　この質問は賭けだった。大抵の人間ならここで否定するか答えをはぐらかす。しかし鳴海ならば逃げずに対峙してくれるような予感があった。悪辣(あくらつ)ではあっても姑息ではない——それが渡瀬の知る鳴海の人となりだった。

　果たして鳴海は悪びれた様子もなく答えた。

「確かにブツの一つくらいは演出したかも知れんな」

「何故、そんなことをしたんですか」

　渡瀬は詰め寄った。

「何故、ブツを捏造するような真似をしたんですか。あのジャンパーさえなければ楠木は自白することもなかった。裁判で有罪判決を受けることもなかった」

「そうだろうな。他に有力なブツといえば金庫に残っていたヤツの指紋くらいだったが、精々状況証拠どまりで決定的なブツじゃなかった。ヤツを落とすためには、一目瞭然で、それこそぐうの音も出ないような証拠が必要だった」

「あなたという人は」

「勘違いするんじゃねえ。俺のしたことは捏造とは言わん。あれはあくまで材料の補強だ。だから演出と言ったんだ」

「それで言い逃れのつもりですか」

「言い逃れなんかするか。不動産屋殺しの犯人は楠木に間違いなかった。だから起訴するために必要充分な証拠を揃えようとしただけだ。お前みたいに青臭いヤツもいるから公然とはできなかったが、俺のしたことは間違っちゃいない」

鳴海は悪びれるどころか不敵に笑ってみせた。

「むしろ犯人を狩る側としては当然の行為だ。いいか。相手は海千山千の犯罪者だ。嘘を吐くことや人を傷つけることを屁とも思わん最低で最悪の外道たちだ。そんなヤツらに罰を与えるためには、こちらだって多少はずる賢くならんとな」

聞いていると胸に虚ろが拡がった。

怒りではなく絶望が、嘆きよりは乾いた恐怖が込み上げてくる。

これは未来の俺だ。

犯人を憎悪し狩りに心血を注ぐあまり、良心が歪んでしまった男。刑事として優秀であっても人間としては劣悪になってしまった男。

俺もいつかこうなる。キツネ狩りが昂じて、自分の追っている獲物が全てキツネだと信じ込む盲いた狩人に。謙虚さよりも目的達成を優先させ、禁じ手を禁じ手とも思わなくなる狂信者に。

「俺は今でも楠木が犯人だったと疑わない。迫水何とかの証言はおそらく出まかせだ。よくいるんだよ。自分を少しでも大物に見せたくて、やってもいない殺しを吹聴するような馬鹿が」

「自分の判断が間違っているとは、これっぽっちも思わないんですか」

「俺は今まで間違ったことが一度もなかった。だから楠木の時だって間違ったはずはない。あいつはクロだよ。ああ、真っ黒だった。だから証拠の一つや二つ拵えることなんざ何とも思ってない。天に恥じることは一切していない」

その天とやらは、おそらく渡瀬の見上げるものとは別の天上なのだろう。少なくとも今、自分と鳴海は異なった倫理観で世界を眺めている。いや、そうとでも思わなければとても平常心を保っていられなかった。

「それだけ訊けば充分です」

「何だ。そんなことを確認するために、わざわざこんなところまでやって来たのか」

さすがに聞き捨てならなかった。

「そんなことだと」

「顔を見りゃ分かる。えらく深刻そうだが、お前の拘っていることなんざ大したこっちゃない。長い刑事生活の中じゃ取るに足りないことだ。少しは成長したと思ったが、青臭いところは前と一緒だな」

一瞬、手が出そうになったがすんでのところで押し留めた。

「あなたがみっともなく老いさらばえていて本当によかった」

「何だと」

「昔のままのあなただったら、多分殴りかかっている」

「こっちは構わねえぞ」

鳴海は唇の端をくいと持ち上げた。

「最近、碌に話す相手もいなくて退屈してたところなんだ」

「遠慮しときますよ。あなたを殴った手では他人と握手できなくなりそうだ」

「ふん。ずいぶんと偉くなったじゃねえか」

俺が偉いんじゃなくて、あんたが卑しいんだ——喉から出かかった言葉を呑み込んで、渡瀬は踵を返した。

「折角ここまで足を運んできたんだ。最後に一つだけ忠告しといてやる」

鳴海の言葉を背中で聞く。

「世の中に正しいことなんて何一つない。あるのはその時々に都合がいいか悪いかだけだ。それを見誤ると得にならんぞ」

それがどうしたクソ野郎。

渡瀬は心中で毒づいた。

三　冤憤

1

合同庁舎は午後五時を過ぎた途端、空気がわずかに弛緩する。もちろん残業を抱えて残る者も多いが、少なくとも外部の人間が一掃されることで緊張感はずいぶんと軽減される。

静が仕事を終えたのは七時過ぎのことだった。以前であれば終電間近の残業も珍しくなかったが、さすがに退官を来年に控えると仕事は自然減するものらしい。

庁舎を出ると六月の温い雨が降っていた。勢いは強くないので、駅から自宅までは折り畳み傘で対処できるだろう——そんなことを考えながら地下鉄の入口に向かうと、一人の男がこちらをじっと見ていた。

静と目が合うと男は深く頭を下げ、静に歩み寄って来る。

見覚えのある顔——思い出した。浦和署の渡瀬という刑事だった。

「判事、お久しぶりです。わたしのことを憶えておいでですか」

最初に法廷で見た時は拗ねたような目が印象的な若者だったが、今は惑いの色が混じっている。

「法廷に立った人の顔を忘れたりはしませんよ、渡瀬さん」

「恐れ入ります。あの、少しお話をよろしいでしょうか」

その目は不安そうに揺れているが真剣だった。

静はこういう目が嫌いではない。

「係争中の事件についてでなければ構いませんよ」

「既に終結した事件ですが、重大な話です」

「愉快な話ではなさそうですね」

渡瀬は無言で頷いた。

「守秘義務は発生しますか」

「します」

静はしばらく考えてから、密談に適した部屋は一つしかないことに思い至る。

「それじゃあ、わたしの執務室にいらっしゃい」

「今、お帰りになるところではなかったんですか」

「いいですよ。どうせ家で待っている者もいませんから」

「恐縮です」

外見によらずずいぶん礼儀正しいものだと感心しながら、静は庁舎に逆戻りして渡瀬を裁判官室に招き入れた。

初めてこの部屋に入る者は例外なく室内を見回すのに、椅子に座ると静の所作だけを追う渡瀬が気になった。

「それで話というのは？」

「昭和六十一年の控訴審、浦和インター付近で起きた不動産屋殺しをご記憶ですか」

「あなたが検察側の証人に立った事件でしたよね。法廷に立った人の顔も事件も大抵は憶えているんですよ。特に、死刑判決を下した事件は」

そう言うと、渡瀬は不意に目を落とした。

「高遠寺判事はキャリアが長いと聞いています」

「そうでしょうね。何せ来年は退官の身ですから」

「そんな方でも死刑判決というのは特別な思いがあるのですか」

何やら人生相談の様相を呈してきた。

元来、静は己の思想信条を他人に語るのを良しとしてこなかった。人を裁く立場の人間が個人的な尺度を明らかにしても碌なことにはならない。死刑制度の是非については尚更だ。だから今まで同種の質問を受けても、一般論で躱すことがほとんどだった。

渡瀬から尋ねられた時もそうしようと思ったのだが、その目を直視して考え直した。渡瀬の目が尚も困惑しているようだったからだ。

無軌道は若さの代名詞だ。だから若者の多くはまず自分の羅針盤だけを頼りに走る。そして羅針盤の粗さゆえに惑い、迷う。迷った挙句に灯台の灯を探し求める。稚拙だから迷うのではない。生きることに真摯だから迷うのだ。

この若者の灯台になれるのなら、自分を多少曝け出しても構うまい。どうせあと一年足らずで退官する身の上だ。遺せるものは全て遺しておこう。

「死刑というのは制度で行う殺人ですからね。有形であれ無形であれ、それは迷いもあるし恐怖もあります。罪の大きさと被告人の命を天秤に掛けては悩み、そもそもその二つを天秤に掛けること自体が傲慢じゃないのかと悩み、自分の見識と世間の良識との乖離に悩みます。ついでに言えば、死刑判決を下した際の被告人の顔と名前を忘れることはありません。刑が執行されたという報せを受ける度に、その被告人に判決を言い渡した瞬間が甦ります」

渡瀬は静の言葉をひと言も聞き洩らすまいとしているかのように、微動だにしなかった。

「恐怖、と言われましたね。それは自分の判断が間違っているのではないかという恐怖ですか」

「もちろんそれもあるし、もっと大きな恐怖があります」

「間違うよりも大きな恐怖ですか」

「自分はとても畏れ多いことをしているんじゃないかという恐怖。渡瀬さんは何か宗教をお持ち?」

「いえ、自分はとんと無宗教でして」

「それは少し羨ましいかも知れませんね。命の概念とか刑罰に関する考え方というのは、宗教観と切っても切り離せないものです。そしてほとんどの宗教は人間を裁くのは神の仕事であると定めています。つまり、何らかの神を信じる者にとって、人を裁くという行為は神の代行をすることに他なりません。それがどんなに大それた行為なのか、考えただけで空恐ろしくなります。だって、神様がそんな傲慢な人間を許すはずはないのだから」

「それでも、判事は裁判官の仕事を四十年近くも続けてこられました」

「自ら選んだ職ですからね。誰かがやらなければならない仕事なら自分がやろうと思いました。そう決めた時は血気盛んな時期でもあったのね。従って、誤審をしてしまった時の覚悟もしています。口幅ったい言い方を許してもらえるなら、もし地獄に落ちて閻魔様の前に引き出されても最低限の弁明はできるように心掛けているつもりです」

「お言葉ですが」

渡瀬は遠慮がちに口を挟む。

「裁判官というのは、そんなにも苛烈な仕事なのでしょうか」

「人を裁くことは自分の価値判断や倫理を裁くのと同義だと思っています。人一人の人生を変えたり終わらせたりするのです。それくらいの律し方をしなければ釣り合いが取れません」

それは静の本音だった。

先輩の黒澤が言った通り、人が人を裁く行為自体が不遜なのかも知れない。それなら裁く人間は不遜であることを相殺するために、可能な限り己を律し、広い視野を持ち、謙虚でなければならない。それがどんなに苛烈でどんなに峻厳な道であったとしても、裁判官を任じたからには避けることはできないのだと思う。

しばらく逡巡していたらしい渡瀬は、やがて意を決したように面を上げた。

「楠木明大は冤罪でした」

一瞬、耳を疑った。

「別件で逮捕された男が、不動産屋殺しを自供しました」

「何ですって」

静は慌てて事件の記憶を頭の中の抽斗から引っ張り出す。いつも公判記録は舐めるように読み込んでいるので、事件の概要はすぐに脳裏で検索できる。

「でもあれは、被告人のジャンパーに被害者の血液が付着していたのが決定的な証拠になって」

「警察が捏造した証拠でした」

「……確かなのですか」

「真犯人は『秘密の暴露』を自白しています」

誰がそんな馬鹿な真似を、と言おうとしてやめた。詮索しても意味のないことだ。とうとう起きてしまった。自分の扱う事件で、しかもこんなあからさまな冤罪が生まれてしまった。話を聞く限り、捜査員の思い込みどころか証拠の捏造が行われている。ただでさえ冤罪は罪深い所業なのに、更に背任行為が上塗りされているのだ。

いったい捜査本部の連中は何ということをやってくれたのか。そして、そんな案件を唯々諾々と起訴した検察は目が節穴だったのか。

足元から悪寒が立ち昇る。裁判官が絶対にしてはいけない過ちを犯してしまった。自分が営々と積み上げてきた実績はこの一件を以て全て帳消しどころか、逆に泥塗れになることは確実だ。

いや、キャリアのことなどこの際どうでもいい。今、自分を心底震え上がらせているのは、無辜の人間に殺人の罪を被せて断罪したという己の罪過だった。

そして更に罪深い事実を思い出した。

偽りの受刑囚である楠木明大は収監された拘置所内で自死しているのだ。

静が死刑判決を下さなければ楠木は収監されることはなかった。当然、自死することもなかった。

何ということだ。明大を殺したのは自分ではないか。

しかも死なれてしまったのでは今更謝罪することも償うことも叶わない。

控訴審第一回公判で明大が自分は無実だと叫んだ時、その声は確かに静の耳に届いていた。その声を無視してはいけないと別の自分が警告しているにも拘わらず、静は耳を塞いで論理を優先した。あの時、もう一歩踏み込んで証拠物件の洗い直しをしていれば冤罪判決を回避できた可能性も皆無ではない。

途轍もなく重い罪悪感が背中に伸し掛かる。

胸は何かが詰まって呼吸を妨げる。

胃は中身が逆流しそうになっている。

気がつけば膝が細かく震えていた。静は咄嗟に両手で震えを抑えた。

ふと笑い出したくなった。先刻まで裁判官の矜持なるものを偉そうに開陳していた自分が、救いようのない馬鹿者に思える。いくら高邁（こうまい）な理想を語っても、いざ自分が過ちを犯したと知ると、途端に恐れ慄（おのの）いているではないか。

渡瀬は静の所作を眺めながら、それを嗤（わら）おうとも蔑（さげす）もうともしない。ただ科学者のような冷徹な目で観察しているだけだ。

「何故、そのことをわたしに知らせようとしたのですか。わたしの誤審を糾弾（きゅうだん）しようというのですか」

「自分にそのような意図はありません。わたしは取り調べの際、楠木を甘言で釣り、警察に都合のいい供述をさせた張本人です。糾弾されるのなら、高遠寺判事よりも真っ先に吊し上げられるべき人間でしょう」

「それならどうして」

「正直、自分が何をどうしたいのか混乱していますが、きっと相談したかったのだと思います。直接冤罪を作った末端の人間が、最終的な判断を下した法の番人に、です」

それを聞いて、やっと渡瀬の惑う理由が理解できた。この若者は自分一人では到底背負いきれない罪過を背負ってしまったのだ。

「浦和署では早速証拠隠滅が企てられました。上司や同僚からは恫喝じみた忠告も受けました。逮捕から勾留、裁判まで事件は様々な関係者の手を経ている。お前は自分の一存で、その関係者全員を巻き込むつもりなのか、と。恥ずかしながら、わたしには返答もできませんでした。今だってそうです。冤罪の被害者である楠木はもうこの世におりません。幸か不幸か、我々には償うべき人間がいない。一方、冤罪作りに心ならずも加担してしまった関係者のほとんどは未だ存命し、それぞれに地位と実績を積み、そして家庭を持っています。この事実が公表されれば、わたし同様、彼らも無傷では済まないでしょう。有形か無形か、それとも多大か些少か、いずれにしても何らかのペナルティが科せられる。今、わたしが楠木の事件が冤罪であることを白日の下に晒すことに、どんな意義があるのか。皆目、見当もつかないのです」

「当事者であるわたしに相談することが、筋違いだとは考えなかったのですか。判決を下した裁判官には最大最悪の失態になるのですよ。わたしに都合のいいアドバイスをする可能性の方が大きいじゃありませんか」

「しかし、伺わない訳にはいきません」

渡瀬は表情を変えない。しかしその声には血が滲んでいる。

「わたしが尊敬申し上げる検事はこう言いました。人を裁くのは権力の最たるものだ。だからこそ正義と一体でなければならず、不正は直ちに糺されるべきだと。それが傍から聞けば青臭い理想論であることは百も承知しています。でも、わたしはいち警察官として、その言葉を一笑に付すことができません」

確かに青臭い。法曹界のお偉方が赴任時の挨拶にでも織り込めば、さぞかし立派な訓示になることだろう。

だが、それは法を執行する者にとっては金科玉条でもある。正論はいつの世も愚鈍で、生真面目で、幼稚な真理だ。だからこそ子供にでも理解できる。どんな浅学の人間にでも通用する。

渡瀬は身を固くして静の言葉を待っている。まるで教師からの叱責を覚悟した生徒のようだ。

その姿を見て静は恥じ入った。ついさっき、迷える若き船乗りの灯台になると賢しらに誓ったはずが、我が身可愛さにすっかり動顛してしまった。自分が動揺してどうする。灯台はどんな状況にあっても、凛として同じ場所に立っていなければならない。

静も覚悟を決めた。

人を裁き続けていれば、いつか引いてしまうかも知れないジョーカー。それが退官間際になっただけのことだ。

「署内では既に証拠隠滅が進行しているという話でしたね。それでもあなたには冤罪を立証する手立てがあるのですか」

「真犯人が不動産屋殺しを供述した部分の調書を持っています。これを起訴の際に添付すれば、全ては法廷で明らかにされます」

「あなたが好きなようにすればいいと思いますよ」

渡瀬は意外そうな顔をした。

「折角、相談相手に選んでくれて申し訳ないのだけれど、事実を明らかにするか隠匿しておくか。何が正義で何が正義ではないのか。わたしなりの解答はありますが、それは他人に強制するものではありません。あなたはあなた自身の正義を選択し、実行してください」

「しかし、それが分からないから判事に」

「分からなくてもいいと思います」

「分からなくても、いい？」

「事の善悪は考えるものではなく、感じるものだとは思いませんか。あなたが今までの人生で培ってきた倫理観と良識に照らし合わせてみればいいんです。最初に感じたことというのは、大抵その人にとっての真実なのだと思います。でも組織の論理や世間体みたいなものを考え始めると真実が歪んでくる。個人の倫理観以外のものが介在してくると、どうしても正義は胡乱になってくるものなの」

「……わたしには荷が重い」

「それでも決断しなければ。どちらかを選択し、その結果をちゃんと受け止めるのが真実を知った人間の責任です。今、真実を明らかにしたところで償うべき対象がいないと言いましたよね」

「はい」

「それは違います。楠木受刑囚がこの世におらずとも償う相手はいます」

「誰ですか」

「警察官であれば、誰の胸の裡にもある自分だけの正義です。検事の告げた理想論を一笑に付すことができないというあなたの正義です。これも相当に青臭い話なのですけれど、所詮人間は自分の決めた規範からは逸脱できないようになっているんです。自分の正義に逆らえば、その人は一生自分を責めるようになるでしょうね。何かの折に思い出し、その度に良心の呵責に苦しむ。もちろん正直さが安寧だけをもたらす訳ではなく、自分だけの正義を貫けば周囲との軋轢や現実からのしっぺ返しもあるでしょう。どちらを選択しても、それぞれの試練が待っています。だから、あなたは自分自身の声に従いなさい」

渡瀬は額に深い皺を刻んでいた。どうやら懊悩は更に険しくなったようだった。

「相談に来たはずが、余計に悩ましくなりましたよ」

軽口を叩ける分、まだ余裕はあるらしい。こういう人間は苦しんでも必ず自分で解答を見つけ出す。静は密かに胸を撫で下ろした。

「わたしもあなたも一般人には持ち得ない権力を持っています。権力を持つ者は他人に対する以上に己に厳格でなければなりません。悩ましくなるのは当然のことでしょう」

しばらく静を見ていた渡瀬は、やがて憑き物が落ちたような顔をした。

「判事にお子さんはいらっしゃいますか」

「娘が一人。最近、孫娘もできました。それが何か」

「いや、きっと厳しいお婆ちゃんなんだろうと思いまして……いや、これは失礼しました」

「構いませんよ。そういう婆になってやろうと画策していますから」

「ご教授有難うございました。そろそろお暇いたします」

渡瀬は立ち上がって一礼する。その仕草に、もう迷いは感じられなかった。

「あまりお役に立てなかったら、ごめんなさいね」

「とんでもありません。判事にお会いできて幸いでした」

「少なくとも二択の道を指し示していただきましたからね。わたしのように浅薄な人間は、選択肢が多いとそれだけで足を止めてしまいます」

二者択一ではない。この若者は既に己の進む道を決めている。

「あの」

去り際に、若い刑事は一度だけ振り返った。

「どちらを選択したか、わたしに報告した方がいいのか、でしょう」

「はい」

「大きい花火は離れた場所からでも見えます。合図なんか要りませんよ」

「承知しました」

渡瀬はそう言い残して裁判官室を出て行った。

部屋に残された静は一人思いに耽る。日本で二十番目の女性裁判官。任官してから四十年近くをつつがなく過ごしてきたが、どうやら最後の最後になって試練を与えられたらしい。

自分への非難は怖くない。誤審を糾弾され経歴に汚点が残ったとしても、それは目の曇った裁判官に対する真っ当な評価だ。

危惧するのは、この冤罪による影響がいち裁判官だけではなく各関係部署にまで侵食することだ。一審を担当した黒澤判事は言うに及ばず、浦和署、地検、高検を巻き込む大スキャンダルに発展する可能性がある。その時、楠木明大の事件に携わった人間たちに、天はいったいどのような鉄槌を下すのか。

そしてもう一つ、冤罪のもたらす最大の害悪。冤罪が発覚した時点で人は司法システムに疑念を抱く。司法に対する人々の不信。この裁判は真っ当なのか。この証拠は真正なものなのか。捜査は適正に行われたのか、そして法が悪意ある者の矛になっているのではないか。

法治国家で法が権威を失墜させれば、社会の成り立ちそのものが崩壊してしまう。寒くもないのに、足元からぞくりとする悪寒が立ち昇ってきた。

＊

雨足が最前よりも強くなっていた。アスファルトを叩く雨は勢いよく飛沫を上げている。

庁舎を出た渡瀬は足早に舗道を急ぐ。まさかこんな降りになるとは思っていなかった。

高遠寺判事との会話はこの上なく有意義だった。迫水の供述を打ち明けた際にはさすがに驚いた様子だったが、すぐに落ち着きを取り戻し、渡瀬に道を示してくれた。

優しい眼差しだったが、同時に峻烈な光も帯びていた。あれは幾度となく罪人と、そして自分自身を裁き続けてきた目だ。他人以上に、己に厳格であることを体現している目だ。

そういう人物が背中を押してくれた。自分にも大いなる災いが降り掛かってくるのを承知の上でだ。ならば、どうして渡瀬が躊躇う必要があるだろうか。

明日の朝、一番で行動に移ろう——そう考えた時、いきなり後ろから羽交い絞めにされた。

不意を衝かれて反応が遅れた。

「誰だ」

誰何（すいか）と同時に鳩尾（みぞおち）に拳が入る。戦闘意欲を最初に殺（そ）いでしまう奇襲だった。

相手は数人らしいが人数までは分からない。渡瀬は抵抗する間もなく路地裏に連れていかれた。街灯の光も届かぬ場所で人相も判別できない。

羽交い絞めにされたまま顔を何度も殴打され、腹を蹴られ続けた。術科訓練でならした腕も、多勢に無勢では反撃もままならなかった。

抵抗力を失ってから身体中を探られた。

「どこに隠した」

聞き覚えのある声だが、顔と名前が浮かばない。

「供述調書だ。肌身離さず持っているんだろう」

それで分かった。

浦和署強行犯係と別係の何人かに違いなかった。

「……持って、ない」

「そんなはずあるかあっ」

鳩尾にまたもや蹴りが入った。全体重を掛けたような蹴りだ。鈍痛と共に胃の中身がせり上がりそうになる。

前のめりに膝を屈すると、上着を剝ぎ取られた。目の前にあった足を夢中で摑もうとする。だが、相手の足が一瞬早かった。

「この野郎っ」

振り上げた足が顔面を強打する。たちまち目の前が暗くなり、渡瀬は地に伏した。

「格好つけやがって」

「仲間を売りやがった」

「それでも貴様、刑事かあっ」

「この、裏切者」

胸に、腹に、背中に硬い爪先が見舞われる。その度に痛みは鈍くなり、意識が薄れていく。

指先一つ動かすのも億劫になった頃、男たちの気配が消えた。

篠突く雨が渡瀬の身体を叩く。男たちに襲撃された後では、慰撫されるような感触だった。

起き上がろうとすると腰が砕けた。腰周りも相当やられたらしい。渡瀬は壁に体重を預けながら、ふらふらと立ち上がる。周囲をざっと見渡したが上着は見つからない。布地の間に縫い込んだとでも思われたのか、どうやら持ち去られたようだった。武士の情けか警察手帳と財布だけは放り出されていた。

とうとう実力行使に出たらしい。命令したのは堂島か、杉江か、それとも浦和署の総意か。いずれにしても受けた傷は鈍く骨まで響き、裏切者と罵られた胸は鉛のように重かった。

だが不思議に爽快感もあった。

これで渡瀬は浦和署と完全に敵対したらしい。奇遇なことに浦和署もまた自分に二者択一を迫ってきた訳だ。

組織を裏切るのか、それとも忠誠を誓うのか。

空を仰ぐと、温い雨が優しく顔を洗い流してくれた。

表通りに出て街灯の下に来ると、ぼろぼろになったシャツやズボンの至るところから血が滲んでいるのが見えた。

歩いて帰れそうもないのでタクシーを捕まえようとしたが、関わり合いを怖れたのか空車はなかなか停まってくれなかった。

官舎のドアを開けると、遼子が卒倒しそうな顔で出迎えた。

「あ、あ、あなたその姿いったい」

唇が切れて話をするのも億劫だったので、遼子の身体を押し退けて部屋に入った。

渡瀬は目を疑った。

まるで台風の通り過ぎた後だった。

応接セットのソファーは表面を剝がされて中のマットが掻き出されている。

小物や書類を収納していたキャビネットは横倒しにされて、全ての抽斗が床に放り出されている。壁に掛けられた時計やカレンダーも外されている。

寝室は更にひどかった。布団が引き千切られ、綿が部屋中に散乱して足の踏み場もない。タンスの抽斗が全て全開になっているのは、空き巣の手順に従って下の段から漁ったせいだろう。もちろん中身は無造作に放り出してあった。

「夕方、買い物から帰って来たらドアが開いていたの」

つまり官舎の合鍵を容易に入手できる者の仕業ということになる。

「おカネとか通帳とか、別に何も盗られていないのよ」

カネに関心のない物盗りはいない。おそらく探していたのは供述調書だろう。

そこまで考えた時、自分を襲撃したうちの一人が肌身離さず持っているだろうと疑った理由が分かった。彼らはその前に部屋へ闖入し、そこに目当ての物がないことを知っていた。だからあんなことを言ったのだ。

とことんやってくれる。普段の捜査もこれくらい徹底してやればいいのに。

「空き巣に入られたと思ったら、あなたはそんな格好で帰って来るし。ね、ねえ、被害届出しましょうよ」

「やめとけ」

「やめとけって」

「警官の家が空き巣に入られたなんていい恥晒しだ。黙っとけ」

おそらく通報しても、鼻で笑われるか形だけの捜査で終了させられるのがオチだ。

「あなた、何かやったの」

さすがに変に思ったらしく、遼子は渡瀬に噛みついた。

「何も盗らなかった空き巣。ぼろぼろにされたあなた。ねえ、いったい誰がこんなことをしたの。あなた、犯人を知ってるんじゃないの」

知ってはいるが、それを女房に説明しても詮無いことだ。渡瀬は遼子から顔を背けるとリビングに戻った。

電話台も倒されていたが、幸い肝心の電話は通話可能だった。

「あなたったら」

「うるさい」

遼子の訴えを無視して、事前に知らされていた番号を呼び出す。相手はすぐに出た。

『はい、恩田(おんだ)です』

「夜分遅くに申し訳ありません。浦和署の渡瀬です」

『どうかしたのかね。声の調子が少し変だが』

「襲われました。わたしも、そして部屋も」

『何だって』

「早々に迫水を送検させてください。お預けした供述調書は、そのまま検事がお使いください」

話しながら渡瀬は胸がすく思いだった。相手方が供述調書を入手しようとすることは、容易に予想できた。そこでいったん恩田に預け、もし変事が起こればすぐに連絡を入れるよう申し入れていたのだ。

『……いいのかね。これを表に出すと地獄の門が開くことになるが』

「そのためにお預けしました。きっと検事なら一番有益に使っていただけるものと信じています」

わずかな沈黙の後、電話の向こう側から決然とした声が聞こえた。

『任せてくれ。君の覚悟は決して無駄にしない』

そして電話は切れた。

後には気まずい静寂が残った。

2

翌週の月曜日、週刊誌は軒並み楠木明大の冤罪事件をトップ記事に取り上げた。

〈5年目の真実！　獄死した死刑囚は無実だった〉

〈作られた冤罪　自白強要と捏造された証拠〉

〈地に堕ちた警察と検察〉

〈何故、冤罪は作られたのか？〉

駅の売店で週刊誌を購入した渡瀬は、その記事の内容の正確さからすぐにネタ元を特定できた。

恩田だ。

迫水の事件は先週末に送検されたばかりだった。それも担当検事から矢のように催促されての送検だったのだが、週刊誌に情報がリークされたタイミングを考えると、送検を急がせたのも恩田の思惑と見てよさそうだった。

　おそらく担当検事の元には恩田から供述調書の話が流れている。仮に地検の上層部が供述調書を握り潰そうにも、これだけ早くマスコミに知られてしまえば証拠隠滅する時間的余裕もない。発覚直後で関心も大きいから、隠せば余計に突かれる。

　組織の不祥事は隠すに越したことはない。だがいったん暴露されてしまっても、それはそれで処し方はある。真実追求の御旗の下、不祥事に関わった者たちの背中を狙い撃ちするのだ。不祥事が明らかになった途端、仲間は単なる穢れに堕する。身中の穢れは徹底的に叩き、蔑み、排斥する。それが組織の清廉さを示す絶好の機会にもなる。

　いみじくもある週刊誌の記事は次のような一文で締められていた。

『これまでも冤罪を疑われる事件は数々噂されていた。再審請求も年々多くなっている。古い事件でありながら、法務大臣が死刑執行の命令書に署名を躊躇うのは、まず間違いなくこうした事案だ。ある日無実の者が咎人にされ、牢に繫がれる。いったいここはどこの独裁国家なのか。現状、警察や検察、そして裁判所からの正式発表もなければ、自浄作用の発動も認められない。しかし、このまま沈黙を続ければ早晩司法の府は信頼を失い、その権威は失墜するであろう』

　どの週刊誌の論調も、まるで示し合わせたかのように一致していた。

　冤罪を拵えた張本人たちを残らず洗い出し、縛り首にしろ。そうでなければ、獄中で無念のうちに死んでいった楠木明大に贖罪のしようがない――。

　理性よりは感情の昂りが露骨な記事を読みながら、渡瀬はちらとマスコミの暴走を危倶した。

マスコミが司法・立法・行政に次ぐ第四の権力と呼ばれて久しい。三権の監視役として、そして社会の木鐸としての存在意義は渡瀬も否定するものではない。しかし如何せん、マスコミのほとんどは市場原理に支配されている。売上部数と視聴率が神であり、指針であり、絶対だ。そうした構図では必ず全体の意識が易きに、つまり論理よりは感情に流れる。

そして感情に走った意識は生贄の姿を確認しない限り、いくらでも昂り続ける。自らの嗜虐心を正義とはき違え、それに相対するものを全て悪だと決めつける。

本来、善悪の境界線を引くのは人の心だ。だが様々な立場、様々な倫理観が混在する中で全ての事象を善悪に隔てることには違和感が生じる。そこで法という概念が用いられる。法律とは、言わば最低限の善悪を定めた物差しなのだ。

今回の場合厄介なのは、その法を護る立場の見識が疑われている点だった。法が拠り所となっている世界で、法の番人に疑惑が生じれば当然のことながら人々は不安に駆り立てられる。不安の行き着く先はいつも無秩序だ。

マスコミの世論への迎合と大衆の不安が結びついた時、何が起きるか――それを想像すると、渡瀬は腹が冷えた。

冤罪報道のさ中、いちはやく明大の遺族にインタビューを敢行したのは、帝都テレビのニュース番組だった。社会部の兵頭という記者は、視聴者の見たいもの聞きたいことを取材対象者から引き出すことに抜群の才能を発揮した。

『息子さんが起こしたとされる殺人事件が冤罪であると暴露されましたが、母親として今の率直な気持ちをお聞かせください』

『ああやっぱりあの子は無実だったんだという安心と、それからあんな風に息子を死に追いやった警察と検察を心底憎まずにはおれません』

『あんな風に、というのは？』

『明大は拘置所の中で絶望しながら自分で首を縊りました。無実だと叫んでも誰にも聞き入れられず、本当に悔しかったと思います』

『つまり、抗議の自殺ということだったんでしょうか』

『どうせ死刑になるのなら、という気持ちがあったんだと思います。その時の気持ちを考えると……もう、居たたまれなくて……』

『明大さんは最初からご自分の潔白を主張されていたんですよね』

『はい。一審から一貫して自分は無実だと訴え続けていました。それなのに警察と検察の嘘の証拠に騙されて、裁判官たちは死刑を宣告しました。血のついたジャンパーなんて馬鹿馬鹿しい！　本当の殺人犯なら、そんなモノすぐに処分するはずじゃないですか。どうしてそんな子供騙しの手に引っ掛かるんでしょう。裁判官というのは揃いも揃って単純なのか、よほど検察と仲がいいのかと思いました』

『証拠は警察によって捏造されたとお思いですか』

『そうとしか考えられません。今でも息子を取り調べた刑事のことは憶えています。二人とも目つきの悪い、ヤクザのような男たちでした。あの二人が明大に無理やり嘘の供述をさせたんです。証拠になったジャンパーもあの二人が捏造したに決まっています』

『つまり、最初から犯人をでっちあげようとしていたと』

『二人のうちでも特に憎らしいのは若い刑事の方です。名前は確か○○（ここで音声処理）といって、わたしがどれだけ息子は人を殺せるような人間じゃないと言い募っても聞く耳も持とうとしませんでした。最初からあの子を犯人と決めつけて、わたしの言うことをまるで信用しようとしませんでした。最後には恩着せがましく弁護士に相談するようにと言いました。でも、その刑事は国選弁護人に頼むように、と言ったんです。後から人に聞いてみたら、国選は費用が限られているから本気で仕事をする弁護士が少ないっていうじゃありませんか。現にわたしたちが依頼した国選弁護人はあまりやる気が感じられませんでした。無実を叫ぶあの子の声に耳を傾けず、ずっと情状酌量のことばかり言っていました。最初から闘うつもりなんてなかったんです。あ、あの刑事はそれを見越して国選弁護人に依頼しろと言ったんです。何て卑怯で狡い男なんだろう』

『しかし冤罪は一人の警察官ででっち上げられるものではありません。息子さんの悲劇は浦和署を含む警察の体質、検察の傲慢さ、そして裁判所と検察側との過剰な癒着が引き起こしたものだという識者の意見もあります』

『それはわたしもそう思います。弱い立場にいる人間の命なんてどうでもいいと思っている人たち。そういう人たちが、よってたかって明大を殺したんです』

『冤罪に手を染めた関係者たちに何か言いたいことはありますか』

『あなたたちにもお子さんがいらっしゃるでしょう。自分の子供だから信用もしているでしょう。その子たちがある日、謂れもない罪で牢に入れられ、無実を訴えているのに死刑判決を受けるという理不尽さが分かりますか。もしもわたしたちの悲しみがほんの少しでも理解できるのなら、人を逮捕し裁判にかけるのならもっともっともっと慎重に進めて欲しいと思います』

『楠木さん、どうも有難うございました。因みにご家族では息子さんの汚名を雪ぐべく弁護団が結成される予定と聞いています』

『はい。検察側の情報開示を含めて、弁護団にはどうして冤罪が発生したのかも明らかにして欲しいと願っております』

『現在、日本の法廷での有罪率は九十九・八パーセント。つまり起訴された事件はほとんど全て有罪になっている現状ですが、この極端な数値が本当は作為から弾き出された数字ではないのか。今回の事件はそれを疑わせるような事態を招いています。司法システムに国民が不信の目を向けたことは、法曹界の権威失墜を物語るものに他なりません。関係者は直ちに襟を正すことが求められています』

母親楠木郁子の悲痛な訴えは視聴者たちの胸を打った。金銭面でだらしなかったという側面は抹消され、生前の明大は虫も殺せないような優しい性格であったのが強調されたことも手伝って、尚更同情が集まった。

早速浦和署と埼玉県警本部、浦和地検と東京高検、一審を審理した浦和地裁、控訴審を審理した東京高裁には事件の担当者に対する抗議電話が殺到した。事件の発端となった浦和署では、一時回線がパンクする事態にまで陥った。

冤罪を作る要因が人よりはシステムにあることは、誰もが薄々気づいていた。しかし、いざ責任の所在を求めようとすればどうしても指弾の矛先は個人に向く。その意味で郁子の訴えは個人攻撃に正当性を付与した。今や事件に加担した人間を断罪するのは正義であり、彼らを誹謗中傷しても容認される空気が醸成されつつあった。

渡瀬が県警本部の監察官室に呼び出されたのはそんな時だった。

「警務部監察官室の来宮(きのみや)です」

目の前に座る男はそう名乗った。表情は優しげで人当たりもよさそうだが、座った姿勢が凛としており、対峙する渡瀬を異様に緊張させる。

監察官の階級は全員が警視。警察の中の警察が任務であることから、署長経験者が就任することが多い。巡査部長である渡瀬が緊張するのも当然だった。

「ここに呼ばれた理由は分かりますね」

「楠木明大の冤罪事件について」

「その通りです。今から事件の詳細が明らかになるまで浦和署の刑事課長ならびに事件を担当した捜査員は、わたしの監視下に入ります」

事件に関与していたのは捜査本部長を務めていた県警本部長や濱田(はまだ)管理官も同様だが、捜査の過程で明大を逮捕したことによって主導権は浦和署に移っている。従ってお咎めを受けるのは浦和署だけという理屈だ。県警から主導権を奪った時には爽快な気分だったが、今やオセロの石は白から黒に引っ繰り返っていた。

「あなたにお訊きしたいのは楠木明大の取り調べ中、あなたが果たした役割についてです。記憶にある限り、正確に述べてください」

優しげな表情だったが、目だけは笑っていなかった。渡瀬の緊張が更に高まる。今から自分の口にする一言一句が証拠として採用され、己の首を絞める縄になるのだ。

調べられる側の心細さと恐怖を今更ながらに思い知る。何という圧迫感だろう。対面に人が座っているだけなのに四方から押し潰されそうだ。一般人に対するそれと異なり、監察官聴取は自身に不利な証言も有利な証言もなく、知っていることは全て吐き出さなければならない。

だが言い逃れは一切利かない。おそらく尋問に当たった捜査員全てに同じ質問がされている。供述調書も仔細に読み込まれている。ここで渡瀬一人が別の証言をしても即座に看破されてしまうだろう。

渡瀬は明大に思いを馳せた。明大は鳴海と渡瀬に誘導されて、やってもいない殺人を供述させられた。それに比べ、真実のみを語ればよい自分は恵まれているのだ。

「それではまず十一月二十二日の取り調べから聴取します」

任意同行で引っ張ってきた当日の取り調べ。あれは鳴海が恫喝し、渡瀬が宥め役に回るという常套手段だった。その日のうちに逮捕状を取る必要があったためにずいぶん無茶をした。明大には一瞬たりとも休む間を与えず、質問と恫喝の繰り返し、殴る蹴るも当然のように行われた。明大は衰弱し、しきりに休憩を求めた。

「そこであなたは、いったん取調室で罪を認めても法廷で否認すればいいと被疑者に伝えたのですね」

「そうです」

そして最初の供述調書が作成され、明大は当日中に逮捕された。それが午後八時十二分。

「その時点で、あなたの被疑者に対する心証はどうでしたか」

「クロでした」

「何の疑いもなく、ですか」

「はい」

翌日の午前七時に取り調べが再開された。鳴海が事件の詳細を語り、逐一明大に確認させていく方法だった。金庫から盗んだ金額について口籠ると、途端に鳴海の暴力が吹き荒れた。取り調べ中は眠ることも食べることも禁じ、トイレ以外は席を立つことも許さなかった。

次の日の取り調べで、鳴海はいよいよ勝負に出る。睡眠不足と疲労で倒れる寸前の明大に対し、絶対的な証拠とも言える被害者の血痕つきジャンパーを開陳する。動揺した明大に再び揺さぶりを掛けたのは渡瀬だった。

「そこでもあなたは、いったん供述しても言い分があるのなら法廷で主張するようにと言った。日本は法治国家だから無実の人間に罪を被せることはしないという言葉を添えて。それで間違いありませんね」

「……間違いありません」

来宮の一語一語がいちいち刺さる。自分の行状を他人に語らせると、こうまで悪辣に聞こえるものなのか。

両親との面会をエサに供述を無理やり引き出した警察官。人の弱みにつけ込み、無辜の若者を罪人に仕立て上げた下衆――聞くだに虫唾が走る。悪党を狩ってきたつもりが、いつの間にか自分が最低の悪党になっているではないか。

自尊心など欠片もなく、ただ自己嫌悪と自責の念が胸に去来する。一刻も早く、この詰問の時間から解放されたいと思う。しかし来宮の質問はまだまだ続く。

「その時点で、あなたは血痕の付着したジャンパーが捏造された物であることを知っていましたか」

「いいえ、それは知りませんでした」

「やはり、何の疑いもなく、ですか」

「別件で迫水から話を訊くまでは真正の証拠だと信じていました」

「それはそうでしょうね。でなければ五年も経過してから内部告発するタイミングが解せない」

内部告発という言葉にも抵抗を覚える。まだ自分の中に浦和署に対する帰属意識があるせいだろう。

「今の証言内容は、当時供述調書を記録していた者のそれと完全に一致します。では次に、あなたが既に退官した鳴海健児氏に事の真相を確認した経緯を訊きます」

　渡瀬は自宅を訪問し、そこで鳴海と交わした会話の一部始終を細大洩らさず説明した。

「最終的に、鳴海氏は証拠の捏造をはっきりと認めた訳ですね」

「はい」

「あなたからの強要や恫喝はなかったのですね」

　強要どころか鳴海は得々と語っていた。確信犯というべきか、自分の行為を何ら疚しいものだとは露ほども思っていない風だった。

「そういう捜査員は稀に見受けられます。叩き上げで検挙率の高い刑事はその傾向が顕著になる。きっと上司や同僚が能無しに見えるのでしょう。自分の中にある規範だけで判断し行動し続ける。そのうちに倫理を破り、組織の戒律を破り、最後に法律を破るようになる。これは犯罪者の誕生する過程と非常によく似ている。何のことはない。ミイラ盗りがミイラになるようなものです」

　鳴海は外道たちを相手にするには自分たちも悪賢くならなければ駄目だと言った。奇しくも来宮の言説がそれと重なるのは、現場の捜査員たちが同じジレンマに陥っている証左なのかも知れない。

「聴取は以上です。協力を感謝します」

「あの……これで終わりなんですか」

「ええ。あなたから訊くべきことは全て訊きましたからね」

「わたしの処分はどうなるのでしょうか」

「処分？　何か勘違いをしているようですね。あなたからの聴取は、あくまでも冤罪発生の原因を探るための確認です。最初からあなたは処分の対象からは外れている」

一瞬、呆けた顔をしたのだろう。渡瀬の反応を見た来宮はわずかに苦笑した。

「そんな顔をしなくてもよろしい。聴取した限りでは、あなたは鳴海氏に追随させられたに過ぎない。それも捏造された証拠が真正のものだと信じ込まされたからです。一方であなたは知り得た不正を勇敢にも調書として残し、検察に上げて明らかにしようとした。組織の将来を憂い、内部告発に踏み切った善良なる者を処分できると思いますか。そんなことをすれば、またぞろ警察は非人間的で閉鎖された組織だと非難される。たとえ仲間を売ったとしても、あなたには立派な免罪符が与えられているのですよ」

言葉は丁寧だが皮肉に満ちている。この男にも監察官の顔と、仲間意識の強固な警察官の顔が同居しているらしい。

「そしてもう一つ、あなたを浦和署の人間から護るようにとのお達しが下っている。肉体的にも身分的にもです。従って、現在浦和署の人事権も停止状態にある。署長が人事を動かせるのは、一連の処分が全て終了してからになります。まあ、その前に署長自身が進退を問われかねませんが」

「わたしを、護る。それはいったいどこからの指示なんですか」

「具体的には言えませんが、お達しというからには上の方でしょう」

慇懃(いんぎん)な言葉に侮蔑が見え隠れする。さしずめ渡瀬を権力者に媚び諂(へつら)う走狗(そうく)とでも蔑んでいるのか。

来宮は答えようとしないが、渡瀬の周りに防護壁を作らせた人物はすぐに見当がついた。

恩田検事だ。おそらく迫水の供述調書を預かった時点から浦和署や県警本部の動きを読み、先手を打ったに違いない。

「何にせよ、あなたは庇護の下にいる。しばらくは嵐が過ぎ去るのをじっと観察していればいい」

「嵐というのは、どういう意味ですか」

「粛清の嵐です。決まっているじゃないですか」

来宮は分かりきったことを聞くなとばかりに、手をひらひらと振る。

「今回の一件で警察の信用は地に堕ちました。証拠の捏造などという犯罪、しかもそれを浦和署ぐるみで隠蔽しようとしたことまで明らかになった。直接命令を下したであろう杉江警部はもちろん、刑事課長と署長の管理責任も当然厳しく問われることになるでしょう。内々の処分で済ましてしまうには問題が大きくなり過ぎました。こんな場合は一罰百戒の意味を込めて、処罰はより苛烈になる。粛清の嵐というのはそういう意味です。しかもそれは警察に限った話ではなく、検察庁も裁判所も同様です。嵐に巻き込まれて遠くまで吹き飛ばされるのは、さて十人か二十人か」

最前まで慇懃な態度を保っていた監察官は歌うように言う。

「ただしそんな嵐が吹き荒れても、冤罪を拵えた張本人である鳴海氏は証拠偽造罪に問われても、公訴時効の三年を過ぎているのでお咎めもない。既に退官した身分では、警察も是非を問えないのでね。この上なく皮肉な話だが、彼が最も安全圏にいると言える」

冤罪の張本人は安全圏におり、それを補佐した渡瀬は防護壁に護られ、事実を隠蔽して組織を護ろうとした者だけが粛清される。

割り切れない気持ちのまま官舎に直帰すると、チャイムを鳴らしても応答がなかった。

「帰ったぞ」

ドアを開けてみると部屋の中は真っ暗だった。

「遼子」

明かりを点けて呼んでみても返事はない。

しん、とした静寂が広がる。

時刻は午後七時を過ぎている。こんな時刻に買い物か。

ふとテーブルの上に置かれた紙片に目が行った。

離婚届。

右側の欄、遼子の記入すべき箇所は全て埋められ、印鑑も捺してあった。

渡瀬は紙片を見下ろしたまま、しばらく彫像のように立ち尽くしていた。

3

冤罪報道は一向に終息する気配を見せず、それどころか燎原の火のように拡がりつつあった。週刊誌とニュース番組は連日特集を組み、訴訟と裁判に関与した全ての関係者を狙い撃ちし始めたのだ。

まず一審を担当した浦和地検の山室検事が槍玉に上げられた。どこからネタを拾ってきたのか、ニュース内容が多少下世話であっても許される夕刊紙や写真週刊誌の類は山室の経歴よりも性癖に着目した。

曰く、検事になりたての頃、セクハラ紛いの言動で一度ならず訓告を受けたこと。

曰く、事件関係者である女性と情を通じ、数年間は不倫関係を続けたこと。

曰く、最近では風俗遊びが過ぎたのか泌尿器科に通院を始めたこと。

いずれも冤罪事件とは何の関係もない話だったが、いったん俗化した人物評が高尚になるはずもなく、山室は女好きの性病持ちとして広く喧伝されるに至った。当の本人は件の出版社を訴えてやると息巻いていたが、上司から恥の上塗りになるのでやめておけと釘を刺されたらしい。

次に標的にされたのは控訴審に立った住崎検事だった。

住崎には下半身に纏わる話がなかったものの、こちらはもっと深刻な事案が次から次へと溢れ出た。そのほとんどが職権乱用に抵触するものばかりだったので、余計に始末が悪かった。

過去に、公安委員長の息子が起こした人身事故を不起訴にしてしまった事案。

政治資金規正法で告発した国会議員に対し、心理的圧迫と利益誘導で検察に都合のいい調書を作成させた事案。

公訴事案でもないのに知人の信用情報を取り寄せた事案。

いずれも実在した事案であり、個人の人格を貶めた内容ではないため、名誉毀損にもならない。検事職を手堅く熟してきた住崎だったが、一連の報道の中で徹底的に資質の欠格を追及され、彼の息子は哀れにも学校で石を投げられたという。

こうしたマスコミ報道は私刑に等しいものがあったが、もちろんそれで済むはずもなく、二人には法務省からの正式な処罰も待っていた。

かくも冤罪の発生し易い構図はそもそも上意下達、官僚主義に毒されたシステムにあるのではないか——。検察批判はいつの間にか法務省に飛び火し、時の法務大臣の引責問題にまで発展しつつあったのだ。

責任回避に関する限り法務省の動きは迅速だった。当初から槍玉に上がっていた山室・住崎両検事を降格、左遷することで事態の収拾を図った。

人格と経歴をいいように汚されて検事職を続けていける訳もない。二人の検事は来春の異動時期を待たずして職を辞した。

それでも生贄に飢えたマスコミは貪欲だった。検事二人を葬り、彼らに報道価値がないと見るや、すぐさま矛先を裁判所に向けてきたのだ。

最初に狼煙を上げたのは名の知れた週刊誌だった。

〈冤罪の陰に存在した老いらくの恋

この頃巷間を賑わす楠木冤罪事件だが、本誌スタッフはここに至ってとんでもないスクープをキャッチした。

既報の通り、楠木明大受刑囚の一審を審理したのは浦和地裁の黒澤勝彦裁判長（当時）、そして控訴審を担当し事実上楠木受刑囚に引導を渡したのは東京高裁の高遠寺静裁判長である。

通常、一人の裁判官は一つの決定機関と見做され、他からの影響が及ばない仕組みになっている。たとえば最高裁判例が黒である案件に地裁で白と判決しても、何ら処罰の対象になるものではない。ただし実際上は最高裁判例を判断基準とする風潮が定着している。従って、楠木事件に死刑判決を下した一審について高裁がそれを支持したことは至極当然のなりゆきに見えたのである。

しかし黒澤判事と高遠寺判事の間に強いつながり、それも男女間の交際が存在していたとすればどうだろうか？　控訴審が下級審の判決をそのまま支持したことは本当に適法だったと言えるのだろうか？

黒澤判事は高遠寺判事の一つ年上。二人は司法修習生時代の先輩後輩の間柄であり、当時の集合写真には隣同士で仲睦まじく収まっている（写真右下）。

任官後、二人は別々の裁判所に勤めることになるのだが、昭和五十八年からは同じ管内の裁判所が任地となったため、判事同士の親睦会ではよく顔を合わせている（写真左下）。

しかもただ顔を合わせているだけではない。親睦会に参加したA判事の話によれば「宴会途中で二人が抜けることがあり、黒澤さんに何処に行ってたんだと聞いても、フフッと意味ありげに笑うだけで答えようとしなかった」のだそうだ。

二人とも既に六十の齢を過ぎ、共に既婚者なのだが、恋愛に年齢は関係ない。青春の日々を思い出すうち、焼けぼっくいに火が点くのはよくあることである。老いらくの恋を責めるものでもない。

しかし二人の職業がともに裁判官であり、一つの事件を共に審理したとなれば話は違ってくる。上級審で原審を棄却すれば、当然下級審を担当した裁判官の面子は潰れる。高遠寺裁判長が楠木受刑囚の死刑判決に疑念を抱きながらも、交際相手である黒澤裁判長の判決を支持せざるを得なかったことも容易に想像できるのである。

次号本誌は二人の関係について更に深く追及する予定である。刮目して待て！〉

〈渦中の裁判官老いらくの恋　第２弾！

先週号で本誌がスクープした黒澤・高遠寺両裁判官の交際について新たな証言者が出てきた。楠木受刑囚の控訴審が開始されたのは昭和六十一年二月五日のことだったが、実はそれより遡ること一カ月、都内某ホテルで両裁判官が密会している場面を目撃した人物がいるのだ。

取材協力者の身元を秘匿するために氏名職業を明かせないので、ここでは両裁判官共通の知人であるＢ氏と仮定しておこう。さて、このＢ氏は……〉

この記事が掲載された号が発売されるや否や、静の周りには取材陣が雲霞のごとく集まった。その多くは新聞社の司法担当ではなく、ゴシップ記事専門の記者や芸能レポーターで、庁舎外の静を取り囲む様はそれこそ害虫の方のウンカを連想させた。

「判事、記事の内容についてひと言！」

「黒澤判事との交際は事実なんですか！」

「恋人の下した判決だから逆らわなかったというのは、司法に属する人間の立場としてどうお考えですか！」

彼らはまるで槍で刺すかのようにマイクを突きつける。無視しようとすれば執拗に追いかけて来る。警備員たちに護られていなければ、静は庁舎の中に入ることさえできなかった。

日頃からマスコミの軽佻浮薄ぶりにはうんざりしていたが、いざ自分が取材対象にされてみると呆れるのを通り越して情けなくなってくる。冤罪などという人権に関わる大問題を男女間の下卑た話題にまで貶めて、いったいマスコミは何を求めているのだろうか。

冤罪の原因を追及し、以後はもう二度と類似の事件が発生しないように検証を重ねる――そういった取材であれば、自分がいくら叩かれても構わない。現に誤審をしたのだから糾弾されるのは当たり前だ。弾劾裁判にかけられても仕方がないと思う。

だが報道の矛先はまるで見当違いの方向に向けられている。この齢になって色恋を取り沙汰されるのもいい加減恥ずかしいが、下衆の勘繰りとはいえ黒澤にまで迷惑が及んでいるのは本当に申し訳ない気持ちだった。

そして今日になって、静は突然長官に呼び出された。

東京高等裁判所長官、連城邦弘(れんじょうくにひろ)。

静よりも一期上だから黒澤とは同期になる。大抵は無表情でいるが、気難しい人物ではなく、単に感情を読まれるのが嫌なので表情を殺しているだけだ。実際には広範な知見と揺るぎのない倫理観を兼ね備えた、尊敬に足る人物だった。

その連城が珍しく渋い顔をしているので、吉報でないことだけは確かだ。

「高遠寺さん」と、連城は呼び掛けた。通常は総括判事と肩書で呼ぶことが多いので、これもまた珍しい。

「しばらく法廷には立たない方がいいかも知れない」

婉曲な言い方だが、長官の口から出た言葉であればそれは命令に相違ない。

「あなたには第一刑事部部総括判事としての仕事もある。しばらくはそちらに専念して欲しい」

「しばらくといっても、わたしがここにいられるのはあとわずかです」

静は努めて平静に言う。殊更、連城と言い争う気はないが、取ってつけたような処遇にはひと言申し添えておきたい。

「それは最高裁からの指示ですか」

「特に指示というものではない。外で嵐が吹き荒れているのに、敢えて首を出さずともよろしい」

「あの下賤(げせん)な記事を気にしていらっしゃるのですか」

単刀直入に訊くと、連城は少しだけ笑った。

「いや、あれは関係ない。わたしもこの齢だから戦後のカストリ雑誌やら怪しからん読み物を目にした世代だが、あの記事ほど笑わせてもらったものはないな。選りにも選ってあなたと黒澤が恋仲などと、二人を知っている者が聞けば大笑いする」

「二人を知らない者が聞けば大層面白がります」

「あんな根も葉もないような与太で人事が動くほど、高裁は脆弱な組織ではないよ。無論あなたと黒澤判事の人格は著しく貶められるだろうが、それと判事職には何の関わりもない。あなたも、わざわざカストリ雑誌紛いを訴えようとは思わないだろう」

「わたしよりも、あちらのご家庭がご迷惑でしょう」

「黒澤なら心配要らない。昨日も電話で話したが、この齢になっても艶っぽい話題に上がるなら満更捨てたもんじゃないと細君と笑い合ったそうだ」

「では、外で吹き荒れている嵐というのは、例の冤罪報道のことですね」

「そう受け取ってもらって構わない」

「一度誤審を犯した裁判官には審理を任せられませんか」

束の間、連城は押し黙る。沈黙は消極的な肯定だ。

「時折、裁判官という職務が理不尽に思えることはないかね」

「いいえ」

「ほう、それは素晴らしい」

「時折ではなく、ずっとです。判決文を認める時は特にそう思います。被告人と同じ人でありながら神の視座を求められるのですから」

「……相変わらず正直な人だな」

「唯一の長所だと思っています」

「長所とは限らん」

連城はにべもなく言う。

「裁かれる立場からすれば人間味溢れる裁判官というのも不満かも知れないな。自分を裁くのであれば、超越した存在に裁いて欲しい。そう考える人間は決して少なくない」

「裁判官は神、ですか」

「少なくとも法廷内ではな。そして神は絶対に間違えない。そういう認識があるから、皆は判決を粛然と受け止める。そうではないのかね」

つまり一度間違えた静を神の座から下ろさなくては、判決に権威がなくなるという理屈だ。

「それで法の秩序が維持できるのなら、わたし一人の処遇など取るに足りないことです」

「底意地の悪さも相変わらずだな。あなた一人を法廷から遠ざけるだけで問題が解決するとは思っていない。おそらくは最高裁のお歴々もだ」

連城はついと視線を逸らす。

「神は絶対に間違えないと言った口で矛盾するのは承知しているが、裁判官は提出された証拠だけで被告人を裁かねばならない。今回のように証拠が捏造されていては正確な判断もできない。あなたなら、時間をかけて吟味すれば冤罪を防げると進言するだろうが、高裁ですら案件を山ほど抱えている現状、いち案件に無尽蔵の時間を費やす訳にはいかない。総括判事であるあなたが日々の公判を処理するだけで、既にオーバーワーク気味になっていることくらい知っている。あなたを法廷から外すことが対症療法に過ぎないこともだ」

抜本的な解決を目指すことなく、ほとぼりが冷めるまで首を引っ込めておく――。何ということだ。それこそ唾棄すべき官僚主義ではないか。

「国連では死刑廃止条約が締結される見通しで、アムネスティ（国際人権救援機構）からも再三、死刑制度の撤廃を要請されているが、国内の空気が未だ死刑制度存続に傾いている限り、法務省が制度の見直しに入るはずがない。当面この国では死刑制度が機能する。そんな状況下で冤罪事件が注目されることは何としても避けたい。だから正面きって問題に対峙しようとしない。人目を避けるには隠してしまうのが一番手っ取り早いし、楽だからね」

「隠してしまうというのには二人の検事も含まれるのですか」

静はふつふつと湧き上がる怒りを堪える。本来、温和な性格だと自己分析しているものの、臭い物には蓋をせよ式の世知には従いかねる。それを知ってか連城はまだ視線を外したままでいる。

「浦和地検の山室検事と高検の住崎検事両名が降格処分になったと聞いています」

「耳聡いのも相変わらずか」

「狭い世界ですから」

「他所の畑だが地権者は一緒だから、きっとあなたの考えていることは当たらずといえども遠からずだろう。特に彼らは訴追する立場の人間だから尚更風当たりが強い」

「捏造された証拠を信じてしまった点では、わたしも彼らと同罪です」

「どうして、そんなに自分を責める必要がある。あなたの下した判決は決して恣意的なものではあるまい。山のような公判記録と事件記録を読み込み、散々呻吟した挙句の判決だったのだろう」

「人を、殺したからです」

ぴくり、と連城の眉が動いた。

「楠木明大は拘置所で自死したのだ」

「彼が死なねばならないと判断したのはわたしです。それに絶望して自死したのなら、やはり彼を殺したのはわたしです」

「いささか牽強付会ではないのかね」

「事実です。わたしは無辜の人間を死に追いやりました」

「その言葉には諾えんな。そんなことを言い出したら、裁判官は全ての被告人に責任を負わなくてはならなくなる」

「では、誰が冤罪の責任を負うというのですか。国ですか。法務大臣ですか。それとも」

「もういい」

連城は矢のような勢いで会話を畳もうとした。面倒臭いのではない。触れて欲しくない話に静が触れかけたからだった。

「とにかくこちらの意向は伝えた。以上だ」

「わたしからもお伝えしたいことがあります」

「何かね」

「近日中に退官します」

「……本気かね」

「残された時間を書類仕事に費やそうとは思いません」

「そんなに法廷に立ちたいのか」

「いえ。どのみち、法廷に立つ気は失せていました。というよりも立つことができません。わたしにはもう、人を裁く資格などないのですから」

最初からそれを言わせたかったのだろう、とは言わなかった。

「それがあなたの責任の取り方か。裁判官一人が辞めたところで何が変わる訳でもない。ずいぶんと狭量だな」

「責任ではありません。けじめです」

連城はまだこちらを見ようとしない。それがわずかながらでも、この男の罪悪感の徴(しるし)であることを祈りたかった。

「わたしに止める権利はない。勝手にし給え」

「失礼します」

静は一礼してから長官室を出た。

四十年近くに亘る裁判官人生の終わりは至極呆気(あっけ)ないものだった。

定年を待たずして退官することはとうに決めていたので、失望も敗北感もない。ただ、組織の存続と保身に走らざるを得ない仲間を目(ま)の当たりにしていると徒労感が残る。

自分から退官を申し出たのはせめてもの意地だったが、どうせ件(くだん)の週刊誌なら冤罪責任と醜聞両面での詰め腹を切らされたとでも書き立てることだろう。

静自身は裁判官を高潔な職務だと信じてきた。その高潔さがスキャンダルに穢(けが)され、そして職務自体も取り上げられる。構図は降格された二人の検事も同様だ。法の代行者として権力を執行してきた者たちが、その権力を捥(も)ぎ取られ、汚名を被せられて放逐される。

不意にテミス像を思い出した。

法の女神テミスが右手に掲げた剣。法の権力を象徴し、咎人(とがにん)を切り刻むために振るわれる剣。その剣が今や、法を執行していた者に向けられている。

もっと早くに気づくべきだった。

楠木明大という無辜の者を死に追いやった時点で、静たち自身が咎人に堕ちていたのだ。

裁判官室に戻るなり卓上電話が鳴った。まだ連城が言い足りないことでもあるのかと思ったが、用向きは違っていた。

『判事に面会です』

「どなた？」

『浦和署の渡瀬という方です』

「通してください」

やがて部屋に入って来た渡瀬は項垂(うなだ)れ、ひどく打ちひしがれた様子だった。

「今日は何の御用ですか」

「お詫びに参りました」

そう言うなり、渡瀬は床に手を突いて頭を下げた。

「申し訳ありませんでした」

「何ですか、藪から棒に」

静は慌てて渡瀬の前に屈み込んだ。

「やめてください、迷惑です」

「こうでもしなければ自分の気持ちが」

「顔を上げていただけなければ、ここからつまみ出します」

「しかし」

「本人が迷惑だと言っているんですよ」

すると、ようやく渡瀬はのろのろと立ち上がった。

「わたしは愚かでした。折角、判事から助言をいただいたというのに、それを生かすことができませんでした」

「例の供述調書の件ですね。あなたはちゃんと自分の声に従って、調書を有効に使ったのではないですか」

「わたしはあのまま冤罪が隠蔽されてはいけないという一心で、供述調書をある検事に託しました。その時はそれが正義であるように思ったんです。でも違いました。それはわたしが免罪符を欲したからです。正義漢ぶってはいましたが、自分だけは責任逃れをしたかったんです」

厳つい顔が今は狼狽に歪んでいた。自分の悪戯が大事になったことに怯える子供のようだった。

「わたしの独りよがりで多くの仲間や関係者に累が及びました。直属の上司と刑事課長、そして浦和署の署長は全員降格処分が決まりました。警察だけじゃない。浦和地検の山室検事と高検の住崎検事も共に降格、ああいう社会なので二人とも辞職を決意したと聞いています。それから……」

「わたしと黒澤判事、ですね」

「まさか、あんなことになるなんて。本当に愚かでした。世間知らずの馬鹿者が触れてはいけないものに触れてしまいました」

渡瀬の話を聞いているうちに、静はテミスとは別のギリシア神話を連想した。

「でも、それがあなたの選んだことだったのでしょ」

「余計に心苦しいのは自分一人、お咎めなしで済んでしまいそうだからです」

渡瀬は来宮監察官からの説明を口伝えする。

「いったい何の皮肉なのでしょうか。わたしと鳴海のしたことを信じた人間が全て制裁を受け、肝心のわたしたちは何の処分もされないなんて。お笑い草もいいところだ」

渡瀬は俯いて肩を震わせている。

一本気な性格なのだと思った。だからこそ冤罪を暴露することを選択し、今また自分の起こした行動の結果に慄いている。

自分が辞職を決意したことは黙っているつもりだったが、どうせ後から知れば、この若者はまたこんな風に悔やむに決まっている。

「わたしは、ついさっき長官に辞意を伝えたところです」

「え……」

「法務省か最高裁か、とにかく上の方にいる人が高遠寺を法廷に立たせるなと言ってきたようです。唯々諾々と承服するのも癪なので、こちらから三行半を叩きつけてやりました」

「そんな」

「冗談ですよ。自分の下した死刑判決が無実の人間を死に至らしめた。それを知った時点で、わたしには人を裁く資格などないと自覚したのです。もちろん、それしきのことで責任が取れるなんて毛ほども思っていないんですけどね」

「でも、それだってやはりわたしの軽率な行動が原因です。わたしがもう少し慎重だったのなら」

「あまり、わたしを見くびらないで欲しいわね」

静は傲然と言い放つ。この若者から自責の念を取り払うには、これくらいの演出が必要だった。

「あなたの行動一つでわたしの人生が狂わされたなどと考えるのなら大間違いです。わたしは己の資質に見切りをつけて職を辞すだけです。あなたもまるで悲劇の主人公になったような物言いはおやめなさい。見苦しいったらありゃしない」

「見苦しいのは重々承知の上です。しかし処分を逃れたわたしは、このままおめおめと生きていくことに到底耐えられません。刑事を辞めることも考えました。しかし身分のある者ならともかく、わたしのような一兵卒が辞めたところで」

「渡瀬さんはパンドラの箱という神話を知っていますか」

渡瀬は首を横に振る。

「美しい娘パンドラはゼウス神から、絶対に開けてはいけないと言い含められて箱を贈られます。ところがある日、パンドラが好奇心に負けて箱を開けてしまうと、中からは疫病、悲嘆、貧乏、犯罪といった様々な災いが飛び出し、人々は世界に満ち溢れた災厄に苦しめられるようになりました」

渡瀬の顔に自嘲の笑みが浮かぶ。

「なるほど。わたしはそのパンドラの箱を開けてしまった訳だ」

「話は最後まで聞くこと。箱を開けて後悔したパンドラでしたが、彼女は箱の隅にたった一つだけ残っていたものを見つけます。それは希望という名のものでした」

渡瀬は笑うのをやめていた。

「それほど自分のしたことに負い目を感じているのなら、あなたがその希望になればいいじゃないですか。もう二度と冤罪を作らない、もう二度と間違えない。自らそういう捜査を行う警察官になり、またそういう警察官を育てていく。それが箱を開けてしまった者の贖罪だと思いませんか」

渡瀬は少し困惑しているようだった。

「申し訳ありません、判事。きっと大事なことを言われているのでしょうが、今のわたしには充分理解できません。二度と間違えないことが重要なのは分かりますが、ではそのために何をどうすればいいかとなると……」

「今後も刑事を続けるのでしょう」

「それが許されることなら」

「のんびりやれとは言いませんが、焦る必要はありません。わたしに済まないという気持ちがあるのなら、虐げられた人、暗闇の淵に堕ちた人の希望になるような刑事になってください。そして真実から決して目を背けないこと。いいですか、これは約束ですからね」

するとと渡瀬が困惑顔のまま頷いたので、静は満足した。

まだ人として幼く危なっかしいところもあるが、この若者は太陽の方向に真直ぐ伸びる資質を持ち合わせている。裁判官人生の終わりに、この若者に巡り合えたことはそれこそ法の女神の思し召しかも知れなかった。

4

渡瀬を乗せたクルマは東村山市を過ぎてから交差点を右折し、所沢に入った。車窓からは田園風景が六月の雨に煙って見える。

道路の脇には民家が点在するだけで郊外にあるような家電や紳士服の量販店などは一切見当たらない。

更に行くと小さな集落に出た。敷地の広い家が多いがいずれも古い家屋であり、集落が昔ながらのものであることが分かる。

所沢市神島町五丁目。楠木明大の実家がある場所だった。冤罪が明らかになった時から、いつかは訪れなければならない場所だったが、どうしても足が向かなかった。

理由は自分でも分かっている。

明大の両親と顔を合わせるのが怖くて仕方なかったのだ。静に会う際には合同庁舎まで赴いた度胸も、こと明大の実家詣でとなると消極的になった。明大を死に追いやったという加害者意識が知らず知らず足枷(あしかせ)になっていた。

渡瀬にはっきりそれを気づかせてくれたのは静だった。

謝罪だったら、わたしよりも先に行くべきところがあるのは分かっているでしょう?

静は自分に、希望になれと言った。正直、漠然とし過ぎていて何をどうすればいいのか分からない。一つだけはっきりしているのは、明大の事件にけじめをつけなければ、何を目指しても逃げにしかならなくなるということだ。

戸数が少ないので楠木家はすぐに分かった。瓦葺き木造二階建ての家、玄関は格子の引き戸。敷地内に設えられた小屋には小型のバインダー（刈取り機）が立て掛けてある。小雨の中、土と肥料の臭いが鼻を衝く。おそらく農業を生業としているに違いなかったが、確か父親の職業は建築業のはずだったので違和感があった。

チャイムらしきものはない。引き戸に手を掛けると施錠はされていなかった。

「ごめんください」

自分でも声が震えているのが分かる。

しばらくして奥の方から女がやって来たが、渡瀬の顔を見るなり眦を吊り上げた。

「あ、あなたは」

数年ぶりに見る明大の母親、郁子は経た年数以上に老いていた。頭髪が以前の半分ほどになり、逆に目尻の皺は滅法増えている。歩き方もよたよたと足元が覚束ない。

深々と下げた頭に早速怒声が飛んだ。

「何しに来たの！」

「息子さん、明大さんにお線香を上げさせていただきたく参りました」

「あ、あ、あんたなんかに線香上げてもらいたくないっ。今すぐ帰って」

「せめてお詫びを……」

「お詫び？　お、お詫びって何よ。今更詫びてあの子が帰って来るとでも言うのっ」

「騒がしいぞ」

騒ぎを聞きつけて現れたのは父親の辰也だった。こちらも心なしか猫背になり、身体全体が縮んだ印象だ。

辰也はまるで路上に放置された犬の糞を見るような目をした。

「あんたか。いったい何しに来た」

「明大さんに、お線香を上げさせてもらおうと」

「早く出て行ってったら。出て行かないんだったら警察呼ぶわよ！」

「お前は少し黙っていろ」

辰也は郁子を押し退けて渡瀬の前に進み出る。

「だって」

「このまま帰したら、取りあえず謝罪する姿勢は見せたと言われかねん。お前だって、そんなことで済ませたくないだろう。確か渡瀬さんと言ったな。今日の訪問は浦和署を代表してのことか。それにしては署長やらお偉いさんの姿が見えんようだが」

「浦和署は関係ありません。今日はわたし個人として訪ねて来ました」

「明大の冤罪が明らかになっても未だに警察から正式に謝罪の言葉はない。あんたが来たのは、まさか代理のつもりなのかい」

「いえ。決してそんなことはありません。本当に個人的な行動で、署は一切関知しておりません」

浦和署が明大の両親に対して口を閉ざしていることはもちろん承知していた。表向きの理由は署長以下の役職者が処分の手続き中ということだったが、実際は遺族に頭を垂れるのを嫌がっているだけだ。県警本部は全ての責任を浦和署に丸投げし、浦和署の方では言い訳を並べ立てて謝罪を渋っている。明大の両親が支援を得て再審のための弁護団を結成したことを受け、警察側は警察首脳が謝罪する姿をマスコミに撮られることに神経を尖(とが)らせている様子だった。

だから渡瀬が楠木宅を訪問することは署に報告していない。申し出ればその場で却下されるのが目に見えていた。

「結局は下っ端に責任を取らせて、警察の体面だけは護ろうって肚(はら)かね」

「いや、そんなことは」

「お父さん、お父さん。早く、この人を追い出してください。わたし、わたし」

「お前は奥に引っ込んでいろっ」

辰也が一喝すると郁子はびくりと肩を震わせ、そして足を引き摺るようにして奥へ消えて行った。

「見苦しいものを見せた。あんたが目の前にいるとあれは動揺する。奥に引っ込んだ以上、悪いがあんたを座敷に上げる訳にはいかん。もっともそうでなくとも上げるつもりはないが」

そう言われてしまえば土間の上で立っているしかない。

「さっきせめてお詫びを、と聞こえたがそう言ったのか」

「ええ。浦和署の人間はともかくわたしだけでもと」

「それは誰のためだ。詫びるのはあんたが罪悪感から逃げ出したいからだけじゃないのか」

　図星なので二の句が継げなかった。

「それとも俺が言ったように、ひと言謝ることで謝罪したという既成事実を作りたかったのか」

「決してそんなことはありません」

　必死に食い下がる渡瀬を見て、辰也は上がり框に腰を下ろす。しかし渡瀬の方は許可が下りない限り立ったままでいるしかない。

「表、見たか」

「えっ」

「一端の刑事だったら小屋に立て掛けてあったバインダーが目に入っただろ。妙に思わなかったか」

「以前は建築のお仕事でしたね」

「ほ、よく憶えていたな。それが今ではコメ作り野菜作りの生活になった。何故だか分かるか」

「いえ」

「建築の仕事ができなくなったからに決まってるだろ。いくら二十年のベテランでも息子が死刑囚だったら現場で肩身が狭くなる。しかもこっちは下請けの身だ。ある日、親会社に明大のことがバレると居心地も悪くなった。外聞が怖かったのか受注が減った。そうなりゃ迷惑がられるから仕事を辞めるより仕方なかった。長年続けてきた仕事をそういう理由で辞めなきゃならん気持ち、あんたに分かるか」

辰也の目が陰気に沈む。

「伝手(つて)を頼ってあちこちの現場を回ったが、悪事千里を走るでどこも雇ってくれなかった。建築で食えなけりゃ野良仕事をするしかない。ただ土地絡みじゃ拾ってくれる神様もいてな。ほら、この先、バス停横の脇道を真直ぐ行くと製薬会社があるんだが、そこが余った土地を結構な値段で買い取ってくれたから少しの間は生活費に困らなかった。まあ気休めみたいなもんだが」

渡瀬はただ頭を垂れるしかない。血縁ほど濃いものはなく、家族の誰かが蔑みの対象になればその血縁者にも排斥が及ぶのは自明の理だった。

「それでも俺はまだいい方だった。不憫(ふびん)なのは女房でな。もう気づいていると思うが、神経の衰弱がひどくて、あるものを見聞きすると途端に不安定になる。あんたも想像がつくよな」

「明大さんに関わるものですか」

「それしかないだろう」

「しかし、テレビでインタビューを受けている時は普通にやり取りをされていたようですが」

「クスリだよ。取材がある日には前もって精神安定剤やら何やらを服(の)んでいるお蔭で保(も)っていられるが、クスリが切れると途端にああなる。変になったのは、あいつが獄中で死んだと連絡を受けた直後からだ。ひどいもんだった。泣き喚き半狂乱になって雨の中に飛び出した。県道を越えたところに川が流れているんだが、そこに飛び込もうとしたんだ」

言葉が出てこなかった。たとえ何かを口走ったとしても碌なことは言えなかっただろう。

「それでもここしばらくは平穏だった。いくら口惜しかろうが、いくら憤ろうが時間が経てば尖った心も多少は丸くなる。ところが明大が冤罪だったとニュースが囃し立てるようになって再発した。いったん収まりかけた火に油を注ぐようなものだからな。酷い話さ。あれは三度に亘って苛まれたんだ。最初は死刑判決、二度目は明大の自殺、そして今度は冤罪のニュース」

「ほ、本当に申し訳」

「謝るなっ」

辰也はいきなり激昂した。

「軽はずみに謝ってもらっちゃ困る。俺はあんたの謝罪を受け入れるつもりなんざ、これっぽっちもないんだからな」

「しかし」

「しかしもクソもあるか。俺は仕事を替えなきゃならなかった。女房はクスリなしじゃ碌に表も歩けないような身体になった。だがな、一番不憫なのは明大だ。何をどうしようとあいつが生き返る訳じゃない。拘置所で首を縊った時にあいつが感じたはずの絶望が和らぐ訳じゃない。あ、あいつは極悪人の汚名を着せられたまま死んじまったんだぞ」

渡瀬は腰を落とした。静に詫びた時には意識して屈した膝が、今は自然に折れた。

土間に跪いて頭を下げようとした。だがその前に、辰也の手が伸びて渡瀬の顎を上げた。

頭を垂れることすら許されないのか。

「分かってるのか、手錠を持ったクソガキ。お詫びだと？　ふざけるな。お前らに頭を下げられたくらいで俺たちがお前らのしたことを許すとでも思ってるのか。お前たちは明大を殺した。それだけじゃなく俺たち家族の人生も滅茶苦茶にした。たとえカネを積まれたって絶対、元には戻らないんだ。どうしても謝りたければ俺たちの生活を返せ。明大を返せ。なあ……返してくれよ」

渡瀬は指先さえ動かせずにいた。

辰也の言葉が楔のように突き刺さる。

やっと実感が湧いた。

自分は取り返しのつかない過ちを犯したのだ。一家族の生活を完膚なきまでに破壊し、あまつさえ若い命を屠った。それなのに自分は誰からも罰せられず、のうのうと刑事の仕事を続けている。

こんな理不尽なことがあっていいはずはない。

心は沸騰しているのに体温が下がっていく。

膝が瘧のように震え、骨が軋む。

申し訳なさに、可能ならこのまま消えてしまいたいと思った。身を縮め続けて塵芥になりたいと思った。だが、渡瀬は惨めな姿を晒し続けるしかなかった。

やがて辰也は疲れたように溜息を吐いた。

「もう帰ってくれ」

「わたしは……どうしたらいいんでしょうか。これから何をすればいいんでしょうか」

「今、あんたにできることが一つだけある」

「何ですか」

「忘れないことだ。明大と俺たち家族にしたことを一生忘れずにいろ。さあ、話は終わりだ。とっとと出て行ってくれ」

そう言い残して、辰也は奥に消えて行った。

後に残された渡瀬はしばらく土間に蹲っていたが、やがてふらりと立ち上がって玄関を出た。

まだ雨は降り続いていた。渡瀬は濡れるに任せて立ち尽くす。項垂れたままなので、そのうち水滴が額から流れ落ちてきた。

人を見る目がなかった。

観察力が足りなかった。

ドアノブやガラス切りの知識がなかった。

結局は自分の知見のなさが冤罪を生み、自分とそして多くの人の人生を狂わせたのだ。

渡瀬はふと空を見上げる。

さっきまで鈍色(にびいろ)だった空は東にいくに従って色を薄くしている。果ての方では雲の切れ間も見えている。

世界は刻一刻と変わっていく。雨はいつしか止み、陽光が射し込む。風はその都度、流れる方向を変え、若い芽はゆっくりとだが樹木に育っていく。

それなら人も変われるはずだ。

渡瀬は憑(つ)き物を払い落とすかのように頭を振った。

もう、二度と間違えるものか。

思い込みや先入観に囚われるものか。

知見がなければ吸収してやる。観察力がなければ獲得してやる。知識が足りなければ片っ端から漁ってやる。もっと人の話を聞き、もっと本を読み、もっと至る場所に出掛け、ありとあらゆる知識を己の力にしてやる。

そうだ。

俺は真っ当な刑事になるんだ。

四　冤禍

1

平成二十四年三月十五日、府中刑務所前。

迫水二郎（さこみずじろう）は二人の刑務官に付き添われて正門を潜った。

もうすぐ四月だ。刑務所前の舗道には、はや気の早い桜が花弁を綻（ほころ）ばせて迫水の帰還を祝ってくれていた。

「長い間、お世話になりました」

迫水は刑務官たちに向き直り、深々と頭を下げる。

「ああ。達者でな」

刑務官の一人は鷹揚に頷く。

そして門扉（もんぴ）が素早く閉じられる。ところどころが錆（さ）びついているのか、閉じる際に盛大な軋（きし）みが聞こえた。

だが、その耳障りな軋み音すら、今はファンファーレのように心地良い。

眼前で門扉は閉じられた。

模範囚としては、ここは念には念を入れておくべきだろう。迫水がもう一度頭を下げると、刑務官たちはすぐに興味を失ったかのように舎内へと姿を消して行った。

もういいか。

いや、まだだ。

府中刑務所付近は職員住宅がずらりと並んでいる。どこで誰が見ているとも限らない。今はまだ借りてきた猫のように振る舞っていた方がいい。

出迎えの者は――いない。

当然だ。両親は判決が出てから数年の後に相次いで亡くなったと聞く。兄弟は元からいない。以前から疎遠気味だった親類縁者は事件発覚を機にますます縁遠くなった。

バス停を過ぎ、しばらく歩くと関連施設が見えなくなったので、迫水はやっと安堵の溜息を吐いた。そして、深く深く息を吸う。

木と土と桜の匂いが鼻腔をくすぐる。

何と澄み切った芳しい匂いなのだろう。微かに排ガスが混じっているものの、独居房の饐えた臭いに慣れた鼻が驚いている。

「やれやれ、か」

口を開くと自然にその言葉が出た。二十三年ぶりの娑婆だが、跳び上がって喜ぶ気にはなれない。無邪気になるには齢を取り過ぎた。達観するには人間が未熟に過ぎる。

しばらく歩いていると人の姿を見掛けるようになった。

買い物途中の主婦、学校帰りの学生。何故か、ほとんどの人間が片手に手帳のようなものを握って熱心に見ている。中には手帳の表面に指を這わせる者もいる。擦れ違いざまにOL風の女の手元を覗き見た。手帳ではなく、小型のテレビのような物だった。

これが世に言うスマートフォンという物か——新しく入所する者の話やニュースで見聞きはしたものの、実物を見るのは初めてだった。

迫水が刑務所に入る直前にも携帯電話の走りのようなものはあったが、当時は移動電話という名前でもっと外装のごつい代物だった。小型化は日本人の得意技というが、それもなるほどと頷ける。

途端に解放感が舞い降りてきた。

ここは自由な外だ。

もう、手を大きく振りながら歩かなくてもいい。五四二一という称呼番号で呼ばれずに済む。房で座る位置も指定されない。どこに行こうと、何を喋ろうと、何を食べようと自由なのだ。

急に視界が拓けたように感じた。

狭い窓からではなく、見上げて望む青空。

駆け出すつもりはない。ゆっくりと土の感触を味わいながら歩く。

だが、次第に不安が襲ってきた。

まだほんの数百メートル歩いただけなのに、目に飛び込んでくる風景は記憶の中のそれとずいぶん違う。

アスファルトは以前よりも白っぽくなったようだ。交差点には何かの破片を混ぜているのか、きらきらと太陽光を細かく反射している。道を往くクルマはいずれも丸みを帯びている。ボディの天井から突き出た棘状のもの、あれはアンテナか何かか。

向こう側の歩道に移るため車道を横切ろうとした。彼方にはクルマの影が小さく見えるだけだ。

だが二、三歩進んで迫水はぎょっとした。あんなに小さかったクルマがすぐ目の前を通過したのだ。ぞっとした。すんでのところで衝突しそうになったことではない。長年の刑務所暮らしでクルマのスピード感覚が麻痺してしまっていることにだ。

迫水は大急ぎで車道を横切った。

木造建造物はめっきり数が少なくなっていた。どれもこれもコンクリート造りで屋根はスレート葺きが大半だ。屋根瓦の家屋は一軒も見当たらない。コンビニエンスストアをもう三軒も目にした。迫水がまだ娑婆にいた頃にはこれほど同種の店舗は林立していなかったはずだ。

好奇心に背中を押され、その中の一軒に足を踏み入れてみた。食べる物があれば調達するつもりもあった。

品揃えを見て眩暈がしそうだった。

おにぎりと惣菜の種類の豊富さ。

小洒落たパッケージの菓子。

生活用品の棚にはＤＶＤ－ＲやらＣＤ－Ｒやらのディスクが陳列してある。もうカセットテープは時代の波に駆逐されたらしい。

携帯電話用のケース、充電器、ｉＰｈｏｎｅ付属部品――。

きっと外の世界では携帯電話がないと生活していけないのだろう。そうでなければ、コンビニにこれほど関連商品の置いてある理由が思いつかない。店内を見れば、他の客の着ている服もどことなく洒落めいていて、自分のように無地のセーターを着ている者は誰もいない。

まるで浦島太郎になったような気分だった。

それでも飲料品のコーナーに移動すると、少し気分が落ち着いた。大型冷蔵庫に所狭しと並ぶ酒類は馴染みの物が多かった。

ビール、酎ハイ、ハイボール。

眺めているうちに喉がぐびりと鳴った。

刑務所内でもカネさえあれば大抵の物は購入できる。菓子、文房具、書籍、時折墨の入った雑誌。だが、どれだけ大金を積んでもアルコール類だけは駄目だった。許可が下りないし、そもそも購買に置いていない。

目が値段を追う。

二百四十八円。高いな。

こっちの発泡酒というのはずいぶん安いな。百五十五円だ。

慌てて財布の中身を確かめる。万札一枚と千円札が四枚、そして小銭が少々。

刑務所の中では二十三年間、ずっと洗濯作業に従事していた。服役囚の服、毛布、リネン類を来る日も来る日も洗い続けた。給料は作業報奨金と呼ばれ、毎月四千二百円が支給された。二十三年間貯め込んでいれば百万円にもなったろうが、日々の日用品や甘い物を買っていれば四千二百円などすぐに消えてしまう。二十三年間働き続けて残ったのは、たったのこれだけだった。

値札と財布の中身を何度も確かめていると、横にいた若い女が、小馬鹿にするような目で一瞥(いちべつ)していった。

畜生め。

羞恥と恐怖が綯(な)い交(ま)ぜになって纏(まと)わりつく。

この女に自分がたった今刑務所から出たばかりだと告げれば、どんな風に恐れ戦(おのの)くだろうか。

いや、それを耳にした途端、従業員と客が一斉に自分を白い眼で見るのではないか。

破壊衝動にも似た誘惑だったが、アルコールへの渇望には勝てなかった。

悩んだ末に三百五十ミリリットルの発泡酒百五十五円を選んだ。缶を握り締めていいそいそとカウンターに向かう。掌に伝わる冷たさで喉が悲鳴を上げそうになる。

カウンターに行くと、タバコのパッケージが目に入った。外装がいくぶん変わっているが〈Seven Stars〉の銘柄は確認できる。

「その、セブンスターいくらですか」

「四百四十円です」

値段を聞いて仰天した。以前は二百円程度だったのに二倍近くに跳ね上がっている。いったい世のタバコ喫みは、どうやって小遣いをやりくりしているのだろう。喉から手が出るほど欲しかったが、タバコは我慢した。今はビールを流し込むのが先決だ。

小銭を払い、慌しく店を出る。まさか往来で酒を呑むことが法律違反にはなっていないはずだ。迫水は駐車場の車止めに腰を下ろし、プルトップを引いた。しゅわっという発泡音とともに芳しい匂いが広がる。もう我慢できなかった。

飲み口を唇で覆い、一気に中身を呷った。香ばしくほろ苦い炭酸が喉を満たしていく。ほぼ四半世紀ぶりのアルコールが乾いた土壌を潤し、食道を通っていくのが実感できる。舌と喉が歓喜の声を上げている。まるで喉にも味覚があるように錯覚する。あまりの美味しさに涙まで出てきた。

黄金だ。これは液体の形をした黄金だ。

「ふううっ」

自然に深い溜息を吐いた。缶を握った手は小刻みに震えている。

食道を通過した黄金色の液体が胃に到達し、やがて血液に混じって身体中を循環する。
五臓六腑（ごぞうろっぷ）に沁み渡るとは、こういうことかと思う。
それからはちびりちびりと呑み始めた。呑むほどに自由の味がする。酔うほどに鎖の切れた感覚がする。

　呑み干すと、ようやく人心地が戻ってきた。握っていた手に力を加えると、空になった缶は軽い音を立てて簡単にひしゃげた。

　再度、財布の中身を検（あらた）める。今の買い物で千円札が一枚減った。収入があるまでは、この残りで何とか食いつないでいかなければならない。

　まあいい。ゼニの当てならある。

　迫水は握り潰した缶を側溝に投げ捨てた。缶専用のゴミ箱が設置されていたが、知ったことではない。

　もう模範囚はやめだ。

　他人の言いつけを唯々諾々（いいだくだく）と守り、頭（こうべ）を垂れ続けることもやめだ。

　たった今から俺は好き勝手に生きてやるんだ。

　腹に一杯分のビールが収まっているのに、身体は急に軽くなった。

　さて、まずはどこを根城としようか。相手と連絡を取るにも、定住地があった方がいい。それから携帯電話も必須だ。それがなければ相手と接触することも叶わない。房の仲間から聞いた情報ではプリペイドというひどく安価な携帯電話もあるそうだ。住所登録も要らないそうなので、まずはそいつを手に入れるとしよう。

だがしばらく歩いていると、また不安に駆られてきた。

道の広さが落ち着かない。

通りすがる人間たちの笑い声が落ち着かない。

妙な話だった。塀の内側にいる時にはあんなにも希求していた外界だったのに、いざ出てみると解放感と一緒に始終不安がついて回る。自分は牢獄の狭さと静けさに慣れきってしまったのだろうか。あの、暗くて饐えた臭いが滲み込んだ独居房でなければ安心できない身体になってしまったのだろうか。

服役している間、刑務所の中と外を何度も出入りする者たちを知った。何度も逮捕されるのだから、さぞかし大馬鹿野郎なのかと思ったが、本人と話してみるとそれほど物知らずではない。いや、ある分野に関しては迫水よりも遥かに有能で賢かった。それなのに、また刑務所に舞い戻って来る。

それが不思議で訊いてみたことがある。彼の回答はこうだった。

『何かよ、刑務所の中の方が落ち着くんだ。決まりは沢山あるようだけど、数えてみれば大したものじゃない。看守の言いつけだけ守っていればいい。時間もずっと止まっている』

訊いた時には何を言っているのか全然分からなかったが、今なら薄ぼんやりと分かる。二十数年の長きに亘り、あの狭い世界で徹底的に自立心と自発心を捥ぎ取られた挙句、何の介助もない外に放り出されたら誰でも不安に陥る。

高裁で迫水に下された判決は無期懲役だった。所謂永山基準が示され、四人殺害すれば原則として裁判所は死刑判決を適用するようになったが、迫水が無期懲役で済んだのは、偏に弁護士の尽力の賜物だった。上木崎の母子殺しで弁護士は「殺意はなく、母子が抵抗してきたために刃物が被害者に刺さってしまった」と弁論を展開、迫水が不幸な生い立ちであった事情を酌量すべきだと主張したのだ。

懲役刑は人間を精神内部からゆっくり殺していく刑罰だ。刑務所内の力関係や評判、人徳など外に出れば何の役にも立たない。前科者に碌な仕事がないのは事前に聞かされている。白い眼と後ろ指に堪えながら働いていても、始終不安がついて回る。

模範囚を続けたことが認められ、仮釈放が決まった時も、実を言えばそれほど嬉しくはなかった。

そう、あの新聞記事を見るまでは。

新聞を見た後、テレビのニュースで確信した。俺はついている。

誰の助けもない不安な外界。だがカネがあれば別だ。地獄の沙汰もカネ次第。刑務所の中であろうが外であろうが、財力さえあれば大抵の不安は消し去ることができる。

カネがあれば自由も潤う。羽を伸ばす価値もある。豪奢なところに住み、美味いものを食ってこその娑婆だ。

迫水は不安を追い払うかのようにカネに囲まれた己の姿を夢想した。

いったいどれだけの臨時収入がもたらされるのか。

百万か、二百万か。

いいや、もっとだ。話の持っていきようによってはこれから一生、働かずに済むかも知れない。

もう一生分、刑務所で働いた。

もう一生分、人の言うことに従った。

これからは働くことも、人の言いなりになることもなく、面白おかしく暮らしてやる。

そのうち迫水は自身の異変に気がついた。

冷えたビールを一気に呑んだせいか急に尿意を催してきた。

立小便は軽犯罪法違反になる。仮釈放の恩恵に与(あずか)っておきながら、たかが立小便で舞い戻ったとあればいい物笑いの種だ。

迫水は焦り気味に周囲を見回した。

どこかに便所はないか。

ふと前方を見ると公園が視界に入った。期待を胸に駆け寄ると、上手い具合に公衆トイレが設(しつら)えてある。

何とも幸先がいいじゃないか。

迫水はトイレの中に飛び込んだ。先客は誰もいないと見える。

小便器の前に立つと、意外にも気を殺(そ)がれた。掃除が行き届いておらず、ひどく汚れていた。便器には小便が滓(かす)になってこびりつき、足元のタイルも茶色に変色している。

これなら刑務所の便所の方がまだ綺麗だった。第一、あそこの清掃係はもっと真剣かつ丁寧に仕事をする。

まあ、いい。

ジッパーを下ろし、放尿を始める。

膀胱が楽になり、緊張感から解放される。

背後から声を掛けられたのはちょうどその時だった。

「あんた、迫水さんだね？」

ぎょっとしたが体勢が体勢なだけに、目一杯振り向くことができない。

「誰だ」

「迫水さんなんだね」

「そうだけど、今は見ての通りだ。少し待って」

言葉は最後まで続かなかった。

脇腹にとんでもない激痛が走った。

手前ェ、と言おうとしたが、その前に第二波が襲い掛かった。

再び深くて鋭い痛み。刃物が腹を突き抜け、内臓を抉ったのが感知できた。

だが、迫水が感知できたのはそこまでだった。続く第三波は更に内部の深奥に達した。

声はもう出なかった。腰から力が抜け、上半身はずるずると小便器に凭れ掛かっていった。

やがて小便が最後まで排出されたが、その前に迫水の鼓動は完全に停止していた。

2

「ということで宮元町の事件は、都内で発生した連続殺人事件との関連性が濃厚になった。今後は警視庁と県警の合同捜査になる。ついてはお前、今から光崎先生の法医学教室に行って来い。そろそろ司法解剖が始まる頃だ」

渡瀬がそう告げると、命じられた古手川は不思議そうな顔をした。

「合同捜査って……班長はどうするんですか」

「俺は他で手が塞がっている。一人で行って来い」

「……これは新手のイビリか何かですか」

「知ったようなことを言うな。たまには違うヤツとコンビを組んでみろ。自分と他人との違い、足らないもの、求められているものが自然に見えてくる」

「そんなもんスかね」

「お前のパートナーは一課麻生班の犬養ってヤツだ。大変優秀らしいからお前にはいい勉強になる。捜査手法でも知識でも根性でも何でも構わん。吸収できるものは全部吸収してこい」

「了解っス」

これ以上、抵抗するのは無駄と知ってか、古手川は軽く頭を下げると、薄手のコートを引っ掛けて刑事部屋を出て行った。

まだ慎重さに欠けるものの、フットワークの軽さは評価してやっていい。若さゆえに吸収力もあるので、直属の上司以外に他の捜査員と組ませても一つか二つは学んでくるはずだ。

古手川を合同捜査本部に行かせるのは渡瀬の独断に近いものだったが、このくらいの采配なら栗栖課長も文句は言うまい。所詮あの男が口を出してくるのは、自分の頭の上に火の粉が飛んできそうな場合だけだ。いや、栗栖だけではない。今や自分の上司は右を向いても左を向いても腰巾着ばかりで、自爆覚悟で立ち向かってくる者は一人もいない。

もっとも、それは渡瀬自身の悪評も原因の一つになっていた。

二十三年前、楠木明大の冤罪事件がマスコミによって暴露された時、事実を隠蔽しようとした関係者は一人残らず粛清された。浦和署だけでも杉江や堂島、刑事課長や署長までが懲罰の対象となった。階級降格や大幅な減俸は「早く辞めてしまえ」の婉曲表現に他ならない。彼らは上の意を汲み取り、散々恨み節を重ねながら警察を去って行った。

一方、一人粛清の嵐から逃れ得た渡瀬は浦和署から県警本部へ異動となり、今や捜査一課の一班を任せられるようになった。本来なら順風満帆な出世コースと誉めそやされるはずだが、渡瀬の場合には胸糞の悪い風評がセットになっている。

あいつは隙さえあれば上司の足を引っ張ろうとする。自分の身が可愛かったら必要以上に近づくな――。

要は体のいい邪魔者扱いだった。

埼玉県警での検挙率が常にトップであることから露骨に排斥はされないが、相手の顔色を見ていれば好かれていないことくらい一目瞭然だ。それに自ら望んだことではなかったにしろ、冤罪事件を単独捜査したことで当時の関係者を残らず生贄（いけにえ）の祭壇に捧げたのは曲げようのない事実だったので、敢えて否定する気にもならなかった。意趣返しとまでは言わないが、検挙率が高いうちは誰も刃向おうとはしない。組織の中にあって、出過ぎた杭を打とうとする向こう見ずはいない。

しかし渡瀬の地位をこれ以上上げたら、次は自分が危ないとでも思っているのか、階級はずっと警部に据え置かれたままだ。最近は昇進試験の誘いさえない。

ただし渡瀬自身はそれで不満がある訳ではない。時折、捜査方針の点で上司の至らなさに歯噛みすることはあるが、それも自分が部下を上手に使いこなしていけば解決する問題だ。何より現場の最前線で指揮を執っている方が自分の性に合う。庁舎の最上階で深い椅子にふんぞり返っているよりも、古手川のような若い刑事をじっくり育成する方が警察のためになるような気がする。

自分が時代錯誤めいた刑事であるのは百も承知している。だが明大の事件を経た渡瀬は思い知ったのだ。権力を行使できる人間ほど権力に恋々としてはならない。強大な権力の危うさに昭和も平成もあるものか。どれだけ時代が変わろうが、そしてそれがどんな場所であろうが、権力を信奉する者はやがて権力によって駆逐される。

古手川の派遣を栗栖に報告した後、渡瀬は全国紙の朝刊を開いた。都内及び近隣の県で発生した事件を総ざらえするのが渡瀬の日課だった。県内の事件ならともかく、管轄外の事件が即時に伝達されることは少ない。下手をすれば新聞報道より遅れることさえある。だが、警視庁管内の事件が埼玉県警の事件とつながる事例は多々ある。最前古手川に伝えた連続殺人がいい例だ。捜査が後手に回るのを防ぐためには、可能な限り情報を収集しておくことだ。

都内版のページを見ていると、その名前がすぐ目に入った。

『十五日午後三時ころ、府中市新町二丁目公園のトイレで男性の死体が発見された。男性は住所不定無職の迫水二郎さん（五五）。脇腹数カ所を刺されており、病院に緊急搬送されたが既に即死の状態だった。府中警察署はただちに……』

迫水二郎。

その四文字に目が釘づけになった。忘れもしない、渡瀬が検挙し、ほぼ同時に明大の冤罪を明らかにした男だった。

確か高裁で無期懲役の判決が下されたはずだ。では、知らぬ間に仮釈放か何かで出所していたのか。

新聞記事を読む限り、公園のトイレで刺殺されたという事実以外明らかにされていない。咄嗟（とっさ）に支給されているパソコンを開き、刑務所出所情報を検索する。目的の情報は即座に出てきた。

〈迫水二郎　平成二十四年三月十五日午前十一時釈放予定　居住予定地東京都足立区西新井……〉

つまり出所したその日、しかも府中刑務所付近の公園ということは出所直後に殺害されたことを意味する。

懲役を食らって二十三年、迫水は外界との接触を断たれていたはずだった。言い換えれば保護司以外に新たな人間関係が生まれる可能性はない。

それなのに何故殺される。

物盗りの可能性はどうだ。公園内を徘徊する悪党に、いきなり不意を衝かれたのか

――いや、この可能性も薄そうだ。物盗りはまず獲物の身なりで所持金の多寡を判断する。刑務所を出た直後の迫水がヴェルサーチやアルマーニを着ていたとは思えない。試しに事件記録を漁ってみたが、昨日の今日ではさすがに掲載されていない。

迫水二郎は楠木明大とともに忘れられない男だった。彫りが深い割に貧相な顔。中肉中背で、脅すよりは脅される方が似合っていた。

取調室で迫水を追い込んだ時の情景が、まざまざと浮かび上がる。今にして顧みれば、あれこそが刑事としての転換点だった。

考えれば考えるほど迫水の死が尋常ならざるものに思えてくる。単なる物盗りでなければ残る線は怨恨だが、昨日まで刑務所に入っていたのなら怨恨は入所以前のものである可能性が高い。

入所以前の怨恨。

即座に思いつくのは明大の冤罪事件しかない。迫水が自首しなかったばかりに無実の男が逮捕され、無理やり刑に処された。自死とはいえ、警察と検察、そして裁判所が殺したも同然だった。冤罪の犠牲になった者なら等しく迫水に恨みを抱いている。

テミスの剣はまだ血を吸い足りないというのか。

徒に情報が洩れるのを待つ気はない。渡瀬は警視庁の麻生を電話で呼び出した。以前、何度か顔を合わせたことがある。渡瀬よりも十は年下だが、見識が広く懐の深そうな男だった。

『ああ、渡瀬さん。久しぶりですな。お元気そうで何より』

「そちらこそ。そちらの本部にはウチの古手川という者を遣りました。若いが根性だけは人後に落ちませんので、何なりとこき使ってやってください」

『それはご丁寧に……それで、本来の用件は何ですかな。あなたはそんな儀礼でいちいちここに電話してくるような御仁ではないでしょう』

やれやれ最初からお見通しか。しかし、この方が話は手っ取り早い。

「恐れ入ります。実は昨日、府中刑務所付近で発生した事件についてお教えいただきたいと思いまして。あれは麻生さんの担当ですか」

『いや、桐島班の受け持ちですが、ウチの班も何人か応援を出していて……渡瀬さん、ひょっとしてそちらで起きた事件と関連があるとでも』

「殺された迫水二郎を挙げたのはわたしでしてね」

一瞬、電話の向こう側が沈黙した。

「新聞記事を読む限り、迫水は出所直後に殺されている。盗られた物はありましたか」

『いえ。財布の中身はそのまま残っていたそうです。失効した免許証も残っており、そこからすぐに身元が割れました』

「脇腹数カ所を刺されていたとか。凶器は発見されたのですか」

『いえ。まだのようですね。検視官の見立てでは先端の尖った片刃状の凶器ということですが』

「残留指紋は」

『場所が場所なだけに不明指紋が山ほど検出されたようですな。だが、被害者の身元が割れた以上、早晩渡瀬さんの許にウチの捜査員が出向くかも知れませんな』

それはそうだろう。あの冤罪事件で警官として生き残っているのは自分一人だけだ。どんなに間の抜けた刑事でも、自分に当時の状況を聴取しに来る。逆に来なければ刑事など即刻辞めるべきだ。

『事件の詳細については、わたしもここまでしか把握しておりません。ただ所轄が目の色を変えているのは確かでしょうな』

それはそうだろう。刑事施設の目と鼻の先で人が殺されたのだ。府中署および警視庁にしてみればいい面の皮だ。

『年下のわたしが老婆心で、というのは僭越(せんえつ)ですが、渡瀬さん。あまり積極的に首を突っ込まない方がよくはないですか。優秀な人間は厚遇されるが優秀過ぎる人間は冷遇される。管轄外だったら尚更だ』

ああ、どうやらこの男も同じ意見らしい。

「ご忠告、感謝します。ただ迫水を知っている者としては、だんまりを決め込むのも職業的倫理観というヤツが邪魔をしましてな」

『それなら問題ないでしょう。さっきも言いましたが、ウチから捜査員が出向きますから』

「と、言われますと」

『のこのこやって来た未熟な刑事から逆に根掘り葉掘り訊き出すなど、あなたならお手のものでしょう』

麻生の言葉通り、それから二時間も経たないうちに警視庁から若い刑事が訪ねて来た。葛城公彦という男で、実直さと愛想のよさだけが取り柄のような刑事だった。葛城は迫水の前科を洗い直しに来ただけのようで、メールのやり取りだけで済む用事にわざわざ足を使っている。こういう相手なら話もし易い。

取り調べた際の様子、逮捕から送検までの経緯、そして迫水の人間関係。およそ普通の刑事なら思いつくことを訊いてきたので、こちらも正直に答えてやった。まるで事前に作っておいた想定問答集をなぞったようであり、渡瀬の関心を再度刺激するような質問は一つもなかった。

それではこちらが質問する番だ。

「ところで葛城くん。もう容疑者と呼べる人物は絞られてるのか」

「ええ。第一にヤツが殺害した不動産屋夫婦と高嶋母子の遺族。この二人は参考人として本日にでも任意同行を求める予定です」

「不動産屋、久留間夫妻の遺族と言えば那美とかいう娘が一人だけだったな。しかし彼女は北海道に住んでいるんじゃなかったかな」

「いや、それが彼女、一年ほど前に都内に転居しているんです」

それは初耳だった。

「旦那と別れて収入がなくなったもので越して来たらしいです。今は新宿のバーで雇われてるって話ですね」

「高嶋の方は」

「一人残された夫の恭司は以前の自宅を引き払い、今は都内に移り住んでいます。貿易商も続けているようですね」

高嶋の場合、上木崎の自宅を妻と息子の惨殺現場にされた。その記憶がある限り、引き払うのも無理からぬ話と思える。

「それから冤罪を着せられた楠木明大の両親にも注目しています。久留間の娘や高嶋よりは動機が薄いですが、それでも一人息子を獄中で死なせたとあっちゃあ、やはり恨み骨髄でしょうからね」

「捜査本部では、その三方に照準を合わせたという訳ですか」

「ええ。もっとも二十三年も前の冤罪事件に、どれほど執着するヤツがいるんだって否定的な意見もあるんですがね」

「そいつは殴った側の理屈だな」

「は?」

「楠木明大は獄中で自死したが、身内は誰も自殺だなんて思っていない。警察と検察がよってたかって彼をなぶり殺しにしたとしか考えない。そして殴った人間はそのことを忘れても、殴られた人間は決して忘れない。人間というのはそういう生き物だ」

「しかしですよ、渡瀬警部」

葛城は言い難そうに口を開く。

「もしも犯人が冤罪事件を根に持っているとするなら、標的は迫水一人に留まらなくなります」

それは渡瀬も考えていた。おそらく捜査本部の連中もそうだろう。だが、あまりに現実離れした考えであり、表沙汰にした場合にはとんでもない影響が懸念されるので、皆、知らん顔を決め込んでいるだけだ。

「君の指摘は全くもって正しい」

そう告げると、葛城は喜ぶどころか微かに怯えの表情を浮かべた。

「楠木明大の遺恨を晴らそうとするなら対象は迫水に留まらない。明大を訴えた地検と高検の検察官、彼に死刑判決を下した地裁と高裁の裁判官。冤罪であることをひた隠しにした浦和署の関係者。そして言わずもがなだが、ヤツを取り調べ自白調書を拵えた担当の刑事。もっとも元裁判官の二人はとうに鬼籍に入られ、担当の一人だった鳴海という刑事は五年も前に死んじまったから、実質の担当者は俺一人なんだが」

そうだ。鳴海健児は平成十九年の冬、自宅で冷たくなっているのを発見された。親族も近所付き合いもなかったため、死体が発見されたのは死後三週間が経過してからだった。

あんな男でもかつての上司には違いない。渡瀬は警察関係者数人と葬儀に参列したが、渡瀬たち以外には参列者もまばらな寂しい葬儀だった。

被疑者からは鬼と怖れられ、上司からはエースと称えられた生え抜きの末路がそれだった。渡瀬はさすがに憐みを禁じ得なかった。

目の前の葛城は居心地が悪そうに尻の辺りをもじもじとさせている。

「警部……お言葉ですが、それはいささか穿った見方であるような気が」

「そうかね。しかし、たとえば山室検事や住崎検事はとうの昔に退官して今やただの市井の人だ。浦和署の関係者も多くは退職していて民間企業に再就職している。恥も外聞もなく言わせてもらえば、一番恨まれるはずの俺はまだ警察機構という防護壁に護られている。ところが退官退職した人間にはそれがない。標的にするなら、そっちの方が容易いと思うがね」

「では、警部はこれからも犠牲者が増えるという読みをされているんですか」

「分からんね。ただ、さっきも言った通り、人の恨みってのは時間の経過で薄れていくとは限らない。中には酒のようにエッセンスを凝縮し、純粋な殺意にまで醸成される怨嗟があるかも知れない。それこそ殴られた者にしか理解できない現象だな」

「……捜査本部に上申してみます」

「俺の身辺に護衛でもつけてくれるのかい」

「もちろんそれも含めて検討の余地があると思います」

「それじゃあ、あんまり効率が悪いだろ」

「え」

「護衛をつけるまでもない。俺自身が容疑者たちの動きを把握していれば済む話だろう」

「あの、それはどういう」

「寄る年波でね。ひょっとしたらまだ思い出せない情報があるかも知れん。思い出したら逐一そちらに報告を上げよう。その代わり、捜査本部が摑んだ情報は細大洩らさず俺に伝えてくれ」

「それは、しかし」

「情報共有といこうじゃないか。こっちだって犯人から狙われてるかも知れないから必死なんだ」

タテ型の組織にも称賛すべきところは沢山あり、その一つが横槍に対する過敏な拒否反応だ。渡瀬が葛城に情報共有を申し出てからきっかり四時間後、捜査本部の桐島から早速電話が掛かってきた。

『豪腕というか横車というか、誰彼構わずに無茶な注文言う癖は治っちゃいないな。ええ、渡瀬さん』

桐島か。この男も知らぬ間柄ではないが、麻生と違って肚の読めないところがある。検挙率争いに汲々としている風ではないが、さりとて渡瀬のように無頼を決め込んでいる風もない。公務員らしく失敗を怖れているようでもなく、虎穴の中に飛び込むような蛮勇を面白がっているようでもない。

ただ一点明白なのは、自分の担当事件に他人が首を突っ込むのを心底嫌っていることだ。

『葛城に情報共有を打診したようだが、何を狙っている』

「何も狙っとらんよ。我が身が可愛いだけさ」

『ふん、あの鳴海と組んでいた頃から悪名を轟かせていたあんたの言葉とはとても思えんな』

「この組織に四半世紀もいたら面の皮も自然と厚くなる。それはあんただって同様だろう」

一瞬、流れた沈黙は肯定の意味か。

「だが、あの葛城というのに提言したのはフカシでも何でもない。出所したての服役囚が殺されたんだ。刑事でなくたって過去の事件に目を向けようとする」

『ご丁寧にも元検事の二人や関係者も危険だとのたまったそうだな』

「可能性は捨て切れんだろう。もちろん既に捜査本部が容疑者を絞ったと言うのなら話は別だが」

これに対する返事はない。事件発生からまだ日が経っていないので、関係者への事情聴取も完了していないのが実状だろう。

『カマをかけているつもりなら相手を選べ。そんな誘導に乗ると思うか』

「そんなつもりはない。だが情報が欲しいのはその通りだ。何せ直接の関係者としては、いつ暗闇に紛れて喉首掻っ切られんとも限らんからな」

『だったら埼玉県警の警備部にでも話を通しておいたらどうだ』

「それなら自分の身は自分で護るとしよう。だったら、せめて誰から身を護ればいいのか教えてくれ」

『懲りんヤツだな』

「懲りんのは俺だけじゃない。晴らせぬ恨みを抱いた人間はみんなそうだ。あんただって被害者遺族の無念の深さを知らん訳じゃあるまい」

また返答が途切れる。

「人権派弁護士か何か知らんが、彼らの活躍で加害者の権利は鉄壁に護られている。だが逆に被害者遺族の方はどうだ。今はかろうじて裁判に参加できるようになったが、つい最近まで裁判の経過は傍聴しない限り分からなかったし、加害者に会うことも質すことも許されなかった。殺された者には欠片ほどの人権もない。弁護士という名前のペテン師から、被害者にも非があったように罵られ、下世話なマスコミから興味本位の取材攻勢を受けても、防ぐ手立てといえば一家で夜逃げするくらいだ。犯罪被害者遺族給付金は雀の涙、折角起こした民事訴訟も相手にカネがなければ執行文があったとしても絵に描いた餅だ。そんな扱いを受けた人間は痛みを決して忘れない。恨みを水に流せるような奇特な人間もいるが、記憶は決して消去されない」

『……分かった上で言っているのか。その恨みの矛先はあんたに向けられているかも知れんのだぞ』

「ほほう。俺の身を気遣ってくれますか。だったら最低限の情報くらい流して欲しいものだ」

『そいつは断る』

「つれないですな」

『渡瀬警部、あんたは事件の関係者だ。関係者に捜査状況を教えることなどできん』

「被害者になるかも知れんのにか」

『そっちの警備部は猛者揃いと聞いている。精々護ってもらうことだ。それに既に退官したとはいえ、元検察や警察に所属していた人間をむざむざ見殺しにするほど、この組織は冷徹になりきれない』

つまり退官した二人の検事をはじめ、浦和署に在籍していた警察官には遅かれ早かれ監視がつくという意味だ。

しかしそれは桐島の言うように、冷徹になりきれない組織の温情なのではない。既に一般市民となった者をエサに、殺人犯を狩ろうとする組織の冷厳さだ。

『同じ中間管理職のよしみでご忠告申し上げる。この事件は警視庁および府中署の事件だ。被害者候補のあんたは、これ以上首を突っ込むな』

反論を許さぬ口調のまま、電話は切れた。

やれやれ、お互いに面の皮が厚いと一致点も見つけにくいものだ。

渡瀬は桐島との会話を反芻しながら、次なる切り口を探し始める。

桐島が現場を仕切っている以上、警視庁に探りを入れても碌な情報は得られない。

さて、どうするか。

即座に思い浮かんだのは府中署強行犯係の面々だった。あそこにも何人か顔見知りがいる。

通常、警視庁との合同捜査となれば所轄は後方支援に回ることが多く、捜査員もそれで良しとしているところがある。

だが、今回の事件は警察施設の至近距離で行われた。府中署にしてみれば顔に泥を塗られたようなものだ。殊に今の府中署の署長は自尊心の塊で、おまけに刑事課の面々は口よりも手や足が先に動く捜査員ときている。

そんな府中署が指を咥えて後方支援に甘んじているはずもない。

渡瀬は早速、その中の一人を電話で呼び出した。

数分後、渡瀬が入手した事件の詳細は次のようなものだった。

迫水の死体を発見したのは、公園のトイレを利用しようとした高校生だった。通報は午後三時二十分。府中刑務所の周辺は、実は学校が集中しており朝晩は登下校の学生で鈴なりになる。言い換えれば、その他の時間は人通りが絶え、公園に出向く者もまばらになる。街中でありながら死体発見が遅れたのは、そういう理由だ。

死体は脇腹を三度刺されており、検視官の見立てではそのうちの一つが致命傷になった。司法解剖に当たった監察医の意見も同様だ。

公園トイレの清掃は二週間に一度、委託業者が行うことになっている。そのため現場に残存していた不明指紋と下足痕は膨大な数に上り、犯人の特定は困難な状況という。

死亡推定時刻は午前十一時から十二時までの間。司法解剖ではもっと幅のある数字が出されたが、出所した時刻と近隣のコンビニエンスストア店員の証言から、一時間の範囲に絞り込めた。

刺切創（しせっそう）の形状から凶器は柳刃包丁のような片刃の刃物と推定。しかしながら現在に至るまで凶器は発見されていない。

迫水が出所後に向かおうとしていたのは、保護司の田丸惣一（たまるそういち）宅と思われる。出所情報に記載されていた居住予定地の足立区西新井は田丸の住所地でもある。要は迫水に新しい仕事やら住まいが決まるまでの仮住所という訳だ。ところが約束の時間を過ぎても迫水は一向に現れず、痺れを切らした田丸が府中刑務所に確認したところ、本人の死を知らされて仰天した次第だった。

目撃者ゼロ。

遺留指紋、特定困難。

おまけに被害者は二十三年間塀の中で暮らしており、外界で未だに連絡を取り合っている知り合いは皆無という。

まさにないない尽くしの初動捜査であり、捜査本部の焦燥が透けて見えるような内容だった。

もし自分が捜査の陣頭指揮を執るなら、まずどこから手をつけるか。考えるまでもない。二十三年前の事件関係者を洗い出し、そのアリバイを一つずつ潰していく。だが、それくらいのことは桐島も当然のごとくやるだろう。

では、蚊帳の外に置かれた自分は何から着手するべきか。

あれこれ策を練っていると、何の前触れもなく栗栖課長から呼び出しを食らった。

「警視庁から苦情がきています。何でも府中刑務所付近で発生した事件で、警視庁や所轄の捜査員に探りを入れているらしいですね」

栗栖は眉の辺りに不快感を表わしていた。

「かつてわたしが逮捕した犯人が殺されたんですからね。相応に関心を示しました」

「相応に？　向こう側の言い分では半ば恫喝されたということでしたが」

「主観の相違ですな。よくあることです」

「よくあっては困るのですよ！」

栗栖は一喝したが、元より甲高い声なので、渡瀬にすれば犬が啼いたようにしか聞こえない。

「警視庁と府中署は今回の事件に関して威信を賭けて捜査しています。そこに渡瀬さんが割り込んでいっても邪魔者扱いしかされません。分かり切ったことじゃないですか」

渡瀬は栗栖の顔を一瞥する。焦燥、困惑、怯懦。分かり易い男だ。顔を見ただけで、この男が上司から何を愚痴られ、何を命令されたのかすぐに見当がつく。

「第一、渡瀬さんが逮捕したという事実が重要かどうかは、あなた自身で判断することじゃない」

なるほど、そういうことか。

「二十三年前の事件は全く無関係だと仰るんですか」

「それもあなたや埼玉県警が考えることじゃない」

捜査本部が渡瀬の動きに対して水を差そうとしているのは面子や縄張り意識からかも知れない。

だが、埼玉県警がその抗議を粛々と受け取り、こうして本人に釘を刺しているのは警視庁に対する忠義心からではない。

県警は二十三年前の冤罪事件を蒸し返されるのが嫌なのだ。迫水殺害の容疑者を列挙していけば、自ずと二十三年前の事件に辿り着く。もちろん当時の関係者は、渡瀬を除いて全員が消えてしまったが、それでも埼玉県警史上最悪の事件であったことは免れようのない事実だ。県警の上層部はその恥部を再度公にされることを嫌っている。

くだらない。

子供が自分のした寝小便の跡を必死に隠そうとしているのと同じだ。

「百歩譲って渡瀬さんが事件関係者だと仮定しましょう。そうであれば関係者であるが故の特別な感情が、捜査に支障を来たすことになりかねません。余計、あなたが関与していい理屈にはなりません」

この場で尻を捲るという選択肢もあるが、まだ初動の段階でそれをするべきではない。どうせ栗栖は自分から言質を取りつけて、刑事部長辺りにそう報告を済ませたいだけだ。

渡瀬は儀礼的に敬礼してみせた。

「自重しましょう」

すると予想通り、栗栖は満足げに頷いた。つくづく分かり易い。警察上層部が皆、こういう人間で占められていたら、さぞかし下から操縦するのも楽だろうに。

栗栖の前から立ち去る際、不意に桐島の言葉が脳裏に甦った。

『この事件は警視庁および府中署の事件だ』

違うな、桐島さん。

これは俺の事件だ。


翌日、渡瀬は府中刑務所の面会室を訪れていた。

待たされること八分、お目当ての相手が刑務官に連れられて姿を現した。

相手は渡瀬を見るなり口元を綻ばせた。

「ああ、渡瀬さん」

「しばらくだったな、白須(しらす)」

白須はアクリル板の向こう側に腰を据えた。

改めて囚人の顔を見る。

実年齢は確か三十九歳のはずだが、その割に白髪が多い。緩くなった口元はいかにも善人のそれだが、目は決して笑っていない。逮捕した時の印象そのままだった。

「もう五年か。ずいぶん痩せたみたいだな」

「ここの食事はバランスがいい上に規則正しい生活を強いられてますからね。ダイエットには持ってこいですよ」

「そっちで精神面もダイエットできりゃいいんだが」

「そりゃあ無理ですね。元来人間の欲ってのは肥大するようにできている。精神をスリムにしたかったら禅寺にでも行くことです」

ということは、この男の精神は尚も人の血を求めて狂おしく膨脹しているというのか。

「まあ渡瀬さんには言わずもがなでしょうがね。ここにいると、ますますそれを実感しますよ。人の本性は善に非ず。立派な服を着ようが、優雅な立ち居振る舞いをしようが、人間は所詮獣の一種だ。いや、生存本能以外の目的で他人を殺すことを考えれば獣以下かな」

「この刑務所は累犯が多いから、余計にそう思うんじゃないのか」

「初犯も累犯も関係ないですよ。人はみんな獣です。だから全員が社会という檻の中に入れられている。ここと社会が違うのは塀が見えるか見えないかという点だけです」

白須は屈託なく笑ってみせる。

白須長雄は女ばかりを殺し続けた連続殺人犯だった。手口はどれも鋭利な刃物で頸動脈を掻き切り、絶命した後に右の眼球を持ち去るというものだった。狙う相手は二十代の美人に限られ、渡瀬が手錠を掛けるまで二人の女性が生贄になった。

「社会にいる全員がお前と同類というのは、少し気味が悪いな」

「そうそう渡瀬さんが気落ちする話でもないでしょ。外の世界にはまだあたしみたいな人間、あたしよりもずっとタチの悪いヤツが群れを成して棲息している。商売繁盛で何よりじゃないですか」

「お蔭で一課は慢性的に人手不足だ。せめて再犯率が低くなってくれればな」

「それも無理ですって」

白須は不意に声を落とした。刑務官が立ち会っている以上、刑務所内の処遇について抗議めいたことは口にできない。

「渡瀬さんも一度こちら側に来れば分かる。刑務所というのはね、服役囚の更生を促す場所じゃない。むしろ刑務所への依存度を高める場所だ」

「そうかい」

「ここに出戻ったヤツらはみんな言ってますよ。刑務所の居心地は最高だ。ここでは人目を気にする必要もない。屈辱を味わうことなく労働に精を出せる。気の置けない仲間もいる。三度三度の食事と雨露をしのげる個室がある。だからいったん外に出たヤツらの大半は戻って来る。刑務所っていうのはそういう場所なんです」

「今聞いた一言一句を法務大臣あたりに聞かせてやりたいな」

「それにしてもどうして今頃あたしと会うんで？　別段あたしの人生哲学を聞きに来た訳じゃないでしょう」

「あんたの人生哲学にも興味津々なんだが、今日は別件だ。今は所内で洗濯業務をしているらしいな」

「ははは、相変わらず事前調査は完璧ですね。その分だと勤務評定もチェック済みだな」

「仕事は楽しいか」

「世の奥様連中が毎日毎日嬉々として洗濯に明け暮れる理由が少し分かりました。汚れを落とすというのは一種の快感ですね。汗や泥で汚れた服が清潔になると、それだけで心が晴れ晴れとする。危険な作業ではないし、あたしは好きですよ」

「同じ班の中に迫水って古参がいなかったか」

その途端、白須の視線は固定し、唇は更に歪んだ。

「やっぱり、そうじゃないかと思ってたんだ」

「やっぱり？」

「あなたみたいな刑事がただ雑談をするために、こんなところに来る訳がない。来るとしたら新しい事件のネタを掘り出す目的に決まってる。そう言えばサコさんが出所直後に殺された。あなたの追っている事件はまさにそれなんでしょう」

「あいつが殺されたのはニュースでも見たのか」

「いえいえ。出所直後の模範囚が殺されたなんて話が房内に伝わったら不安が拡がるでしょうからね。新聞でそれらしい記事には墨が入ってたし、テレビのニュースはバラエティに切り替わってました。それでもこのテの話は悪事千里ですから、あっという間に知れ渡ります。おっと場所は千里どころかすぐそこでしたね」

「サコさん、と呼ばれていたのか」

「古参で模範囚ですから」

「あんたとは房も近かったんだってな」

「だからこそ、あたしに白羽の矢を立てたんでしょ。まあ奇遇っちゃ奇遇ですよ。あたしもサコさんも同じ刑事さんに挙げられてたんですから。渡瀬さん、どんだけ優秀なんですか」

「運がいいだけだ」

「その分、あたしらの運が悪かったって？　冗談言っちゃ困りますよ。それじゃああたしやサコさん、それにここや他のムショにいるお仲間たちの立つ瀬がない。あたしら決して運不運だけで捕まった訳じゃない。皆、相応に頭もいいし警察を攪乱(かくらん)する自信もあった。運がなかったとしたらただ一点、担当した刑事があなただったということだけです」

「所内で渡瀬被害者の会でも結成するか」

「サコさんとあたしがちょうどそんな関係でしたね。齢も一回り以上離れているし、共通の話題といったらまず渡瀬さんのことでしたから」

「光栄だな。結構な話し相手だったのか」

「家庭環境も同じだったし、変に声荒らげたり威張ったりしないのも似てました。ウマは合ったんじゃないかな」

「聞きたいのは迫水の人間性だ」

「人、間、性」

　白須は初めて耳にする言葉のように復唱してみせる。

「あいつが刑務所の中でどんな人間だったのかを知りたい」

「さっき言ったじゃないですか。ここは更生施設じゃないって。更生施設でない限りサコさんだって、渡瀬さんが逮捕した時と変わっていないはずですよ」

「更生施設でないのなら、悪い方に変わったかも知れない」

「なるほど。そういう見方もありですね。しかし、いくら気心知れた人間にでも本音を明かしていないかも知れませんよ」

「話した内容なんか聞いちゃいない。あんたが迫水をどう見ていたのかが知りたいんだ」

「何故ですか」

「あんたは人間観察に秀でているからな。そこいらのボンクラどもが見逃すものを見逃さない。人が隠しておきたがるものを必ず暴き立ててしまう」

「……誉めたって何も出やしませんよ」

「あんたを誉めて俺に何の得がある。これは正当な評価だ」

娑婆ではその観察力が哀れな犠牲者選びに活用されていた。だが犠牲者の見出せない刑務所の中では、もっぱら純粋な人間観察に使われたはずだ。

白須はじっと渡瀬を見ていたが、やがて半ば感心半ば呆れるような溜息を吐いた。

「サコさんとあなたのことで話していた時、よく二人で言ったものです」

「何を」

「あなたを刑事にしておくのは惜しいって。あなたが元いた職場の上司だったら、あたしたちも違う方面に才能を発揮できたかも知れないなあ……で、サコさんの人間性でしたっけ」

「ああ」

「ずっと模範囚でしたからね。勤務ぶりは真面目そのもの、怠けず威張らず昂らず。誰に対しても腰が低く、挨拶を忘れず、常に笑みを絶やしませんでした。無期懲役が二十三年で仮釈放になっても、あれだけ範を示していればむしろ遅いくらいじゃないですか。懲役を短くする手は他にも色々あって、一つには宗教に帰依する方法もあるけど、サコさんが坊主になっても誰も不思議がりはしなかったでしょうね」

「徹頭徹尾、聖人君子という訳か」

「ええ。そのフリだけはアカデミー賞ものでしたよ」

「フリ、か」

「強盗目的で人を四人も殺めた人間が刑務所に入った途端、聖人君子に変貌する。そんな可能性が何パーセントあると思いますか」

「ゼロじゃない」

「そうですね、ゼロじゃあない。しかしゼロに限りなく近い。サコさんとあたしはどうやら同類らしかった。ほら獣ってのは臭いで敵味方を嗅ぎ分けるって言うでしょ。あの人はあたしと同じ臭いがしたんですよ」

「どんな臭いだ」

「人殺しに抵抗がなくなった獣の臭い、ですかね」

「……ヤツは取り調べの時、自分のしたことを悔いていた」

「そりゃあ人間ですから一片の良心てものはありますよ。あたしだって房の隅で見つけたクモをわざわざ潰すような真似はしませんからね」

「ふん。芥川龍之介か」

「しかし良心があるからといって善人とは限らない。犯罪に手を染めたからといって悪人とは限らない。サコさんという人は、裡にとんでもない獣を飼っていながら必死でそれを隠そうとしていただけです」

「断言できるか」

「だってねえ、渡瀬さん。戦場じゃあるまいし、殺したのが一人だけだってんならまだ分かる。それを二人も三人も殺しておいて聖人君子になんてなれる訳がない。二人目の段階で、とっくに人殺しの免疫はできてるんですよ。表に出れば殊勝に反省しているように繕いますけど、この中じゃ自慢話にすらなりゃしないんだから。でも人殺しに慣れることと良心を保つことは、全く別の問題です。人を殺すことと喜怒哀楽、本能と感情を一緒にしちゃあいけません」

白須の言うことは矛盾に満ちている。一般の人間なら錯乱した者の譫言にも聞こえかねない。

しかし渡瀬にはそれがある一面において真理であることが分かる。皮肉な話だが、倫理の軸を狂わせた男の言い分を一番理解できるのは、倫理を死守すべき立場の自分なのかも知れない。

「つまり迫水の内側は獣のままだったということか」

「少なくとも真面目で温和で腰が低いのはポーズでしたね。まあ、あんなことがなけりゃあたしもそれが見抜けないままだったから、それはそれで大したものだけど」

「あんなことって何だ」

「サコさんの仮釈放が決まった直後だったかな。あのですね、これは理解してもらい辛（づら）いんだけど二十年以上も懲役食らって、いきなり出してやると言われても嬉しさ半分怖さ半分なんですよ」

それは何となく想像がついた。

「で、サコさんも少しばかり憂鬱（ゆううつ）にしてたんですが、ある日、新聞を見ていたら急に顔色が変わりましてね。それからは一切不安な素振りを見せなくなりました」

「何の記事を見た」

「さあ。あたしの目には何の変哲もない時事問題や三面記事にしか映らなくって。ただ、あたしが見たその時のサコさんはね、普段の仮面が完全にずり落ちていたんです。あれはね、獲物を見つけた悪党の顔でしたよ。その時になって、やっとあたしはサコさんが全身全霊で善人を演じ続けていたことを知ったんです」

「それはいつの新聞だった」

「いやあ。面目ないですが、それもはっきりとは憶えてなくて」

嘘だ、と直感した。

これほど他人の所作や顔色を敏感に読み取る男が、一番肝心なことを忘れるはずがない。おそらくは自分に悩みの種を植え付けて楽しもうという魂胆だろう。白須も無期懲役の身だ。自分に手錠を掛けた人間が困惑する様を想像して悦に入るくらいしか愉しみがないのだ。

「他に質問はありませんか、渡瀬さん」

白須は遊びに興じる幼児の顔で笑っていた。

「最後にもう一つ。ここにいる間、迫水に連絡を取ってきた者、あるいは取ろうとした者はいたのか」

「そいつはなかったと思いますよ。暴力団関係者や政治犯の支援団体とは全く無縁の人でしたから。少なくともあたしが収容されてこの方五年、サコさんに外から手紙がきたことなんて一度もありませんでしたね」

3

『聞いたよ、渡瀬くん。相変わらず人脈を駆使した捜査をしているそうだね』

恩田(おんだ)の声も数年前と少しも変わりなかった。

「すみませんでした。本来はさいたま地検の検事正に就任された先月にでもご挨拶をするべきでしたが」

『ははは、構わんよ。虚礼嫌いの君から挨拶をされても反応に困っただろうしな』

「恐縮です」

『それもどこまで本当だか。検察にいると君の噂をよく耳にするが、聞く度にどんどん悪名めいてくるぞ。最初は知略家、そのうちに豪腕、その次は老獪(ろうかい)。最近では悪辣(あくらつ)などという輩(やから)まで出てきた。まるで出世魚だな』

いや、この人に対する恐縮だけは本物だ。あの日、自分の背中を押してくれた恩田のひと言。あれがあったからこそ、今の自分が在る。

『その出世魚が何故また大昔の事件に拘泥しているんだ』

さすがだ。もう自分の動きは恩田にまで伝わっているらしい。それなら変に隠し立てせずに済むから気が楽だ。

「迫水の事件はもうご存じですね」

『うむ。わたしもずいぶんと彼の名前を忘却していたが、彼の名前で検察庁に手紙が届いたのでね。ああ君の事件だったと思い出したところに、新聞で彼が殺されたのを知った』

「迫水が検察庁に手紙を」

『ああ。最近はなかなか仮釈放が認められ難くなっているのを知っているだろう』

仮釈放されたものの、すぐに再犯する者が後を絶たなかったからだ。数年前からは無期懲役の判決が出る度、裁判官から仮釈放については特に慎重な運用を求める旨の意見が付されている。

『その上、検察庁からマル特無期にでも指定されたら、いくら仮釈放の申請が出されても地方更生保護委員会も同意できなくなる。おそらく保護司辺りからの入れ知恵だろう。仮釈放が決まった直後に本人の御礼状みたいな手紙が届いた』

「御礼状。何か文面に奇妙な点はありませんでしたか」

『わたしが目を通した分には見当たらなかったな。文書発信の折は刑務所の方で検閲しているはずだから、内容を確認したければ問い合わせてみたらいい。それより問題は君の行動だ。いち捜査員の動きをわざわざわたしに注進してくる者がいる。それがどういう意味を持つか、君ほどの男なら理解できんはずはあるまい』

「あの事件の直接の関係者はわたし一人だけになりました」

『いくら雁首(がんくび)をすげ替えたところで旧悪を思い出させられるのは嫌なものだ。それが権力を握っている組織なら尚のことね』

「今回の迫水の事件から二十三年前の冤罪事件に言及している報道がないのは、どこかの圧力が掛かっているせいですか」

『直接の関係者の生き残りは君一人だと言ったね。では間接的な関係者はどうかな』

思わず口が開(あ)いた。

『楠木明大を悪し様(ざま)に罵(ののし)り、社会的生命を奪い、その背に石を擲(なげう)ったのは何も刑事や検察官、裁判官だけではない。法務省の関係部署、拘置所職員、報道関係者全員がそうだ。彼らにとっても楠木明大または迫水二郎という名前は、己が背負う十字架なのだ。掘り起こされて不快な気持ちになる者はきっと少なくない。圧力が掛かるとすればそれは個別のものではなく、総意としての圧力だよ』

「掘り起こす気など。わたしはただ自分の扱った事件にけじめをつけたいだけです」

『情けないことにそう思わない輩(やから)がほとんどなのだよ。そして歯がゆいことに、検事正の立場では却(かえ)って君を外敵から護り難い。皮肉な話だが、頂点に行けば行くほど身動きが取れなくなる』

「お察しします」

『このままでは君は完全に孤立する。君が忌み嫌う言葉であることは重々承知の上で敢えて言う。動きを慎め』

「手を引けと仰るのですか」

『これは命令ではない。頼みだ』

恩田の口調が不意に湿った。

『あたら有能な警察官を、いや友人をむざむざ集中砲火の的にさせたくない』

「有難うございます、恩田検事正」

渡瀬は携帯電話を耳に当てたまま直立不動の体勢となる。

「検事正のそのお言葉だけで、わたしはもう何も要りません」

『おい、待ちたまえ』

「失礼します」

丁寧に通話ボタンを切ってから、渡瀬は農道のはるか向こうに立つ一軒家を見やった。

所沢市神島町五丁目、楠木明大の実家。

ここから眺める風景は二十三年前とあまり変わりない。いや、よくよく観察すれば民家の数はいくぶん減り、家屋の老朽化と相俟って寂れ方に拍車が掛かったか。

おそらく既に捜査本部の手が回っているだろうが、ここを抜きに調べる訳にはいかない。

渡瀬はゆっくりと歩き出す。以前にあの家を訪れた時は怖ろしくてならなかった。楠木夫婦の嘆きと糾弾が怖かった。明大の怨嗟と遺恨が滞留しているようで怖かった。その残滓は今も尚、胸の奥に残っている。

だが二十三年の月日は怯懦とは別の意思も育んだ。それが渡瀬を因縁の場所に駆り立てている。

楠木家に近づくと、家屋に隣接する田圃で作業着姿の者が耕運機に乗っているのが見えた。だぶだぶの作業着とつばの広い帽子で人相は分からないが、おおよその見当はつく。

至近距離まで近づくと、耕運機の音が耳障りに聞こえる。その人物はようやく渡瀬の存在に気づいて耕運機を停めた。

「……誰かと思えば、あんただったか」

帽子を取ると楠木辰也の顔がそこにあった。

齢はもう八十過ぎになるか、刻まれた皺ですっかり人相は変わってしまっていた。

「わたしを憶えておいででしたか」

「息子を殺した人間の顔だ。誰が忘れるものか」

汚物を見下ろすような視線は相変わらずだった。

渡瀬の背筋を緩やかな寒気が走る。

この男はまだ自分を憎んでいる。

人を憎悪し続けることには尋常ならざるエネルギーを要する。つまり楠木辰也という男は二十三年の長きに亘って、未だそのエネルギーを枯渇させていないのだ。

「何の用だね」

「あの事件の真犯人だった迫水という男ですが」

「殺されたんだろ」

まるで隣の犬が死んだ、というような口ぶりだった。

「昨日、警視庁から二人組の刑事がやって来て、色々訊かれた。ひょっとしたらあんたも同じ用件かい」

「はい」

「取りあえず家の中に入ってくれ。ここじゃあ近所から丸見え丸聞こえになっちまう」

渡瀬は辰也の後ろに従う。以前のように玄関先で足止めを食らうかと思ったが、辰也は意外にも家の奥まで渡瀬を誘った。

居間に通されると、すぐ仏壇が目に入った。小ぶりの仏壇だが渡瀬は目を離すことができない。仏壇の前に置かれているのは、忘れもしない明大の遺影だった。

そして仏壇の近くで丸くなったもの——最初は置物にしか見えなかったが、それは人間だった。

ゆっくりとこちらに顔を向ける。あらかた毛の抜けた頭、落ち窪んだ眼窩、肉の落ちた頬。

こちらも様変わりしていたが母親の郁子に間違いなかった。

「どちら様ですかな」

ひどくしわがれた声で誰何された。声は生気に乏しかった。加えて、渡瀬が何者であるかも判断がつかない様子だ。

「明大の知り合いだそうだ」

「おお、そうでしたか。それはそれは失礼しました。線香を上げに来ていただいたんですねえ」

「いや、わたしは、その」

「どうぞどうぞ、明大も喜びますから」

咄嗟(とっさ)に辰也を見るが、無言のまま顎で仏壇の方を示すだけだ。どうやら話を合わせろという素振りなので、一礼して仏壇の前に正座する。

成り行きとはいえ、明大の遺影の前に座することとなった。渡瀬は居住まいを正して背を伸ばす。

写真の中の明大はまだ少年の面影さえ残し、眩(まぶ)しそうに笑っている。

ああ、あいつはこんな風に笑うのか。

逮捕してからというもの、渡瀬は明大の笑顔を一度も見なかったことに気づいた。そして今更ながら自分のした所業を呪わしく思った。

この青年から笑顔を奪ったのは他ならぬ自分なのだ。

謝罪はできない。

赦(ゆる)しを乞うことはもっとできない。無辜(むこ)の人間を貶(おとし)めておきながら、それを願うのは加害者の傲慢でしかない。

ただ、非業な最期を遂げた魂の安寧を祈るばかりだ。

渡瀬は合掌し、一心に祈った。

赦してもらわなくていい。

自分はことある毎に君を思い出すだろう。そうすることで、自分は己の過ちに気づかされるのだから。

でも、せめて安らかでいてくれ。

君が安らかでいられるよう、自分は全力を尽くすから。

胸の裡でもう一度頭を垂れてから二人に向き直る。郁子は何も言わずに頭を下げ返したが、辰也は手招きして渡瀬を立ち上がらせた。

隣は台所になっていた。辰也はテーブルの端に渡瀬を座らせた。

「ご焼香させてもらいました。感謝いたします」

「単なる儀礼だ。位牌の前で手を合わせようがそれで何か変わる訳じゃない。ただ女房の気分に合わせてもらっただけだ。もう分かっていると思うが少し認知症が入り始めている。あんたのことを憶えていたら刃傷沙汰になったかも知れん」

「そう、でしょうね」

最初、この家を訪ねた際、郁子は自分に食ってかかった。その時の形相が印象にあるので、今の郁子の応対には余計に虚しさを覚えた。

「身体も本調子じゃない。ここ二週間ほどは体調を崩して、ああやって居間で過ごしているんだ」

いくら機械化が進んだとはいえ、八十過ぎの老夫婦が農家を営むにはやはり無理がある。そしてその無理は、ある日突然にではなく、徐々に日常を浸食する形で顕在化していく。

楠木夫婦はその典型的な例だった。

「警視庁から来た者は何を訊いていったのですか」

「迫水二郎が十五日に府中刑務所から出所することを知っていたか、知っていたとしたら当日お前たちはどこで何をしていたか。要は容疑者扱いだな。けっ、明大の時と同じだ。あいつもこんな風に訊かれたのかと思うと、はらわたが煮えくり返りそうになった」

辰也は吐き捨てるように言った。

「出所予定なんて俺たちが知るはずないじゃないか。もし知っていたとしても俺たちには何の関係もない」

実際は、刑務所出所情報は問い合わせをすれば回答が比較的容易に得られることになっている。もちろん情報公開の対象は被害者や親族の他、公判で目撃証言をした者に限られ、加害者の住所が被害者の居住する都道府県と異なる場合には、出所時期も上旬・中旬・下旬といった程度に留められる。

ただし問い合わせ記録は保存される。渡瀬は念のために問い合わせ記録を取り寄せてみたが、迫水の出所予定を電話で確認しようとした者は皆無だった。

「それでも十五日の午前十一時から十二時までのことをしつこく訊かれた。しつこく訊かれても同じだ。その時間、俺はさっきみたいに耕運機の上にいた。女房は家の中でじっとしていた。疑うんなら近所に訊いてみろと言ってやった」

言われるまでもない。彼らなら夫婦から事情を訊く前に訊き込みを終えているだろう。

「何で俺たちに訊くのかねえ。そりゃあ明大に罪を被せた真犯人で、俺たちも一時はそいつを憎んだが塀の中にいたんじゃ一般市民は指一本触れることもできやしない」

「関係者と目される人物には等しく同じ質問をします」

「毎度お馴染みの形式ってヤツか。あれから四半世紀も経つっていうのに、警察のすることは一向に代わり映えしねえな」

「その通りですよ。だから未だにわたしのような未熟者でも何とか現役でいられる」

「あの迫水という男は仮釈放だったんだってな」

「ええ」

「四人も殺したんだろ」

「ええ」

「四人も殺しておきながら仮釈放されたのか」

「無期懲役で服役していると刑務所内で所定の調査が行われ、地方更生保護委員会が仮釈放するに相応しいかどうかを審査します」

「つまり、その審査に通ったらめでたく仮釈放が決定するってことか」

「そういうことになります」

「えらく不合理な話だと思わないか」

辰也は昏い目をしていた。

「人間四人殺しておいて、刑務所の中でお利口にしているだけで出所できるだと。そんな馬鹿な話があるかい。無期懲役ってのは一生出て来れないから無期と言うんじゃねえのかよ。俺がその四人の家族だったら、それこそそいつが出所するのを待ち伏せする」

声を荒らげることはないものの、辰也の声には静謐な憤怒があった。

「刑務所が更生施設として機能しなくなってるのは、俺だって話に聞いている。中でどんな教育しようが、結局六割の人間は再犯して舞い戻って来るんだってな。その教育に掛かる費用も元を辿れば俺たちから徴収した税金だ。つまり俺たちは汗水垂らして納めた税金で、せっせと累犯者を作り続けていることになる。何とも理不尽な話じゃないか。その迫水というヤツももし誰かに殺されなかったら、きっとどこかでまた悪事を働いて刑務所に戻って来たんだろうな。そう考えたら、犯人のしたことはとんでもない善行だぞ。税金の無駄遣いを防ぐ結果にもなるしな」

犯罪被害者やその遺族が聞けば首肯する意見なのかも知れなかった。確かに釈放した囚人の六割が再犯するのであれば、最初から誰も釈放しなければ再犯を生む可能性はなくなる。善良な市民の安全を確保するという点においては、それ以上に有効な施策もないだろう。

だが、それは人間を二分化した見方でしかない。罪を犯せば悪、犯さなければ正義といった幼稚な区別だ。

それに比べれば懲役囚の白須が披瀝した倫理観の方が、はるかに高次と言える。無論、それは犯罪被害者が大なり小なり感情に支配されているためであり、元より被害感情の希薄な加害者が冷静な洞察力を発揮できるのはむしろ当然だった。

「あんたたちには悪いが、俺は今度の犯人を糾弾しようという気にならん。きっと女房も同じ意見だろう」

「だとしても、そういうことをあまり大きな声で話さない方がいいでしょうね」

「大声で話したら逮捕でもするか。そしてまたありもしない証拠をでっち上げ、明大のように犯罪者に仕立て上げでもするか」

あからさまな挑発。だが、辰也の表情を見る限り半分は揶揄(やゆ)、後の半分は本気に見える。

当たり前の話だが、この男の警察不信は相当に根深い。だが警察と、警察力のもたらす治安が信じられずに何が安寧か。これもまた冤罪が引き起こす害悪の一つだった。

ここで逃げてはいけない。

逃げるつもりもない。

「楠木さん」

渡瀬は辰也を真正面に見据えた。

「わたしは以前、この家の前で誓ったのですよ。もう、二度と間違えないと」

同日、午後九時三十分。東京都新宿区歌舞伎町一丁目、新宿コマ劇場跡東側。

数年前までこの界隈は広域暴力団と地元中堅暴力団、そしてチャイニーズ・マフィアの抗争地帯だった。組関係者は言うに及ばず、流れ弾の被害に遭った一般市民も少なくない。粘り強い新宿署の働きと抗争による戦力の消耗で、やがて彼らは撤退を余儀なくされ街には平穏が戻ったが、客足までが戻った訳ではない。

集客の要であったコマ劇場も閉館し、一度絶えた客足を戻すためには鉦(かね)や太鼓を掻き鳴らす必要があるが、今はまだ笛の音すら聞こえない。聞こえるのは閑古鳥の声だけだ。

風俗店とファスト・フード店の間に挟まれて老朽化した雑居ビルが点在する。

渡瀬はその中の一つに足を踏み入れた。

男三人も入れば満員になりそうなエレベーターで三階に上がる。一メートル上昇する毎に盛大な横揺れを感じる。ドアが開き、廊下の突き当たりにある部屋が目的の店だった。

「いらっしゃい」

扉を開けただけで狭いバーの店内が一望できた。縦に長いカウンターとテーブル席が二つ。ざっと数えると九人で満席だが、幸か不幸か客の姿はどこにも見当たらない。カウンターの中にいるのも女が一人だけだ。

「悪いな」

渡瀬が警察手帳を提示すると、女はすぐに愛想笑いを引っ込めた。

「松山(まつやま)那美さんだね」

これがあの不動産屋夫婦の一人娘か――そう考えると感慨深いものがあった。

齢の頃は四十代後半。容色の衰えを化粧と照明の暗さで隠そうとしているが、これ以上は魔法使いでも呼んで来ない限り不可能だろう。

「またあ？　もう勘弁してくださいな。大体、知ってることはもう話したじゃないですか」

「いや、俺は別働隊でね」

渡瀬は勧められもしないのに、カウンターに腰を落ち着ける。

「同じことを訊くかも知れんが是非答えて欲しい」

「いい加減にしてくださいよ。営業の邪魔です」

渡瀬が大袈裟に左右を見回してみせると、那美はふん、と顔を逸らした。

「スコッチをシングルでいただこうか」

「え。こういう時は勤務中ですって言うんじゃないの」

「勤務中じゃないんだ。だから質問に答えるのも義務じゃない。客に対するサービスだと思えばいいさ」

「……変わった刑事さんね、あなた」

那美はスコッチの入ったグラスを目の前に置いた。

「去年までは北海道にいたんだって？」

「ええ。実家は浦和だったけど、亭主の仕事の都合で向こうに。それから二十七年間はずっと道民」

「旦那の仕事って」

「銀行員。ウチはさー実家が不動産屋で、父親がとにかく結婚相手は銀行員に限るって口癖みたいに言ってたの。不動産を扱っていると、如何に銀行が狡くて、如何に生存競争に残り易いか、身に沁みたって。当時はあたしも素直でさ、半分刷り込みみたいになっているから、行員の彼氏作って、さっさと結婚しちゃった訳。すると新婚一年目で亭主は本店勤務になって北海道に引っ越し」

「結構な話じゃないか」

「とんでもない。彼の勤務先はね、あの拓銀だったの」

渡瀬は無言で頷く。北海道拓殖銀行。放漫経営の果て、平成九年に破綻した銀行だ。当時、都市銀行最初の破綻となり話題になった。

「父親は銀行でも破綻するっていう可能性を考えてなかったのよね。だから婿には銀行員と教えたんでしょうけど……まあ、結論から言うと会社を失った銀行員なんて何の役にも立たなかったわね。以前の給料から比べたら、道内の就職先はどれも見劣りするでしょ。なかなか再就職も決まらなくって。娘も小学生だったから、そんな変なプライド捨てりゃあいいのに、元銀行マンがそんなちっぽけな仕事できるかって、もう鼻息が荒いの何の。そりゃあ拓銀で言ったら道内じゃナンバーワンの超優良企業で、それこそ肩で風切って歩いてたんだけど、潰れちゃったなら出来損ないの会社に勤めていた出来損ないの社員でしかないんだけどね。そういうのが自分で全く見えてないのよ。給料が高かったのは自分の能力が高かったから。会社が潰れたのは経営陣が悪かったからって。亭主がそれ言うの聞いてて、あ、この男本当は能無しなんだなと思った」

似た話はどこにでも転がっている。銀行員、証券マン、上場企業の役職者。再就職が決まり難いのは、不思議にそういう前職だった人間に多いのだという。ハローワークの担当者に言わせると、全員、自分の市場価格を知らないのだそうだ。

「それでさー、その馬鹿亭主が次に言い出したのが、もう会社に使われる人生は嫌だ、俺は大地を相手にするんだって農業始めちゃったのよ。それ聞いた時、こいつは馬鹿を通り越して別の生き物なんじゃないかって思ったわよ。本人は夢を追っていい気になってるんだけど、今まで銀行マンの奥さんだった女が、今日から畑仕事手伝わされる羽目になる恐怖とか絶望なんて想像もしてないのよね。それでも娘がいたから別れることもできず、仕方なしについて行ったの。市が土地を安く提供してくれて、作物もブランド品として高く売ってくれるからって。その行き先がさ、何と夕張市」

那美はくすくす笑い出した。その笑い声がどこか虚しく響くのは、そういう亭主を選んだ自分をも蔑（さげす）んでいるように聞こえるからか。

「農業始めて八年目で市は財政再建団体に転落。市の補助を当てにしていた亭主の野菜作りも頓挫。残ったのは山のような借金と出来損ないの作物と出来損ないの亭主。もうその頃には娘も片づいていたから、今度はさっさと離婚して、あんな田舎じゃ女一人生きていくのも大変だから、こっちに舞い戻ったって訳」

いつの間にか、那美は自分用のグラスを用意して勝手にロックで呑んでいた。

「ご両親が亡くなった時、かなり遺産があったんじゃないのか。資産家だったはずだぞ」

「あったけどさ、相続税でずいぶん持っていかれたのよ。余った分は亭主が管理してたんだけど、結局は農業でこさえた赤字の穴埋めで消えちゃった」

「実家はもう、ない訳だ。それでも関東に戻って来た理由は何だ」

「さあてねえ。場所に呼ばれたのかな」

「場所に、呼ばれた」

「やっぱり齢を取るとふた親と暮らした場所が恋しくなったのかな。でも実家はなくなったから、東京で我慢してるみたいなところはあるよね。あまり行き来はしてなかったけど、あたし父親も母親も好きだったんよ」

「二人の亡骸を受け取ったのもあんただったらしいな」

「それは三日三晩、泣き通したよ。あの後、馬鹿亭主のお蔭で何度も泣きそうな目に遭ったけどそれほど涙が出なかったのは、あの時に一生分泣いたからだね。犯人が憎くて憎くて堪らなかった。殺してやりたいと思った。二人の遺骨を持って北海道に戻ると犯人が逮捕されて、ざまみろって思ったけど、結局それは冤罪で、真犯人が別にいて……新しい話になる度に落ち着かなくなった。だって東京と北海道でしょ、たった一人の遺族なのに蚊帳の外に置かれたみたいで、いつも苛々していた」

確かに場所がそれだけ離れていれば、公判の度に上京することもままならないだろう。那美の苛立ちは容易に想像できた。

「犯人の迫水って男は四人も殺したっていうのに、死刑にならずに無期懲役。高裁でその判決が出た時には、新聞をびりびりに引き裂いた。それでも法治国家なのかと思った。まだその頃は生活に余裕があって、亭主以外の理由で腹を立てることができたのね。でも最高裁で上告が棄却されて判決が確定しちゃうと同時に、こっちの生活が段々危うくなり始めて、迫水への関心もどんどん薄れていった」

そして現在に至る、という訳か。

「死刑にはできなかったけど、それでも死ぬまで牢屋に閉じ込められているのなら少しはマシだって、無理にそう思い込もうとしていたのよ。だから……だからあいつが仮釈放されると知らされた時には、血が逆流しそうになった」

何だって。

「おい、待ってくれ。あんたは迫水の仮釈放を事前に知っていたというのか」

「手紙がきたのよ」

「手紙だって……」

「あいつが三月十五日に出所する予定だって内容の手紙」

「今、その現物を持っているか」

「持ってるわよ。ちょっと待ってて」

そう言ってカウンターの奥に消えた那美は、しばらくして一通の封筒を手に戻って来た。

「これ」

渡瀬はひったくるように手紙を受け取る。何の変哲もない白封筒で、表書きには札幌市から始まる住所が書かれ、上部には東京都新宿区の住所を記載した転居先の付箋が貼付されている。差出人は書かれていない。消印は三月五日。

「その住所は亭主がまだ拓銀の行員だった頃の住所。変なところに律儀な亭主でさ。夕張に転送されてきた手紙を、また東京の住所に転送してくれたのよ」

封筒の中身を検めると紙片が一枚入っていた。

〈迫水二郎　平成二十四年三月十五日午前十一時釈放予定　居住予定地東京都足立区西新井……〉

文字の並び方と空白に見覚えがあった。

間違いない。渡瀬が県警備えつけのパソコンで目にした刑務所出所情報と同一のものだった。

「現物見せろって言われてさ、その時はどこかに失くしたと思ってたんだけど、刑事さんが帰った後で探してみたら出てきたのよ。同じ刑事さんなら、あなたに渡していいんでしょ」

「これがあんたの手元に届いたのはいつだったんだ」

「三月十六日」

那美はつまらなそうに言った。

「転居先、転居先と迂回しているうちに時間食ったんだろうね。手紙見た時には昨日のうちに出所したことになっていて、怒りで目の前が真っ暗になった。でもその日の新聞見たら、本人は公園のトイレで殺されたっていうじゃない。あたし二回引っ繰り返ったわよ」

「じゃあ、十五日に迫水に会ってはいないんだな」

「別の刑事さんに同じこと訊かれたけどね。手紙の到着が十五日より前だったら、府中まで行っていたかも知れないけど、届いたのはそれより後だったから。十六日に届いたのは郵便局で確認できるでしょ」

おそらく捜査本部が集配課に確認済みのことだろう。

「でも当日の午前十一時から十二時までの間、どこにいたのかはきっちり訊かれたわよ」

「何と答えた」

「正直に。毎日その時間だったら店内の掃除とかグラス磨きとかで、大抵はお店にいますって」

「それを証明してくれる人はいるのか」

「バイトの娘(こ)がいてね。沙紀(さき)ちゃんていうんだけど、その時間は一緒にいたから」

これも捜査本部が裏を取っているはずだ。

「手紙の到着が早かったら、府中まで行っていたかも知れないと言ったな」

「言ったわ」

「府中に行ってどうするつもりだった」

「さあ。どうしたかしらね」

那美はグラスを目の高さに掲げ、からからと氷を鳴らす。

「誰かがしたように、あたしも迫水を刺したと思う?」

「こちらが訊いている」

「正直言って、自分でもよく分からないのよ」

言葉の端々が苛立ちに尖っていた。

「あたしの両親と別の二人を殺した男が刑務所から釈放される。法律上はそれで罪を償ったことになり、天下晴れて一般人に戻る……頭では理解できても気持ちが納得しない。そんなの絶対におかしいよ。殺された男の子なんてまだ五歳だったんでしょ。たかが二十年や三十年を刑務所の中で暮らすだけで、それだけの罪が消えるっていうの。じゃあ、いったい人の命って何なのよ。人殺しって何なのよ。たったそれしきのことで帳消しになっちゃうようなちっぽけなものなの」

那美は渡瀬を睨み据えた。

「迫水にもし会ったら？　胸倉捕まえて訊きたいことが山ほどあったわよ！　二十三年間、ずっとずっと腹の中に溜め込んでいたものがあるんだ。でもね、それでもあいつを殺したかったかどうかなんて分かんないんだよ」

4

千代田区神田淡路町。

古本の街神保町と電気の街秋葉原に挟まれたこの辺りは、オフィスビルとサラリーマン目当ての飲食店が林立している。

渡瀬は靖国通りから二本裏筋に入り、そのビルに入った。掲示板を確かめると、目指す場所は十八階にあった。

〈インポート高嶋〉のプレートの掛かったドアを開ける。応対に出たのは女性事務員だった。

「埼玉県警の渡瀬です」

「伺っております。どうぞこちらに」

オフィスの広さはフロアの半分程度だろうか、事務机が整然と並び、中では三人のスタッフがパソコンで作業をしている。ホワイトボードの予定表と段ボール箱以外には特に目立つものもなく、静謐な印象さえ受ける。

別室の社長室に通される。椅子から立ち上がった高嶋は渡瀬を見るなり、おやという顔をした。

「あなたは……」

「ご記憶ですか。艶子さんと芳樹くんの事件で担当していたものです」

「……お掛けになってください」

上木崎の事件が起きた時、渡瀬が高嶋と話したのは数回きりだったが、それでも妻と子供を一度に失くした男の顔は今でも記憶に鮮明だった。絶望と衝撃が人間から生きる気力を根こそぎ奪う瞬間を、渡瀬は目撃していた。何を訊いても虚ろな返事しか戻らず、同じ質問を根気よく続けたことを思い出す。極度の哀しみは思考力まで奪い去ってしまうものだ。

ほぼ四半世紀ぶりに見る高嶋は、さすがに立ち直っているように見える。あの時、黒々としていた髪にはいくぶん白いものが混じっているが、眼差しにも口元にも安定感がある。

「それにしても綺麗なオフィスですな。失礼ながら輸入雑貨を扱っていらっしゃるので、もう少し雑然とした雰囲気を想像しておったのですが」

「ははあ、そこらにボトルシップとか散乱しているとでも思われましたか。いや、わたしはこういう無機質な感じが好きなのでスタッフにも敢えてそう命じています」

「自宅を転居されたとか」

「ええ。今はここが自宅兼勤務先ですよ」

「ここが、ですか」

「この部屋の奥が個室になってましてね。狭い部屋ですが、わたしはそこで寝泊まりしています」

上木崎の自宅は邸宅とも呼べるもので、親子三人にはいささか広過ぎる家だった。それを思い出し、「ご不便でしょう」と話を繋ぐと、高嶋はゆるゆると頭を振った。

「男一人が寝るだけの部屋ですから。風呂とトイレ。それからベッドがあればそれでいい」

「ご家族は？」

「あの事件からずっと独り身です。だから不便もクソもない。それにね、ここからの眺めが何とも心地いい」

地上十八階から下界を見下ろして悦に入っているのなら、碌でもない自尊心だと思っていたがそうではなかった。

「ほら、ここらのビルは大抵オフィスビルでしょ。遅くまで点いている灯りもほとんどが蛍光灯だし、まばらなものだから、家庭的な温かみなんてこれっぽっちもありゃしない。六本木周辺みたいな煌びやかさはないしスカイツリーが見える訳でもなし、本当に殺風景なんですよ」

「そんなものがどうして心地いいんですか」

「家庭の匂いが一切しませんからね。それに自分一人のものしか置いてないので落ち着きます。上木崎の家には妻と子供の遺品やら匂いが残っていて……あそこでずっと暮らすのは苦痛だったのですよ」

「まさか。全部捨ててきたのですか」

「迫水の判決が無期懲役で確定した時ですよ。我ながら卑怯だとは思いましたが、わたしは逃げたのですよ。あの家にいると自責の念と裁判官に対する恨みで、わたしは二人に顔向けができないと思いました。それで家財もろとも家を売却しました」

渡瀬の首が自然に下がった。

「我々の力不足でした」

「よしてください、渡瀬さん。聞けば、あなたが迫水を逮捕してくれたそうじゃありませんか。あなたが頭を垂れる理由はどこにもない。そう、あなたは刑事としてそれ以上望むべくもない仕事をしてくれた。検察もよく闘ってくれた。責められるべきは迫水のない。

高嶋は淡々と言葉を継ぐ。だが、言葉に込められた感情までが淡々としている訳では

ない。

「法廷で検察官はあの男の残虐さと非道な行いを再現してくれた。証拠物件も供述調書

も過不足がなかった。だが弁護人が悪辣だった。被告人が家庭の愛情を知らずに育った

なんてお涙頂戴のストーリーをでっちあげ、被害者たちを殺害したのは唯々ものの弾み

だったなんて真っ赤な嘘を並べ立てた。数度に亘る精神鑑定で迫水の誇大妄想、思考障

害を補充意見として提示した。どんな嘘でも吐き続ければ真実と聞こえるようになる。

〈改悛の情〉と〈反省の弁〉に目を曇らせた世間知らずの裁判官たちは、迫水と弁護士

の三文芝居に無期懲役という最大級の賛辞を与えた。あの日からわたしはね、渡瀬さん。

日本の裁判制度は駄目だと思うようになった。裁判官というのは小学生よりも世間知ら

ずで、馬鹿で、お人よしで、無責任だと思った。いったい彼らは、死刑になり損ねた犯

罪者どもが一般社会に舞い戻って来る危険性をどれだけ本気で考えているのでしょうね。

きっと自分たちが死刑にしなかった被告人は全員が更生し、真っ当な人間に戻るという

根拠のない自信があるのでしょうね」

そんな神様みたいな裁判官はいない。

自分の知っている数少ない裁判官は経験も知識も豊富で、人間観察にも長けていた。

それでも判決文を書く段には煩悶し苦吟し、判決を下した後も思い悩んでいた。

だが、それを高嶋に告げたところでどうなるというのか。

高嶋の言うように、裁判官の倫理が世間一般のそれと乖離してしまったという批判が多くなった。本来であれば深くなった溝を埋めるために多くの裁判官が世間を学ぶべきであったのに、司法は市民感覚を裁定に取り入れる裁判員制度でお茶を濁してしまった。だが取り入れたのは市民感覚ではなく市民感情だった。渡瀬は一般市民の抱く倫理観や道徳観を蔑ろにするつもりはないが、それを司法裁定の拠り所にするには問題があると考える。結局、安っぽい正義と幼稚な復讐心が論理を駆逐し、裁判員制度導入後は厳罰化の傾向が加速した。求刑以上の判決が下された例もあり、行き過ぎた下級審判決を上級審が覆すことも目立つようになった。

被害者と被害者遺族の気持ちを思い遣ることは大切だし、それを忘れた捜査員に手錠を握る資格はないと思う。しかし、そのことと犯罪者の罪を量ることは全く別の問題なのだ。

だが、それもまた実際に血を流していない人間の戯言と言ってしまえばそれまでだ。裁判から隔離された被害者と被害者遺族は、犯人が逮捕されようが判決が下されようが心の安らぐことがない。失ったものの大きさに愕然とし、失くした後の虚ろさに絶望し、日々を泣き暮らす。そんな境遇の者たちにとって、裁判官の弁明など外国語のようなものだろう。

「一生、家庭の匂いからご自分を遠ざけるつもりですか」

「渡瀬さん。あなた、動物を飼ったことはありますか」

「動物、ですか。いや、家が狭かったせいで飼いはしませんでしたな」

「わたしは犬を飼っていました。利口な犬でしてね、わたしが学校から帰ると、まだ姿も見えないのに家から飛び出してきました。その犬が病気で死んでしまいましてね。あの時は悲しかった。犬の亡骸を抱いて一晩中泣きましたっけ。でもペットが飼い主より先に死ぬなんて当たり前じゃないですか。だからそれ以後は、愛しいものの死を見るのが嫌で一切ペットは飼いませんでした。同じ理由で芳樹にもペットを飼うのを禁止しましたが、それでも何度も捨て猫を拾ってきては母親を困らせていたので、そういうのはわたしに似たのかも知れません」

渡瀬の脳裏に、パジャマを血で染めた少年の姿が浮かんだ。

「喩(たと)えは変かも知れませんが、わたしにとって家庭の匂いというものはそういうものになってしまったんです」

一度でもその幸せを知ってしまったから思い出すのが余計に辛い、ということか。

「ただ、やはり人間が未熟なせいでしょうな。忘れたつもりになっても、仕事でどれだけ忙殺されている時でも、ふとした弾みで二人の顔を思い出してしまう」

「人としてむしろ当然でしょう」

「それはそうかも知れませんが……本当に痛い。二人を思い出す度にね、こう、胸に錐(きり)を捻(ね)じ込まれるような気がするんです。すると次に思い出してしまうのが、法廷での迫水の立ち居振る舞いでしてね。卑怯と言おうか姑息と言おうか、弁護士と結託して死刑判決を免れるためなら何でもしてみせた。被告人席で項垂(うなだ)れ、消沈してみせ、最後は泣き出しもした。弁護士が命じれば精神障害の真似までしたでしょう。四人の命をゴミのように扱いながら、自分の命には見苦しいほど執着する。五歳児を何の躊躇いもなく刺し殺したというのに、自分の首に縄が掛かるのは勘弁してくれと絶叫する。あの姿を思い浮かべる度に、この国が法治国家であることを恨みました。裁判も刑の執行もしてくれなくていいから、今すぐ街に放り出して欲しい。そうすれば、自分で仇が討てるのに、と歯噛みする思いでした。ところがわたしには抗議することも要望することも許されませんでした。ただ黙って裁判を傍聴していろ。被告人の気持ちが乱れるから法廷に被害者の遺影を持ち込むな。事件記録も閲覧しようとするな」

　これが被害者遺族の正直な気持ちなのだろう。あの頃、法曹界全体に〈被害者とその遺族の人権〉という概念は存在しなかった。過去、拷問や自白強要によって多くの冤罪を生みだした戦前の司法に対する反動があったからだ。だが、加害者の人権ばかりが擁護され、殺された者の無念と遺された者の悲哀が一顧だにされなければ、どうしても倫理観は歪む。それを助長したのは一方的に司法側のシステムであるにも拘わらず、徒に被害者意識を抑圧するのでは法への信頼感も歪む。

「それでも、人を憎み続けるには途方もないエネルギーが要る。実際、迫水を思っていると精神がえらく疲弊したのが後になって分かるくらいですから。齢を食う、というのはきっと過去の怨念を忘れさせようとする自然の摂理なのでしょう。わたしも相応に齢を食うと、以前よりは迫水のことを思い出さなくなりました。あいつが塀の中に閉じ込められている限り、もう一生顔を見ることも言葉を交わすこともない。言ってしまえば別の世界にい続けるのなら、もう憎んでも仕方ないじゃないかとさえ思えてきたんです。

それを……それを、あの手紙が」

「手紙、ですか」

「さ、迫水が仮釈放されるという知らせだったんですよ」

「その手紙はどんな封筒でしたかね」

「無地の白封筒で差出人の名前はありませんでした」

「どんな内容でした」

「ただ出所の予定日と予定時刻、それから居住予定地が記されただけの簡明なものでした」

「現物は残していますか」

「処分しましたよ」

高嶋は悪びれる様子もなく言った。

「しばらくは机の抽斗の中に突っ込んでいましたが、十六日付けの新聞であいつが殺されたことを知って、シュレッダーで裁断してやりました。その時点で不必要な情報になりましたからね」

「いつ、手元に届きました」

「三月の十日くらいじゃなかったかな。浦和の旧住所からこちらに転送されたみたいでした。昔の買い付け先からの郵便物が結構あるので、毎年転居届を出してるんですよ」

つまり那美の時と状況は非常に似通っていることになる。

「誰かの親切だったのかそれとも悪戯だったのか。いずれにしても、折角平穏を取り戻しつつあったわたしは、また失意と怒りに苦しめられることになりました。わたしは刑務所の中の生活がどんなものかは知らない。だから、そこで二十三年間を過ごすことの意味もはっきりと実感できない。しかし、迫水が生きて塀の外に出て、市井の人に混じってぬくぬくと生きていく、ということだけは分かる。それを知った時、わたしがどんな気持ちになったか。この国は人殺しの人権をあれだけ擁護しただけでは飽き足らず、今度はその罪まで解消しようとしている。まさに殺し得ですよ。そして逆に、艶子と芳樹は犬死も同然だ」

　渡瀬は高嶋の目を盗み見た。

　その目は一見穏やかだったが、昏い光を放ち続けている。

「渡瀬さん。あなたは自分の逮捕した殺人犯が仮釈放されたら、いったい何を思いますか」

　仮定の話だから、と逃げる訳にはいかなかった。現実に、渡瀬が過去に逮捕した兇悪犯のうち何人かは既に刑期を終えて釈放されている。

「出所した者の再犯率が六割というのは厳然たる事実ですからね。せめて、もう二度と戻って来るなと念じるのが精一杯ですな」

「もし再犯すれば、また捕まえるまで、ですか」

「有体（ありてい）に言ってしまえば、そうです」

「あなたにはそれが仕事ですからね。シンプルで羨（うらや）ましい。しかし、わたしはそうはいかなかった。妻と子供を殺したヤツが刑務所から出て来る。しかも、その日時が分かっている。まるで仇討ちの機会を提供してくれているようなものじゃありませんか」

高嶋の目がいよいよ昏く輝き出す。

「渡瀬さん、あなたは迫水を逮捕してくれた刑事さんだ。だから正直に言おう。ヤツの仮釈放を知ってからのわたしは、頭の中でずっとシミュレーションを繰り返しました。もちろん出所した迫水を殺すシミュレーションです。殺害場所はどこにするか。犯行時間はいつにするか。あいつが妻と子供を殺したように刃物を使うか、それとも海外で銃を入手してそれを使用するか。死ぬ間際にどんなことを囁いてやろうか……それはね、めくるめく想像でした。あいつの顔が恐怖に震え、血溜まりの中で絶命する様を思い浮かべるだけで胸が高鳴った」

「高嶋さん。あなた、もしや」

「ところがね、復讐の女神は決してわたしに微笑んでくれなかった。予定日の直前、急に取引先でトラブルが発生し、わたしは急遽イギリスに出張しなければならなくなったんです」

高嶋は皮肉っぽく笑ってみせた。

「このネット社会において、未だに外国との商取引ではフェイス・トゥ・フェイスの原則がまかり通っている。トラブル解決の場合は殊更にそうです。現地仕入れ担当者では話が通じないので、わたしが直接行くしかありませんでした。そんな訳で三月十四日から十六日までの三日間、わたしはずっとイギリスに滞在していました。迫水が殺されたのを知ったのは帰国直後でした。航空会社の搭乗記録が残っているはずだから、お疑いなら確認してみるといい」

搭乗記録となれば、これは鉄壁のアリバイとなる。捜査本部にしても、このアリバイを崩すのは容易ではない。

「運がよかった。復讐の女神はあなたに微笑まなかったかも知れないが、別の女神が微笑んでくれた」

「わたしがそれを喜んでいると思いますか」

嬉しいどころか、至極無念そうな口ぶりだった。

「誰かがあいつを殺してくれたこと自体には感謝したいが、それがわたしではなかったことが残念でならない。刑事さんを前に言うことではないのでしょうが、殺されていい人間なんて一人もいないというのは子供の戯言でしかない。世の中には屠られるべき人間、おめおめと生きていてはいけない人間が確実に存在する。迫水二郎というのは、まさにそういう人間だったんです」

渡瀬が府中署の捜査員に探りを入れてみると、やはり三組のアリバイは堅牢であり、捜査本部は未だ容疑者の特定に至っていなかった。

まず楠木夫妻だが、十五日の十時から十二時までの間、自宅に隣接した田圃で耕運機に乗った辰也を近隣の住人が目撃している。いつもの時間、いつもの服装であり、不審なものは何も感じなかったと言う。一方、郁子のカルテも確認できた。辰也の申告通り認知症が進行しており、医師の話では単独で所沢から府中まで移動することは困難だという。

次に松山那美のアリバイも立証された。バイトで雇われていた城島沙紀が、当日の十一時から十二時までの間は店で一緒に仕込みをしていたと証言したのだ。途中、那美は酒の仕入れに外出したこともあるが、それでも新宿からの距離を考慮すると、府中で迫水を殺害して戻って来るのは不可能と思えた。また、那美の許に届いた差出人不明の手紙は鑑識に回され徹底的に調べられたが、そこからは那美の指紋しか検出されなかった。文面もパソコンから出力されたものとしか判明しなかった。

そして高嶋恭司のアリバイは最も堅牢だった。航空会社の乗客名簿の中には〈タカシマキョウジ〉の名前がはっきり記録され、高嶋が事件の起きた日に日本にいることは事実上不可能だった。もちろん渡英したのが高嶋以外の人間であった可能性は捨てきれなかったが、成田やヒースロー空港の税関や出入国審査で本人確認が行われることを考えれば、その可能性も皆無に等しかった。

監視カメラからの情報は更に乏しかった。以前、府中刑務所は暴力団幹部出所の際、出迎えの数が異様に多かったことも手伝い、その周辺に監視カメラを張り巡らせている。ところがその周辺を外れ、事件の発生した公園に至ると逆に設置数が激減する。該当の監視カメラには不審者どころか迫水の姿さえ映っていなかったのだ。

渡瀬の見る限り、これといった進展もない。捜査は暗礁に乗り上げていた。

さて、それでは自分はどうするか。

渡瀬が里中から呼び出されたのは、そんな時だった。

里中県警本部長。言わずと知れた埼玉県警のトップだ。栗栖課長や刑事部長を飛び越え、いきなり里中からの呼び出しに少なからず驚いた。

傍若無人の名をほしいままにする渡瀬も、本部長室に呼ばれたことはそれほど多くない。

部屋に入ると、里中は深い椅子に座ったままだった。人情家と評する輩もいるが、渡瀬に言わせればノンキャリアであることを殊更印象づけたいがために人情家を演じているだけだ。口で言うほど現場に理解がある訳ではなく、ひと皮剝けば権威主義と功利主義の塊で、責任は取るものではなく回避するものだと決めているフシがある。

「渡瀬、参りました」

「呼ばれた理由は分かるか」

座れ、と命じられていないので渡瀬は立ったまま話を聞く。

「この部屋に呼ばれるのは賞罰の時だけですが、最近は褒められる覚えもありませんね」

「栗栖課長からの忠告を無視して、勝手な捜査をしているらしいな。今朝、警視庁刑事部長から正式な抗議があった。捜査本部や府中署から色々と訊き出しているが捜査妨害だから即刻やめろと言ってきた」

「妨害しているつもりはありません」

「事件の関係者自身があちこち動けば、立派な捜査妨害だ」

「それしきのことで妨害だと思うのなら、彼らに事件解決は無理でしょうな」

「偉そうなことを言うな」

「偉ぶっている訳ではありません。事実、捜査本部は烏合の衆です」

「おい」

「釈放された人間が直後に殺害されたというのに、初動捜査の遅れと連携のまずさで捜査本部がまともに機能していない。参考人の許に届いた証拠物件さえ、当日中に入手していない有様です」

それを聞くと、里中は薄く笑ってみせた。

「手紙を本部に届けたのは君らしいな。それで恩を売ったつもりにでもなったか」

「恩を売るどころか顰蹙を買いましたが」

「君が有能であることは認めよう。しかし、有能過ぎる人間は煙たがられるぞ」

似たような話を別の誰かも言っていた。してみれば警察という組織は、よほど有能な人材とやらがお気に召さないらしい。

「向こうの捜査本部がまともに機能していなくとも、ウチには関係ない。いや、そもそも関与すること自体が越権行為だ。迷惑がられても当然だろう」

「彼らでは心許ない」

「君は北海道から沖縄まで、全ての兇悪事件に首を突っ込む気か。いったい何様のつもりでいる」

里中は下から渡瀬を睨め上げた。

「君だって県警の事案に警視庁やら警察庁が介入してきたら、いい顔はすまい」

「別にいい顔はしませんが迷惑とも思いませんな」

「自分は度量が大きいとでも言いたいか」

「迷惑だと感じる前に解決していますから」

「生意気を言うな」

だが里中の叱責に力はない。虚勢ではなく生意気と受け取られる程度には実績を上げているからだ。

「ともあれ先方はかなり神経質になっている。これ以上の介入は許さん。しばらくじっとしていろ」

「それは戒告ということですか」

国家公務員法と地方公務員法では職員に対する懲戒処分を次の四つとしている。
・免職
・停職
・減給
・戒告
そして両公務員法によらない、内規の処分として以下が存在する。
・訓告
・本部長注意
・厳重注意
・所属長注意

前者は今後の異動と昇任に影響を及ぼすが、後者はそれほどでもない。

今更、昇任にそれほどの興味はないが、目の前の功利主義者が中央からの要請と、己の手駒をどう天秤にかけたのかは知っておいて損はない。

渡瀬は里中を注視したが、相手はついと視線を逸らした。

「これは本部長注意だ」

つまり釘は刺しておくが、手駒としては温存しておくという趣旨だ。

「本部長というのも、これはこれで激務でな。いち署員の懲戒でいちいち書類を作成しているような暇はない」

ふん。それこそ恩を売ったつもりか。

「しばらくじっとしていろ、というのは」

「言葉通りの意味だ。これ以上、府中の事件に関与したら本部長注意では済まなくなるぞ」

精々、脅したつもりだろうが、人間性を見透かされた者の恫喝に脅威はない。あるのは鬱陶しさと、生殺与奪の権を振り回す様の滑稽さだけだ。

「検挙率の高さだけで身を護れると思ったら大間違いだ。組織は個人のスタンドプレーを何より嫌う。一人の名手よりも十人のチームワークが事件を解決に導く」

いったい何度聞かされた言葉だろう。

個人の能力を軽視する人間は決まってチームワークを強調するが、ではその十人が十人とも凡庸以下の人間だったらどうするつもりなのか。

要は構成員一人一人をある分野のエキスパートに仕立てていけば最強のチームになる。ただそれだけの話だ。それを最初から無理と決め込んでいるから、チームワークなどという胡乱で耳触りのいいお題目に逃げようとする。

鳴海をはじめ様々な型の刑事を見てきた渡瀬は、自分で班を率いるようになった時、己の班をスペシャリストの集団に育てようと目論んだ。それは功を奏し、渡瀬班は検挙率で他の班に大きく水をあけている。もちろん渡瀬一人の力ではない。古手川をはじめとした班の捜査員が尽力した結果だ。

個別の能力も重要、チームワークも重要。しかし何よりも、班の責任者に能力がなければ求心力はすぐに失われるのだ。

「君はまだ年次有休を消化していないだろう。いい機会だ。いっそ一週間ほど骨を休めてはどうだ」

何だ、体のいい自宅謹慎という訳か。

「一週間もあれば海外旅行に行けますな。それはいい」

「おっと。間違ってもイギリスのヒースロー空港で捜査を再開するなんて真似はするなよ」

里中は最後に渡瀬を睨み据えた。

「家からあまり離れるな」

「釣りなら構いませんか」

「勝手にしろ」

「失礼します」

渡瀬は一礼して踵(きびす)を返した。

釣りならいいんだな、とほくそ笑む。

何も魚を釣ると言ったつもりはない。

五　終冤

1

県警本部を出ると、正門の陰からいきなり男が飛び出して来た。

「どちらへ行かれます。渡瀬(わたせ)警部殿」

男の顔を見て渡瀬は嘆息する。この気分が最悪な時、選りにも選って一番会いたくない人間に出くわすとは自分もよほど徳がないと見える。

「俺のタイムテーブルを二面に載せるような余裕があるのか。埼玉日報」

「まあ、ここの本部長にまで出世されましたらデスクに掛け合ってもよろしいですよ」

「県警本部長か。ずいぶんハードルを上げたもんだ」

「ご冗談を。現本部長の里中(さとなか)さんよりはあなたの方がずっと適任じゃあないですか。所詮、あの人は調整型のトップです。平時なら務まるでしょうが乱世になったらひとたまりもない」

尾上善二(おのうえぜんじ)はそう言ってへらへらと笑った。その笑い方がどうにも下賤で、渡瀬は胸糞を悪くする。

埼玉日報社会部の尾上は、その短軀とどこにでも潜り込む如才のなさで、記者仲間からは〈ネズミ〉と呼ばれている。なるほど奥に引っ込んだ小さい目と反った前歯は齧歯類を想起させる。泥濘を好み、雑食性であることも似ている。そして下衆なネタを下衆な方法で仕入れ、下衆な記事にするので仲間からも疎まれている。

「乱世とはどういう意味だ」

「二十三年前の浦和署ならびに県警本部を窮地に追い込んだ冤罪事件。ああいう乱世になったら、調整型のトップはまず潰れるでしょう。その時こそ渡瀬警部の出番ですよ」

歯が浮くような世辞にも虫唾が走るが、聞き捨てならないのは前半部分だった。

「乱世になぞそうそうなるものか」

「そうでしょうかねえ。災いは祟ると申しますから。迫水が殺されたことで、県警のお偉いさん方の忘れたい黒歴史が墓場から甦ったような感があるのですがね」

迫水の事件を知るなり、早速二十三年前火消しに回った県警本部に張り込んでいたという寸法か。やはりドブネズミの嗅覚は馬鹿にできない。

「県警本部ともあろうものがゾンビ紛いのスキャンダルに右往左往すると思うか」

「しかし現に警部が」

「ああ？」

「現場には必ずパトカーで向かう、そうでなければ刑事部屋で刑事さんたちを怒鳴っているはずの渡瀬警部が一人で、しかも徒歩で本部庁舎から出て来られる。これはしばらく静観しろとのお達しがあったからではありませんか」

「何で俺が静観しなきゃならん」

「迫水の事件が府中署や警視庁の事件ではなく、警部の事件だからですよ」

渡瀬は心中で毒づく。くそ、同じ警察の人間より新聞記者の方が道理を知っているのはどういう皮肉だ。

「折しも警察の不祥事が全国規模で報道されている昨今ですからね。県警が痛い腹を探られて瘡蓋を剝がされるのを怖がるのも無理はありません」

「ずいぶん県警を見下した憶測だな、埼玉日報」

「見下すだなんてとんでもない。警部と同じ目線でものを見ているだけでして」

吐き出す言葉がいちいち癪に障る。必要以上に新聞記者という肩書を振り翳さないのは美点としても、四六時中斜に構えたような物言いは聞くだに不快指数を押し上げる。

「ご存じでしょうが、どの報道機関でも迫水殺しと楠木の冤罪事件を関連づけて考えています。というより、関係ないと思った時点でニュース屋の資格はありませんね。なのに府中署と警視庁が碌な情報を流さないものだから、色んな憶測が飛び交っている。中には冤罪隠蔽で詰め腹を切らされた関係者が犯人じゃないかと言い出す者までいましてね」

「喧しいことだな」

「では県警本部は泰然としていると？　しかし渡瀬警部にブレーキを掛けさせているのなら、県警は相当ナーバスになっているとワタクシは踏んでいるのですが」

取材対象が神経質になればなるほど、報道する側は手を緩めない。尾上は言外にそう告げている。

「黒歴史ったって二十三年も前だ。お前はまだ学生の身分だっただろう」

「いえいえいえいえいえ。楠木明大冤罪事件と、続く浦和署ぐるみの隠蔽工作。県警史上最悪のスキャンダルでしたから入社したてのワタクシでも詳細を教え込まれました。まあ、その事件がホットな間は埼玉日報も売れに売れたということですから」

あの時、県警の大スキャンダルで全国紙はもちろん、地元紙の埼玉日報は大きく部数を伸ばしたと聞いた。県警にとって黒歴史であっても、マスコミにとっては特需だったということだ。

「冤罪事件というのは古くて新しい話題です。いや、冤罪に苦しめられている囚人が生存しているのなら、古いほどニュースバリューがあります」

「嬉しそうだな」

「嬉しがるのは大衆です。ワタクシたちはあくまで提供するというだけのことで」

情けないかな尾上の言っていることは正しい。大衆は警察や省庁といった権威を叩くのが大好きだ。ひと度醜聞や疑惑が露見するとウンカのように群れ騒ぎ、我こそは正義の代弁者という顔をして悪口雑言の限りを尽くす。

「ワタクシたち新聞記者は反権力を謳い文句にしてますからねえ。そういうネタがあったら、飛びつかない訳にはいきませんです。はい」

「だからといって県警が同じ過ちを繰り返すと思うか」

「人間は同じ過ちを何度も何度も繰り返します。そう、救い難いほどに。警察官だって人間である限りはその軛から逃れられません」

「それで俺に張りつく訳か」

「あの冤罪に関わった人間は芋づる式に処分されたと聞いておりますよ。ただ一人の例外を除いて」

「ふん」

「大粛清の生き残り。もし迫水殺しが過去の冤罪事件に起因するものなら、警部は次の標的になる可能性が大ですから」

「その標的が刺し殺されるのを目の前でスクープするつもりか。全くいい根性してるな」

「いやあ。他に配下の方もお見えにならないようですので、護衛代わりにでもなればと思いまして」

何が護衛なものか。

粛清の生き残りである渡瀬は、迫水殺しについて必ず情報収集するだろう。従って張りついていればネタが拾える――尾上の目論見はいい線を突いている。だがこの男なら、渡瀬が殺された瞬間をカメラに収めた後、犯人に長々とインタビューを敢行するに違いない。尾上善二というのはそういう男だ。

その時、不意に渡瀬は思い出した。仮出所を控え憂鬱そうにしていた迫水は、新聞を見るなり顔つきが一変したという。後で刑務所に確認したところ、迫水が不定期に購読していたのは埼玉日報とのことだった。

全国紙なら最寄りの図書館に行けば縮刷版が閲覧できる。だが埼玉日報のような地方紙まで網羅されているとは限らない。現在はCD－ROMによって記録保存されているが、記事の量によっては一部割愛される場合もある。

「埼玉日報。バックナンバーは揃っているよな」

「それはまあ」

「今すぐ見せろ」

「え。まさかウチの社においでになるおつもりですか」

「俺の貴重な時間を提供したんだ。それくらいの便宜を図るのは当然だろう」

尾上の顔が奇妙に歪む。図々しさと厚顔さが自分の身上であるのに、それ以上の人間を見つけてしまったというような顔だった。

渡瀬は背後の気配を窺い、尾行がついていないことを確認する。しかし、それでも油断は禁物だった。

「会社のクルマ、どこに駐めてある」

「タクシーで来たのですが」

「よし。目の前に県民健康センターが見えるな」

「ええ」

「あの裏手をまっすぐ北に歩くとバス停がある。そこで待ってろ」

尾上を先に行かせ、渡瀬はタクシーを捕まえて乗り込む。しばらく走って指定場所で待機していた尾上を拾う。念のために後方に注意を向けるが追手は見当たらない。

「えらく慎重なのですね。まるで逃亡犯のようじゃないですか」

逃亡犯と聞いて妙に可笑(おか)しくなった。

自分は事件を追っているつもりだが、足枷(あしかせ)を嚙ませた里中以下県警の連中にしてみれば逃げたも同然だ。

「そう言えば警部ともお付き合いは長いですが、こうして隣り合わせに同乗させていただくのは初めてですねえ」

珍しく感に堪(た)えたようなことを言う。

当たり前だ、と渡瀬は鼻白む思いだった。自分は未だかつて特定の報道関係者に情報を洩らしたことは一度もない。そしてまた特定の記者と必要以上に接近したこともない。

別に彼らを軽蔑している訳ではなかった。下衆で扇情的な記事を書く者は沢山いる。しかし、それは読者が下衆で扇情的な記事を欲しているからだ。どこの市場にも需要と供給の関係は成立する。

渡瀬がマスコミ人種と距離を置いているのは、偏(ひとえ)に彼らを操縦する自信もつもりもないからだった。

明大の冤罪が発覚しそれを白日の下に晒す際、恩田(おんだ)はマスコミに情報漏洩するという方法を採った。さながら自爆テロのようなやり方だったが、真っ当に関係者を説得していては情報自体を潰されかねない状況下で、あれは最善の策だった。自分には到底あんな真似はできない。

「埼玉日報。一つ訊いていいか」

「何でしょう。改まって」

「これでもおたくの愛読者で朝夕刊共に購読している。お前の記事ももちろん読んでる。それでいつも思うのは、警察や検察の不祥事にはひときわ精彩を放っている点だ。誉め言葉だが、抗議お構いなしの激烈さと容赦ない個人攻撃は他紙を一歩も二歩もリードしている」

「それはどうも」

「取り締まる側の失態や失墜はそんなに取材意欲が湧くものなのか」

「取材意欲が湧く、というよりは単純に面白いんですよ」

尾上は悪びれる風もなく言う。

「法を執行する者、法の遵法者が法を犯す。ミイラ盗りがミイラになる。その愚かさを思いきり嗤ってやりたいのですよ」

「糾弾ではなく嗤う、のか」

「愚かな者に倫理を説いたところで無意味です。愚かですから学習能力もない。そんな輩は糾弾することすらもったいない。おおっと怒らないでくださいよ。警察・検察の不祥事は今や年中行事になった感さえあるのですから」

愚かな人間に対しては嗤うしかないということか。

「信じていただけないかも知れないのですが、ワタクシは渡瀬警部を尊敬しているのですよ」

「ほう、光栄なことだな」

「それは警部が警察や検察の唱える正義とやらを全く信用していないようにお見受けするからです」

尾上はくっくと忍び笑いを洩らす。

「人を逮捕し、訴え、裁く。大した権力だと思います。行使する側はさぞかしご自分の正義に陶酔されていることでしょう。ご自分がその正義を振り翳すに相応しい知性と見識を備えていると思い込んでいらっしゃる。権力はご自分が獲得したものだと信じていらっしゃる。お笑い草ですよ。そんなものは全て与えられたものに過ぎません。権力者がやがて別の権力に潰されるように、正義の代行者もやがて別の正義によって抹殺されるのです。ちょうど楠木明大の冤罪を隠蔽しようと企てた者たちのように。組織防衛、体面死守という組織の正義に走った彼らは大衆の復讐心というより大きな正義に逆襲されました。これもまたお笑いです」

聞いているうちに、尾上の視点がマスコミ人種のものではないことに気づく。

これは人間ではなく神の視座だ。

「ふう。少しお喋りが過ぎましたかね」

「つまり罪人を裁く権利も刑に処する権利も、神を代行するものでしかない……そういう意味か」

「いえいえ、そんな大層なお題目ではありません。ワタクシはただ、与えられた仮初の権力で偉くなったように錯覚している方々を、罵倒し嘲笑して差し上げたいだけです。

それはおそらく、大衆と呼ばれる者たちが共通して抱いている欲望だと思いますよ」

埼玉日報で過去の記事を洗い出し、官舎に戻る頃にはすっかり夜になっていた。

それでも八時前に帰宅するのは久しぶりだったので夕食の献立に思いを巡らせていると、「渡瀬」と後ろから声を掛けられた。

まさか官舎の敷地内で襲撃されるとは予想もしていなかった。

思わず身構えて声のした方向に振り向くと、そこに懐かしい顔があった。

「何だ、あなただったのか。堂島さん」

二十三年ぶりの再会だというのに、相手は少しも懐かしそうな顔をしていなかった。

「ここで、ずっと待っていた。県警本部を出てからどこで道草を食っていた」

挨拶もないまま堂島はずいと歩み寄る。目立つ武器は所持していないようだが、身体中から不穏さを発散している。

変われば変わるものだと思った。

浦和署で先輩風を吹かしていた頃の堂島は、組織に従順な男ではあったが同時に人の良さと包容力を持ち合わせていた。

ところが今、目の前に立っている男はいじけた目で渡瀬を睨めつけている。四半世紀も経っているのだから当然かも知れないが、黒々としていた髪は半分以上白くなり、顔を刻んでいる皺は深く、醜い。まだ五十代のはずだが既に老醜の気配すら漂っている。

「言え。いったいどこで何をしていた」

「あんたはもう警察の人間じゃない。だから教えられない」

「貴様だって警察の人間じゃないだろう」

堂島はせせら笑う。

「昔っからそうだった。貴様は警察に所属していながら警察組織に馴染もうとしなかった。手前勝手な理屈で動いて、組織に刃向かった」

「……よかったら部屋に来て話さないか」

「要らん。忠告に来ただけだ」

「忠告。ははあ、あんたにまでお触れが回りましたか」

「迫水の、いや二十三年前の事件をほじくり返すのはやめろ」

渡瀬は呆れていた。県警かそれとも警察庁か、昔の傷に触れられたくない連中が退職した人間を動員してまで自分の動きを止めようとしている。

そんな組織力と機動力があるなら他に回せばいいものを。

「どうせ、また勝手に捜査していたんだろう」

「ご想像にお任せします」

「楠木明大の事件はケリがついているはずだろう。裁判官と検察官と、そして俺たち現場の人間を巻き添えにして。き、貴様だけは安全地帯にいて皆が波に呑まれていくのを高みの見物と洒落込んでいやがった」

被害者意識に凝り固まった物言いだったが、これには反論の余地がない。渡瀬の気持ちは別にして、状況は堂島の言う通りだったからだ。

処分を受けた多くの関係者が職を追われた。警察官や検察官なら退職した後でも再就職先の斡旋があるのが普通だが、それすらもなかった。身内の処分に甘いと批判を受けるのを怖れ、関係部署が徹底的な尻尾切りを行った結果だった。

「大したもんだな。仲間を売って、自分は県警本部に栄転、今では捜一の班長というんだからな。今度は何を売った。部下か、それともプライドか」

「何も売っちゃあいないさ。喧嘩はずいぶん買ったけどな」

矢庭に堂島は渡瀬に歩み寄り、その胸倉を摑んだ。

「今まで何を調べて何を嗅ぎつけた。言え」

捻り上げた力は、しかし悲しいほどにひ弱だった。かつての獰猛さは微塵も感じられない。

「落ち着けよ、堂島さん」

失礼だとは思ったが同情心が湧いた。

同情からなら嘘も吐ける。

「このところ激務だったからな。俺だって家に帰る前に一杯引っ掛けることだってある」

「けっ、貴様がそんなタマかよ」

堂島は露ほども信じていない様子だ。

「貴様は徹底的に独善的な男だ。自分だけが正義だと思っている。そんなヤツが本部長注意を受けたくらいでおとなしく尻尾を丸めたりするもんか」

やれやれ、本部長注意のことまでダダ洩れか。

「分からんな、堂島さん。確かに楠木の事件は色んな人間を巻き添えにした。でも、背任についての処分は迫水の供述が明らかにされた時に全て終了しているだろう」

「貴様の口からそれを言うなよ。知っている癖に。処分されたのは目立ったヤツと末端だけだ。楠木の送検を決めた者、裁判に関わった者、東京拘置所でヤツと接触した刑務官。いや、もっともっと沢山いる。そいつらは未だに楠木の亡霊に怯えている。いつ俺たちと同じように復讐されるか戦々恐々としている」

ああ、これがそうなのか。

渡瀬は恩田の言ったことを思い出した。

事件に関わった者にとって楠木明大と迫水二郎という名前は、己が背負う十字架なのだ。掘り起こされればいい気はしない。圧力が掛かるとすれば個別ではなく、総意としての圧力になる。

「堂島さん。あんた、連中に何を言われたんだ。あんたは再就職する際、警察から何も便宜を図ってもらっていないだろ。何か弱味でも握られてるのか」

胸倉を摑んだ手から、不意に力が抜ける。

「あんたはもう色々なものから自由なはずだ。俺をこんな風に難詰しているのも本心からじゃあるまい」

「貴様をぶん殴ってやりたい気持ちは本心だよ。上っ面の正義感を振り翳して捜一班長にまで上り詰めたかと思うとムカムカしてくる」

上っ面の正義感か。

渡瀬はその言葉を苦く呑み込む。上っ面だけなら、ちょっとした突風ですぐに吹き飛ばされてしまう。そんなもので二十何年間もやり過ごせるものか。

「警察クビになってから警備会社に就職した」

「そう聞いている」

「一発で就職できた訳じゃない。何度もハローワーク通いして、何度も面接で落とされた。コネも紹介もない三十半ばの男が再就職するのは、並大抵な苦労じゃなかった」

それも聞いた話だった。

浦和署関係者が処分されてから、渡瀬は皆の消息を可能な限り集めていた。苦労しながらでも職に就けた堂島はまだいい方で、中には女房から三行半(みくだりはん)を叩きつけられた挙句、生活保護の対象になった者までいる。

法の女神テミスは、冤罪に加担した者にどこまでも苛烈(かれつ)だった。まるで明大の怨念を代弁するかのように関係者を血祭りに上げている。

渡瀬本人にも自分だけが天網から逃れられているという感覚はあった。だが、最近は思い直していた。

逃れられている訳ではない。まだ自分に剣の振り下ろされる刻(とき)が訪れていないだけの話なのだ。

いつか自分にも断罪の日はやってくる。それは確信に近かった。

「やっとの思いで摑んだ職だった。今ではそれなりの地位も信用も得た」

「だったら何で……」

「社長が警備部のOBだ。その社長から色々言われたんだよ」

上司が問い詰めて答えなくても、昔の知り合いから泣き落としで訊かれたら答えるとでも考えたのか。だとしたらずいぶん舐められたものだ。

「そんな理由で俺を訪ねて来たのか」

「そんな理由とは何だあっ」

堂島は目を剝いた。

「まだ養う家族がいるんだぞ。貴様の勝手に何度も振り回されて堪るか」

その目の奥を覗きながら渡瀬は嘆息する。

あの時の堂島は組織を護ろうとして自分の前に立ちはだかった。そして今は家族のために立ちはだかっている。

決して悪辣な人間ではない。いや、隠蔽に手を染めた関係者は皆、同様に仕事に忠実で組織への帰属意識が高い者たちだった。

そういう人間が冤罪を引き起こし、組織の不都合を糊塗しようとすることが哀しい。

社会悪の根源にあるものが、必ずしも悪意とは限らないことが腹立たしい。

「堂島さん。仮に俺が何かを摑んでいたとして、それをあんたにウタうとでも思っているのか。あんたの恨み節を不憫に感じて、捜査を止めるとでも思っているのか」

堂島の目に怯えが走る。

「あんた、さっき言ったよな。俺がそんなタマじゃないって。当たりだ。俺はそんなタマじゃない」

渡瀬は胸の先にあった堂島の手首を逆に捻り上げた。いつぞやの再現だ。ただし、あの時よりもはるかに楽だった。

「あんたに命令した人間は、あんたの腕っぷしじゃなくて俺の情につけ込んできたんだ。こんなことしたって無意味だ。それから情につけ込んでも無意味だ。あんたが知ってる通り、俺は情なんて持ち合わせてないからな」

堂島は呻きながら腰を落としていく。手加減したつもりだが余分な力が入ったらしく、ひいひいとか細く叫び始めた。

急に情けなくなり、渡瀬は手を放した。

格闘では昔から渡瀬の方が有利だったが、今ではその差が更に拡大している。堂島は地面に這いつくばったまま、片手を押さえている。その姿はひどく惨めに映った。

「用は済んだか。堂島さん」

「畜生。いい気になってんじゃねえぞ、このクソ野郎」

意外な言葉だった。

いい気になったことなど、一度もない。

「き、貴様は本当に昔のままだ。ちっとも変わっちゃいない」

堂島は洟を啜り上げながら半泣きしていた。

「自分だけの正義に凝り固まりやがって。どうせ貴様からすれば、俺のしていることなんぞ悪事にしか見えんのだろう。体面や地位にしがみつくことが哀れにしか見えんのだろう。ふ、ふざけるな。何を高みから見下ろしていやがる」

高みから見下ろした覚えもない。

それどころか、いつも空を見上げていたような気がする。どれだけ足掻いても決して手が届かない光を掴もうとしていたのだ。

明大が冤罪であると知った時の気持ちを、堂島は知る由もないだろう。今まで積み上げていた実績は瓦解し、自分がこの上なく穢れた存在に思えた。真っ暗な虚に放り込まれ、自嘲と自己嫌悪で腐敗していくような気分だった。

だからこそ渡瀬は光を求めた。真実の光。残酷かも知れないが、全ての迷える者を導く光を。

「自分だけの正義を振り翳すというのは確かにその通りだよ。それを否定するつもりはない。しかし、それは警察や検察も、そしてあんたも一緒だ」

「貴様一人の正義が警察の掲げる正義と等価値だっていうのか。大言壮語もそこまでいけば滑稽だな」

「あんたとこんな風に再会したくなかった」

渡瀬はそう言って背を向けた。

声を掛けられたのはその直後だった。

「いつまでも安泰だと思ったら大間違いだぞ。そのうち、そのうち貴様だって」

渡瀬はもう振り向きもしなかった。

そんなことは分かっている。

俺はあんたよりも罪深いのだから。

2

翌日、渡瀬が訪れたのはさいたま市緑区の浦和インターチェンジだった。

久留間(くるま)夫妻の殺害事件からもう四半世紀以上が過ぎたが、付近の風景はあの頃とさほど変わりない。相変わらず交通量は多く、辺りにはラブホテルが林立している。変わったとすれば、どのホテルも今風のシティホテルのような外観になったことくらいか。

久留間不動産はとうに建物が撤去され更地になっていた。膝まで届くほどの雑草が生い茂る中、〈売地〉の立札が傾いたままになっている。近づいてよく見ると塗装が剝げかけ、支柱部分も大分朽ちていた。

インターチェンジ周辺の地価は市街地に比較して割安感がある。本来ならすぐにでも買手がつくはずだが、久留間不動産跡は未だ更地のままだ。

考えてみればそれも道理で、ラブホテルが軒を並べるようなところに一戸建てやマンションを建てたところで誰も住みたがらない。店舗も同様だ。人目を避けてホテルに入ろうとするカップルばかりなのに、そこで店を広げても客は立ち寄らない。ドラッグストアという選択肢もあるが、これはジョークの部類だろう。周囲と同じラブホテルを建築しようにも、敷地面積が狭いのでそれもできない。帯に短し襷(たすき)に長し、おまけに前の住人は強盗に殺されているというのでは店晒(たなざら)しになるのも当然だった。土地を相続した一人娘の那美も、物件が一向に売却できず困惑しているに違いない。
建ち並ぶラブホテル群の中にぽっかりと口を開けた空間。
否が応でも事件を想起させる。まるで事件が風化することを拒否しているかのように
も見える。
ここから全てが始まった。
明大の冤罪とその隠蔽、そして多くの関係者を巻き込んだ粛清の嵐。
それを思うとやはり感慨深いものがあった。
渡瀬は更地に背を向けて向かい側のラブホテルに向かう。当時、そこの従業員が事件
の第一発見者だった。〈シャトー山猫〉という名前はそのままなので、経営者が交代し
ている訳ではなさそうだ。
フロントには中年女性が座っていた。こうしたホテルのフロント係は、女性客を考慮
して大抵女性が担っている。
渡瀬が来意を告げると、フロント係は明らかに困惑していた。
「二十八年前って……あそこでそんな事件が起きていたんですか」
どうやら事件そのものを知らないらしい。
「このホテルに当時から勤めている人はいないかね」
「そんなに昔となると、もう支配人くらいしか残っていないと思います」
望み薄は覚悟していたことだが、やはり気落ちした。二十八年もの歳月は物的証拠は
おろか、証人までも過去に追いやってしまう。

てくれた。

「少々お待ちください」

殺人事件と聞いて興味を掻き立てられたのか、フロント係は嫌な顔も見せずに応対してくれた。

「その支配人には会えるかい」

五分ほど待たされてから事務所に通された。

駐車場に設置された監視カメラのモニターと、各部屋の使用状況がひと目で分かるパネルが埋め込まれていることを除けば、スーパーの事務所と大きく変わるところはない。

「お待たせしてすみません」

姿を現したのは六十過ぎに見える女性支配人で、沓澤（くつざわ）という名前だった。美人ではないが、笑った顔に子供のような愛嬌がある。

「支配人が女なので驚きましたか」

いや、と渡瀬は首を振る。

ラブホテルは支配人からフロント係、果てはメイク係まで女性で占められているところが多い。深夜営業で泊りがけの仕事になるので、従業員間のトラブルを防ごうとすると自ずから男性の雇用機会は少なくなる。

「久留間さんの事件で来られたんですって。何とも懐かしい話よねえ」

「支配人は憶えていらっしゃいましたか」

「当然でしょ。だって、ご夫婦の死体を発見したのはわたしだったんだから」

「えっ」

「当時はまだいち従業員だったんですけどね。あのう、こういうホテルって時給はそれほどでもないんだけど、重労働じゃないし勤務時間も長く取れるから、居ついちゃうと結構続くんです。それで長年の勤務状況が評価されていつしか支配人に抜擢されたって訳」

渡瀬は思わず身を乗り出した。

ありがたい。これこそ僥倖だ。

「まだ事件のことは詳しく憶えていますか」

「もちろんですよ。殺人事件の第一発見者になるなんて経験、一生に一度あるかないかでしょ。誰が忘れるもんですか」

沓澤支配人は顔を顰めるものの、声には妙な艶がある。

「何しろ、この界隈でラブホテル以外の家って久留間さんちだけだったから、近所付き合いもあったんですよ。旦那さんはいつもむっつりしていたけど、奥さんが愛想よくって。わたし、顔が合ったら大抵挨拶していましたよ」

「では、ご夫婦の死体を発見してさぞかしショックだったでしょう」

「ええ。だからわたし、刑事さんに全面協力しようと張り切ってました。ええっと、あの刑事さんの名前は、どう、どう、どうまえ。どうぞの。いや、どうやま……」

「堂島」

「そうそう、確か堂島さんだったわね。あの刑事さん、今もお元気ですか」

堂島とは昨夜会って言葉を交わしたばかりだが、その落魄ぶりを話しても詮のないことだ。

「ええ、元気でやってますよ。多少腕の力は衰えましたが」

「それは何よりでした」

渡瀬は逸(はや)る心を抑えながら自分に言い聞かせる。

慎重の上にも慎重を期せ。

折角見つけた大切な証言だ。ここで間違っては元も子もなくなる。まず証人の記憶を確実に呼び覚ますことだ。幸い、沓澤支配人の記憶力は捨てたものではない。二十八年前に一度話しただけの堂島の名前をうっすらと憶えていたではないか。

「事件当夜から思い出してみてください」

「あの夜は……そう、あの夜はひどい雨が降っていた。ホテルの中にいても滝が落ちるような音がして、とんでもない降り方をしてるのが分かった」

よし、その調子だ。

「どういう経緯で死体を発見しましたか」

「道路が冠水するんじゃないかと……そうだ、ウチの地下駐車場に水が流れ込まないか心配になって、外に出てみたんです。以前の豪雨でも浸水したことがあったから」

渡瀬は頭の中で捜査記録を読み返す。ここまでの証言は、二十八年前のそれと寸分違わない。

「外に出てみたら久留間さんの事務所が何か変で……どうして変だったのかな……えっと……そうだ、中の電気は消えているのにドアが開いていたからおかしいと思ったんです。そのままだと事務所の中に水が流れ込んで大変だから、事務所の前まで行ったんだけど、中を見たら」

「待ってください。事務所の電気は消えていたんですよね。それなのに何故、中の様子が見えたんですか」

「それは……ああ、そうだった。事務所の壁はガラス張りになっていて、内側から物件案内が貼ってあったけど、ホテルのネオンで中がぼんやり見えたんです」

「結構です。それから」

「中に人が倒れているのが見えて、それで慌てて警察に通報しました」

渡瀬は拍手したくなった。沓澤支配人の記憶は完璧だ。これなら後に控える質問にも期待が持てる。

「支配人、これからする質問は以前にはしなかった新しいものです。この写真の人物に見覚えはありませんか」

渡瀬は一枚の写真を取り出して沓澤支配人の目の前に置く。

この写真こそ埼玉日報に乗り込んで得た唯一の成果だった。目を皿のようにして紙面の隅々まで視線を走らせ、とうとう見つけた一枚の写真。

沓澤支配人の視線が写真に落ちる。

「事件当日のことです。その日、この人物を近所で見掛けませんでしたか」

気がつくと、渡瀬は両手を握り締めていた。

ホテルの従業員が外に出る機会は少ない。そしてまたホテルにはクルマで入るカップルが大半で、外を歩く者は少ない。だからこの質問も賭けのようなものだ。

沓澤支配人の顔が惑いに歪む。必死に記憶を弄って（まさぐって）いるが、なかなか掴みきれないという表情だった。

首を傾げ、写真を矯め（ため）つ眇め（すがめ）つする。

「うーん」

そう呻い（うめい）て顔を上げる。

「ごめんなさい。何となく見た覚えはあるんだけど、はっきりしない」

途端に肩の力が抜けた。

「そうですか」

「全然、記憶にない訳じゃないの。何かこう、陰に隠れているような感じ。すごく目立つものがあって、それが大き過ぎて……あああっ、上手く言葉にできないんだけど」

それからしばらくの間、沓澤支配人は唸っていたが、遂に記憶を明確にすることができなかった。

失望の色を隠して、渡瀬は名刺を残す。

「写真とこの名刺は置いて行きます。もし思い出したらご一報ください」

焦りは禁物だった。今は駄目でも、何かの拍子に思い出すのはよくあることだ。その瞬間を待つより他にない。

渡瀬は〈シャトー山猫〉を出る。

沓澤支配人以外に、あの頃を知っている者はいないか。

そうそうまぐれ当たりが続くはずがないと分かっていても、渡瀬は捜さなければならない。

わずかに重くなった足で別のラブホテルに向かいかけた時だった。

「刑事さあん」

背後からの声に振り向くと、沓澤支配人がこちらに駆けてくるところだった。

彼女は息せき切って渡瀬に辿（たど）り着いた。

「どうしました」

「思い出した。やっと思い出したの。写真の人かどうか確信はできないけど、あの日、似た人を見たのよ」

「本当ですか」

「クルマよ、クルマ」

沓澤支配人は息を整えながら切れ切れに言う。

「わたし、ちょっとファンだったのよ」

「ファン？」

「久留間さんたちの死体を発見する前、夜食買いにコンビニに出掛けたの。傘を差してもずぶ濡れになったから憶えている。時間は休憩時間に入った頃だから、夜十時を少し過ぎた時。表に出ると久留間さんちの隣のホテルからクルマが出てきて」

沓澤支配人は一度、ごくりと唾を飲み込んだ。

「擦れ違いざまに見たの。助手席に座っていた女の顔を。あたしその人のファンだったから、もうびっくりして。えっ、えって感じで。それで咄嗟に運転席にいる人も見たのよ。でも彼女の方が印象強過ぎたものだから、もう一つ確信が持てないの。ごめんなさい」

「構いません。その女というのはいったい誰だったんですか」

「生稲奈津美。ほら、元女優の」

渡瀬の脳裏に、ぼんやりと像が結んできた。芸能界に疎い渡瀬でも、その名前は聞いたことがある。

「ちょうどスキャンダルが起きて、芸能ニュースでよく見てたのよね。その話題の主がどうしてここにいるんだって」

東京都渋谷区広尾四丁目。

外苑西通りを西へ、日本赤十字看護大学とオマーン・スルタン国大使館に挟まれたこの辺り一帯は、都内でも指折りの高級住宅地だ。

渡瀬は高級住宅地と呼ばれる所以の一つが閑静さにあるのだと実感する。こうしてメインストリートに立っていても聞こえてくるのは遠くからの子供の声くらいで、騒々しいクルマやバイクの走行音も、暴力的な街宣車の声もない。それでいて人気を感じさせないような静けさではなく、住民の誰もが節度を弁えて暮らしている気配がする。

渡瀬は建ち並ぶマンションの中の一棟に足を踏み入れた。

敷地に入った途端、要所要所に設置された監視カメラの存在に気がついた。玄関前には風除室があり、カメラ付きの集合インターフォンが鎮座している。

目的の部屋番号を入力して待っていると、『はい』と女性の声が出た。

「先ほどは電話で失礼しました。埼玉県警の渡瀬です」

カメラに向けて警察手帳を開示する。

『どうぞお入りになって』

許可と同時にエントランスへ続く扉のロックが解除される。

エントランスホールの天井は高く、瀟洒(しょうしゃ)な内装は高級ホテルのそれを思わせる。目の前には三基のエレベーターが待機しており、自動呼出しされた箱が目的階のみに停止するようになっている。渡瀬はつい苦笑を洩らす。セキュリティ面では県警本部庁舎よりこちらの方がはるかに上だ。

目的階で降り、該当する部屋の前まで行くと最後のチェックが待っていた。玄関ドアの横に設(しつら)えられたカメラ付きインターフォンで再度顔と警察手帳を提示する。

「どうぞ」

開かれたドアの向こう側に不安げな女の顔があった。

生稲奈津美、元女優。

今年で確か五十五歳になるはずだが、三十代にしか見えない容色は日頃の手入れの賜(たま)物(もの)か、それともこれが女優の持って生まれた華やかさというものか。仕事柄色んな女性と顔を合わせる渡瀬も、奈津美の発散する色香に一瞬くらりとする。

「ご自宅を使わせていただき恐縮です」

「仕方ありませんわ。こんな話、他人のいるところではできませんから」

中に招かれると部屋の広さに驚いた。間取りは5LDKだろうか。リビングだけでも十五畳ほどある。

「広いお部屋ですな」

「一人暮らしにしては、でしょ。購入した頃は子供を含めて四人家族で考えていましたからね。今となっては無駄に広いだけ」

奈津美は自嘲気味に笑う。

「それにしても警察ってすごいのね。このマンションの場所も自宅の電話番号もマスコミには非公開になってるはずなのに」

「警察庁に事件関係者としてデータが残っていました」

「あら、そう。じゃあ、しようがないか。お巡りさんの厄介になると後々祟るのね」

奈津美はさばさばした調子でキッチンに向かう。

「でも久しぶりのお客さんだから歓迎しますよ。何か飲みますか。わたしはアルコールをいただくけど」

「少しくらいならお付き合いしましょう」

「そうしてくれると嬉しいわ。素面で話せることじゃないし、話す相手が素面だと腹が立ってくる」

真昼間から元女優と酒を呑む。勤務外で動くとこういう役得もある。いっそこれからも勤務外で捜査してみようかと、妙な悪戯心が湧く。

奈津美が運んで来たのは赤ワインだった。テイスティングで銘柄を当てるような芸当はできないが、それでも芳醇な香りで安物のワインでないことぐらいは分かる。

いきなり奈津美はひと口目を呷る。渡瀬は舐める程度にして奈津美の様子を窺う。これでいい。酔って舌が滑らかになってくれればこっちのものだ。

「電話もらってしばらく考え込んでたのよ。もう、あれから二十八年も経ったなんて信じられない。皺が増えるはずだわ」

「ご謙遜を。生稲さんならまだ三十代でも通るでしょう」

「それは腐っても元女優ですからね。でも駄目よ。心が老いたわ。もうテレビカメラもスポットライトも沢山」

「煌びやかな世界には見切りをつけましたか」

「何が煌びやかなもんですか。刑事さん、スタジオのセットをご覧になったことある？」

「いえ」

「セットってね、表向きは素晴らしく豪華だけれど、いったん裏側に回れば安っぽいベニヤ細工なの。そこら中散らかっていて埃っぽいしね。芸能界なんてまるであれそのものよ。裏に回ってみれば不潔で猥雑で、吐き気のするような場所」

早くも管を巻き始めた奈津美を見ながら、渡瀬は彼女のプロフィールを反芻してみる。

昭和五十年代、生稲奈津美は宝塚歌劇団出身の新進女優としてデビューした。初主演作がＮＨＫの連続テレビ小説で、これが平均視聴率三十パーセントを記録する大当たりとなり、その後は順風満帆を絵に描いたような芸能活動が続く。民放のドラマやＣＭで彼女を見掛けない日はなかった。映画でも主演を務めるようになり、好感度ランキングでは連続して上位に食い込んだ。

だが何にでも賞味期限が存在し、奈津美の場合はそれがひどく短かった。次第に出演するドラマでは脇に押しやられ、ＣＭの本数は激減した。皮肉なものでスポットライトが当たらなくなるにつれて、奈津美の求心力はみるみるうちに減衰していった。

女優という人種はスポットライトの光で光合成をする生き物なのかも知れない、と渡瀬は思う。

落ち目の女優が辿る道は限られているが、奈津美はその中でも一番派手で、しかも一番安全な道を選んだ。

それが実業家山本智也（やまもとともや）との結婚だった。当時注目を集めていたコンピュータ・ソフト関連企業の社長であり、山本との結婚は玉の輿（こし）に乗ることを意味していた。

そして昭和五十五年、奈津美は社長夫人に収まり、芸能界からは事実上引退となった。引退を惜しむ声もあったが、肝心の奈津美本人が芸能界に何の未練もなかったらしく、結婚を機に、女優生稲奈津美の姿はブラウン管から完全に消えた。

だが奈津美の思惑とは裏腹に、カメラの放列は再び奈津美を追い駆けることとなる。四年後の五十九年八月、時代の寵児だった山本智也は証券取引法違反の疑いで東京地検特捜部に逮捕されたのだ。

粉飾決算による有価証券報告書の虚偽記載、偽計取引・風説の流布（るふ）。当初の容疑はそれだけだったが、特捜部が家宅捜索したところとんでもないものが発見された。

書斎から植物片の入ったパッケージが四袋。そして押入れには大量の鉢植え。いずれも紛うことなき大麻だった。

こうして山本智也社長の事件は、単なる経済事件から大麻事件を兼ね備えるようになった。

粉飾決算だけであるなら奈津美も蚊帳（かや）の外に置かれただろうが、夫が大麻を所持・吸引していたとなれば妻である奈津美も無関係では済まされない。連日、任意での事情聴取が続き、マスコミは再び生稲奈津美を追い始めた。ただし女優としてではなく、大麻常習犯を夫に持つ元有名人として。

「大麻を持っていたのも栽培していたのも夫で、それは警察も最終的には信じてくれた。でも、わたしの社会的立場はそんなに変わるもんじゃなかった」

既にグラス半分を空けた奈津美は、渡瀬の目論見通り舌が滑らかになっていた。

「夫との接見、弁護士との打ち合わせ、会社幹部とのすり合わせ。毎日毎日、寝る間もなかったわ。周囲は、どうせ子供もいないんだからさっさと別れてしまえばいいと言ったけど……そんなこと、できる訳ないじゃない。彼が好きだから結婚したのに。彼の財産や地位は確かに魅力ではあったけど、それだけで生涯の伴侶を選ぶほど愚かな女じゃないわ」

では大麻の常習犯を夫に選ぶ女は愚かではないのか——ふと、そんな言葉が浮かんだが、もちろん口には出さずにいた。

「夫の羽振りがいい時には経済紙どころか芸能誌までインタビューに来た。風雲児だとか何とかカッコのいい言葉を並べ立ててね。写真に納まる時はいつもわたしとツーショット、誰もが羨むセレブな夫婦。ところが夫が逮捕されるや否や手の平返したような扱いでね。それはもう見事なものだったわよ。稀代の詐欺師にジャンキー社長。ありとあらゆる侮蔑の言葉を並べ立てた。でも夫は勾留されているから、実際に被写体となるのはわたし一人しかいない。もう連日連夜の取材合戦。まるでわたしが人を殺したような書き方でね。堕ちた偶像だとか財産目的の結婚で当てが外れたとか、本当に好き放題。幸いこの家は知られてなかったからよかったけど、しばらくは外出するのが恐怖だった」

それはそうだろう、と渡瀬は思う。尾上と話していて再確認した。マスコミがすり寄るのは栄華でもなければ権勢でもない。死臭だ。彼らは滅びる者の臭いを嗅ぎつけてやって来るのだ。

「やがてご主人は起訴され、一審判決が出ましたね。有価証券報告書の虚偽記載で十年、大麻取締法違反で五年、合わせて懲役十五年。ほぼ検察の求刑通りの判決でした。本来なら八掛けで減刑されるのが相場だったんだが、余罪という形で発覚したのが敗因でしたね」

「もちろん即日控訴したけど……高いカネで雇った弁護士は打つ手がないって困り果てていたっけ」

奈津美の持つグラスは空になった。渡瀬が間髪を入れず二杯目を注ぐと、奈津美は当然のようにまた口をつけた。

「懲役十五年の判決はわたしたちにとって絶望以外の何物でもなかった。当時、夫は四十五歳。出所する頃には六十よ。わたしたちは二審で何とか減刑を勝ち取りたかった。このマンションや預金を手放してでも夫を取り戻したかった」

　奈津美はぐいと中身を呷った。

「信じなくてもいいけど、本当に愛してたのよ」

　渡瀬は沓澤支配人に見せた写真を奈津美の眼前に突き出した。

「この人物の口車に乗ってしまったのでしょう」

　しばらく写真に見入っていた奈津美はふう、と短い溜息を吐いてグラスをテーブルに置く。

「この写真を持ってわたしに接触してきたのは、どうしてなの」

「あなたたちが浦和インターにあるホテルから出て来るのを目撃した人がいます」

「相当昔の話なんでしょ。そんな証言に果たして信憑性はあるのかしら」

「その証人はあなたのファンで、かつ非常に確かな記憶力の持主なんですよ。それにね、生稲さん。わたしはあなたを責めるつもりで伺った訳じゃない。それが事実なのかどうかを確認したいだけなんです」

「何故」

「この人物を正当に裁いて欲しいからです」

「誰が裁くっていうの。それに二十八年前だったらとっくに時効が」

「人を裁くのは裁判所だけとは限りません」

渡瀬は奈津美の目を真正面から捉えた。

「人は法律以外のものからも糾弾され、そして裁かれます。それはあなたが一番よくご存じのはずでしょう」

「わたしも同じ罪を犯したとしたら」

「あなたはご主人の減刑を願っただけでしょう。人情としてあなたを赦そうとする者は多いはずです。だが、この人物はあなたの弱味につけ込んだ。それは決して赦されることじゃない」

「わたしがこの人と関係を結んだなんて認めると思いますか。不倫なんですよ」

「一審が提示したご主人への心証。新材料もなく圧倒的に不利な二審。ご主人を救うために、あなたはそうするより他になかった。誘ったのも向こうのはずだ。あなたは共犯者じゃない。むしろ被害者なんだ」

奈津美の瞳は逡巡に揺れている。

あとひと押しだ。

「その人物は、その時別の重大な罪も犯しました。そちらの方はあなたを誘惑したよりもずっと重く、深い罪です」

渡瀬は捜査から導き出された推論を披露した。案の定、奈津美は驚愕の表情を浮かべて絶句した。

「わたしが、あなたに確認をお願いしている理由、お分かりいただけますな」

　奈津美はしばらくテーブルの上のグラスに視線を落としていたが、やがてぽつりと呟いた。

「あなたから電話をもらった時には本当にびっくりした。まさか今頃になって、あのことが露見するなんて想像もしていなかったから。だけどよく調べたものね、二十八年も昔のことを」

「義務があるからですよ」

「義務」

「あの時、誰が何を見誤ったのか。何が間違えて行われたのか。関係者として残されたわたしには、それを明らかにしなきゃならない義務があるんですよ」

「刑事というお仕事はそんなに重責なのかしら」

「刑事だからという訳ではありません。人としての義務です。わたしはこの仕事をもう四半世紀もやってきた。相変わらず物覚えの悪い男だが、学習したこともある。それはどんなに過去の出来事であっても、必ず糺さなければならない種類の過ちがあるということです。糺さなければ、また新たな不実や罪が生まれてしまう」

　いつもの駆け引きや腹芸はない。渡瀬は思いのたけをそのまま吐き出した。

　証言しても奈津美には何の得にもならない話だ。説得するには自分の本音を吐露してしまうしかない。

　奈津美は少し呆れたように渡瀬を見る。

「見掛けの割にはずいぶん青臭いことを言うのね」

「物覚えが悪い上に世知も習得できんのでしょう」

「でも、そういうの好きよ。何か懐かしくって。誰にでも、そういう時代があるもの」

奈津美は微笑した。口角を少し上げただけなのに表情が一変してしまうのは、さすがに元女優だった。

「いいわ。あの人と関係したことを認めます。もしそういう機会があるのなら証言しましょう」

「ありがとうございます」

渡瀬は深々と頭を下げた。おそらく証言台に立ってもらうようなことにはならないだろうが、彼を追い詰める強力な切り札になる。

「二審を控えてわたしが悩んでいる時、あの男から連絡があったんです。何とか減刑に導いてやる。その代わり自分の言いなりになれって。ずいぶん悩んだけれど、夫を救済するためには男の申し出を受けるしかなかった」

「しかしそれにしても、どうしてあんな安ホテルを密会の場所に選んだんですか。あなたたちなら都心の高級ホテルの方が相応(ふさわ)しいでしょうに」

「あの男がそれを要求したのよ」

険しい目でそう言い捨てた。

「わたしの自尊心を剝ぎ取ってやるんだと言ってたわ。お前みたいな女を抱くのは、こんな安ホテルで充分だってね。そこでわたしがどんなに屈辱的な行為を強いられたか……あの男は精神がひどく歪んでいました。ああいうところで会ったのは三回だけだったけど、抱かれたことを思い出す度に、身体全部が穢された気がして死にたくなりました」

それだけ言ってから、奈津美は深い溜息を吐いた。胸に溜まっていたものを一気に吐き出したような晴れ晴れとした表情だった。

きっと今まで誰にも打ち明けなかったに違いない。渡瀬はもう一度頭を下げた。

「結局、二審の高裁では懲役六年の判決。弁護側としては大勝利だった」

その後のことも渡瀬は知っていた。既に会社は解散していたが、山本は出所後しばらくしてから再度起業に乗り出したのだ。

だが時期が悪過ぎた。折しも世間はバブル経済が崩壊した直後であり、山本の興した会社はことごとく不況の波に押し潰されてしまった。そして無理が祟ったのか山本自身も病魔に冒されてしまったのだ。

「それでも、この家と預金を少し遺してくれたお蔭で、わたしが路頭に迷うことはありませんでした」

奈津美はダイニングボードの上に飾られた写真立てに手を伸ばす。フレームに収まっているのは山本のポートレートだった。

「生きているうちに告げることは遂にできなかった……でも、わたしがあっちに行って謝ればいいかな」

奈津美は亡き夫と語らい始めたようだった。

もう長居は無用だった。渡瀬は一礼してから部屋を出ようとした。

「ちょっと待ちなさいよ」

「何か」

「あなた、折角出されたワインに口つけただけでしょ」

「はあ」

「せめて注いだ分は片づけて行って。ここまでわたしに白状させたんだから、それが最低限の礼儀じゃなくって？」

「仰る通りですな」

渡瀬はいったん戻り、グラスのワインを一気に飲み干した。


「渡瀬さん」

マンションを出た直後、後ろから呼び止められた。

「おや、どうして課長がこんなところにいるんですか」

「それはこっちの台詞ですよ」

栗栖は怒りを隠そうともしなかった。どうやら途中まで尾行していたが、マンションの中には侵入できなかったので待ち構えていたらしい。

昨夜の堂島といい今日の栗栖といい、ＯＢから現役までが挙って自分を追っている姿は半ば滑稽ですらある。

「課長も大したものですな。尾行に全然気づきませんでしたよ」

「尾行したのは別の班の刑事です」

では、その刑事の連絡を受けて馳せ参じたということか。

「本部長注意を受けたというのに、あなたはまた勝手に動いていたようですね」

「休暇をいただいたので釣りと洒落込んでいただけですよ。もっとも釣れたのは魚じゃなくて課長だったみたいですが」

「ふざけるのもいい加減にしなさいっ」

栗栖は冷静さをかなぐり捨てて渡瀬に詰め寄る。

「手帳や手錠を何だと思ってるんだ。あなたが自己満足のために使っていいもんじゃないぞ。第一、あなたは公務員だろう。公務員だったら上司の命令に従うのは地方公務員法で」

顔を近づけた栗栖は、その瞬間眉を顰めた。

「あなた、昼間から酒を呑んでいるのか」

「休暇だからな。俺だって酒くらい嗜みますよ」

「命令無視の上に、酒食らって捜査か。渡瀬さん。わたしはあなたの人間性はともかく、刑事としての矜持とキャリアについては敬意を払ってきたつもりだ。独断専行にもある程度目を瞑ってきた」

「それはどうも」

「しかしここまで勝手をされたんじゃ組織として示しがつかない」

「組織ねえ」

渡瀬は欠伸を嚙み殺しながら言う。

「その組織とやらを護ろうとして、何人もの公務員が事実の隠蔽に手を貸した。課長、まさかその話を忘れた訳じゃないでしょう」

「大昔の話だ」

「違う。今もそれは俺たちの間に蔓延(はびこ)っている病気だ。自分の組織を護ろうとするあまり、もっとも護るべきものが見えていない」

「組織を保全できなければ、我々は本来の仕事ができないじゃないですか。何をくだらないことを」

組織の論理か。

渡瀬はこの短いやり取りだけで、既にうんざりしていた。

組織防衛、体面を保つこと、司法システムの鉄壁さを国民に知らしめること。

犯罪捜査、そして司法に関わる者がそれに拘泥した結果が数々の冤罪を生んだのではなかったのか。冤罪を生むことが結局は一番システムを崩壊させることに直結するとは考えもせず、その場その場で自分たちに都合のいい理屈を拵(こしら)えていただけではないのか。

「くだらないと思っているのなら、俺のやることなんざ見過ごしてしまえばいい。俺一人が騒いだところで蟷螂(とうろう)の斧だろう」

「どこまで勝手なことを」

「課長、聞いてくれ。確かに組織の面子(めんつ)ってのは大事だ。裁判所は間違わない、検察はミスを犯さない、警察は誤認逮捕なんかしない。そういう信用があるから法治国家が成り立っている。だがな、それは当事者である俺たちの妄想なのかも知れんよ」

「妄想だって」

「この国の人間が求めているのは司法の権威でもなければ鉄壁の組織でもない。安全と安心だ。間違えたとしても柔軟に修正し、決して自家撞着に陥らないという信頼感だ。日本人ていうのは懐が深くできている。大概のミスも時間が経てば水に流しちまう鷹揚さがある。でもな、手前の犯したミスをいつまで経っても認めないような卑劣さは絶対に許しちゃくれない」

栗栖は半ば呆れたように渡瀬を見る。

「今度は上司に向かって説教か。つくづく、あなたという人は公務員に向いていない」

「ああ。それは同感だ」

「これ以上、あなた一人の暴走を組織の長として見過ごす訳にはいかない」

「どうするつもりだ」

「本部長に報告します。今度は内規処分くらいでは済まないでしょう。懲戒処分を覚悟しておいた方がいい」

「そいつはちょっとご免だな。懲戒を食らうと捜査が続行できなくなる」

「まだそんな戯言を言うつもりか」

栗栖は会話を切り上げて踵を返す。

短気な管理職はこれだから困る。渡瀬は腕を伸ばして、その肩を捕まえた。

「まあ、待てよ。課長」

「その手を放せ」

「もう少しなんだ」

「放せというのが聞こえないのか」

「明日にでも迫水殺しの犯人は確保できる」

途端に栗栖の抵抗がなくなった。

「何だって」

「府中署と警視庁の面子が掛かった犯人だ。それをウチが逮捕するもよし、府中署に身柄を渡して恩を売るもよし。どっちにしてもウチに損はない」

「それは、確かなのか」

「俺をあと一日放置していても、本部長の顔を潰すことにはならないはずだ。課長は結果だけ待っていてくれたらいい」

「……本当に一日だけなんだな」

声の調子が一変していた。向き直った顔を見るに、早くも損得勘定を済ませたかのようだ。

「俺の人間性には云々、という話でしたな。それはこちらも承知している。俺が上司でもこんなに使い難い部下はご免こうむりたい。だから性格について信用してくれとは言わない。しかし犯人を挙げることについては、それなりの実績がある。迫水殺しの犯人は必ず俺が引っ張ってくる」

3

「農機具に興味があるのか」

耕運機の傍に屈(かが)んでいると、向こうから辰也(たつや)が声を掛けてきた。渡瀬は立ちあがって一礼する。

「刑事を辞めたら、農家でも始めようかと思いまして」

「やめとけ。百姓なんざいいこたぁないぞ」

辰也はつばの広い帽子を脱いで額の汗を拭う。

「食料自給率の向上が叫ばれている今、第一次産業は大きく発展する可能性がある。最近、そんなことをよく耳にしますが」

「あんたみたいなのは、毎年シーズンになると何人か大挙してやって来るんだ。会社を辞めて、突然農業をやりたいと言い出すヤツらがな」

そう言えば松山(まつやま)那美の夫も同じことを言っていたようだ。

「誰かの下で使われるのが嫌になってそんな風に考えるんだろうが、大抵は碌(ろく)でもないヤツばかりだ。大して興味もない癖に、畑仕事だったら自分にもできると単純に思い込んでやがる。いざ作業を手伝わせてみりゃ、仕事がキツいだの睡眠時間が少ないだの不平たらたらで、ひと通り仕事を覚えた頃にはトンズラする。はっきり言って迷惑この上ない」

「なかなかに手厳しい」

「警察だって同じだろう。誰も彼もまともな刑事になれるとは限らない」

これは自分や鳴海のような刑事に対する皮肉なのだろう。

「仰る通りですよ。人には慣れ不慣れの他に資質というものもありますからね」

「刑事の資質ってのは何だ。いったん疑った容疑者を徹底的に搾り上げることか」

「楠木さんにそれを言われたら何の反論もできませんが……強いて言えば執念、それから懐疑心でしょうか」

「どういう意味だね」

「心証に頼らない。時には提示された物証や、自分自身の判断も疑ってみる。関係者の誰も信用しない」

「何だ。それじゃあ疑ってばかりでちっとも先に進まんじゃないか」

「確かに進み具合は悪いでしょうが、少なくとも拙速に事を進めることは免れる。明大さんの事件を機にわたしが得た教訓です」

辰也はふん、と鼻を鳴らした。

「今日はどんな用事で来た。どうせまた、近所に聞こえたら気まずい話なんだろうが」

「ええ」

「入れ。構いはできんぞ」

「失礼します」

辰也の後について家の中に入る。居間には誰の姿も見当たらない。

「奥さんはどうされましたか」

「朝から奥の部屋で寝ている。体調が思わしくないんでな」

郁子がこの場にいないことで、渡瀬はわずかに安堵する。老いた母親が息子の遺影を前に小さくなっている姿は、何度目にしても居たたまれない。

「認知症というのは怖ろしい病気だな。最初は多少物覚えが悪くなる程度だと思っていたが、ウチのは存外に進行が早いみたいで、最近はどんどん様子が悪くなっている。記憶もな、新しいことから順番に忘れていってるみたいだ」

辰也は溜息混じりに話す。

「人から聞いた話じゃ終いには家族の顔も忘れるらしい。しかし時々、思うことがある。明大のことを忘れてくれたら、少しは救いになるんじゃないかってな。ここ二十数年は、寄ると触ると明大を思い出しちゃあぐずぐず泣き暮らしていたから余計にそう思う。しかし残酷なもんじゃないか。朝食べた飯のことは忘れても、なかなか息子のことは忘れてくれん」

「殴った方は忘れても、殴られた方は忘れない」

「そうだな。明大の場合は殴られ方が酷かったから尚更そうだ。それでも」

辰也はいったん言葉を切る。感情の噴出を堪えるように黙り込む。

「それでも、せめて女房には平穏をくれてやりたい。不幸だけを記憶に刻んだまま死ぬなんて、いくら何でもあんまりじゃないか」

辰也はこちらを見ようとしない。

だが渡瀬は責めが自分に向けられていることを痛いほど知っている。この家に不幸をもたらしたのは自分だ。どれだけの時が流れようと、どれだけ遺族に詫びようと、その事実が消せるものではない。

郁子が死ぬまで明大のことを忘れられないのなら、自分もそのことを忘れる訳にはいかない。冤罪を作ってしまった過去を十字架にして、死ぬまで背負い続けるより贖罪の道はない。

「これは要らぬお世話ですが……最近は認知症専門の医療センターが拡充しています。一度、奥さんを診てもらっては如何ですか」

「本当に要らんお世話だな。それより、いったい何を報告しに来たんだ」

「報告ではなく勧告です」

「勧告だと」

「自首を勧めに参りました」

辰也は、こちらの真意を推し量るような目で渡瀬を見た。

「迫水二郎を殺した犯人は楠木さん、あなただ」

二人の間にしばらく沈黙が流れる。

「冗談で言ってるようには見えないな」

「ええ」

「確かこれは府中署が管轄する事件だったよな。それをどうしてあんたが捜査している」

「迫水殺しが明大さんの事件に端を発している以上、わたしが看過する訳にはいきません」

「管轄違いなら放っておきゃいいものを。それで俺が殺したって？　ふん、親子もろともに冤罪を被せるつもりか」

「前にも言いました。わたしはもう二度と間違えないと」

「いいや。間違いどころかでっち上げだ。今度も事実を捻じ曲げるつもりか。府中署の刑事たちから聞いているはずだ。俺はその男が殺された時刻、田圃で作業中だった」

「耕運機に乗っていらしたんですな」

「そうだ。その様子は近所の連中も見ていたはずだ。それこそ完璧なアリバイじゃないか。それを今度はどんな手で隠すつもりだ。近所の連中が全員、偽証していたとでも言い張るつもりか」

「いや。ご近所は偽証などしていません。楠木家と何ら利害関係のない人間ばかりですからね。偽証したところで、彼らの得るものは何もない」

「じゃあ、俺のアリバイを認めるんだな」

「認めません。あなたはその時間、府中刑務所付近で迫水が出所する瞬間を待ち構えていた」

「どんな屁理屈をつけるつもりだ。人をおちょくるのもいい加減にしろっ」

「ご近所が見たのはあなたじゃない。奥さんだ」

「何だと」

「あなたは奥さんに自分の服を着せ、つば広の帽子を被せた。奥さんはその格好で耕運機を運転したんだ。もちろんあなたのアリバイ作りと知った上で協力した。息子に罪を被せた憎い仇を殺すんだ。奥さんに断る理由はない。つば広の帽子では遠目から人相まては確認できない。しかも奥さんは家の中で休んでいると聞いているから、その姿を見たご近所があなたと誤認するのも当然だった。奥さんが認知症を患っているのは本当だろう。だがカルテでは単独で所沢から府中まで移動することはできなくとも、日常の仕事、たとえば農作業機を動かすことくらいは可能だった」

「まるで見ていたようなことを言うんだな。しかし証拠はないぞ。近所の人間が俺と女房を見間違えただと。それこそ何の立証もできんじゃないか。仮に女房に俺の格好をさせてそれがどんなに似ていたとしても、入れ替わりをしていた証拠がなけりゃただの可能性に過ぎん」

「そうでしょうな。あなたが府中に行く際も顔を隠すなりしていたら、目撃者も望めませんからね」

「ふん、語るに落ちたか」

辰也は傲然(ごうぜん)と胸を反らす。

今から話すことがこの男の虚勢を崩すのだと思うと、渡瀬は目を逸らしがちになる。

「わたしはさっきこう言いました。人には慣れ不慣れの他に資質というものがあると」

「それがどうした」

「人殺しにも慣れ不慣れの他に資質がある。その点、楠木さん、あなたは殺人に慣れてもいないし資質もない。だから犯行も全然鮮やかではなかった。迫水がやったように手慣れた仕事じゃない。素人が散々知恵を絞って立てた計画だった」

「言ってる意味が分からん」

「手慣れた者とそうでない者の違いの一つは凶器の処分です。たとえば同じ強盗殺人を繰り返した迫水は、金品を奪うと凶器と道具は必ず途中で川に捨てた。逃走経路が長ければ凶器を発見するのは至難の業だし、自分で持っているよりも、そっちの方がはるかに安全だからだ。だが、殺人に慣れていないあなたはそうしなかった。途中で凶器を捨てても発見されるかも知れないと怖れた。それに迫水にしても、犯行が発覚するきっかけは捨てたはずの凶器が運悪く見つけられたことだった。息子に罪を被せた男の事件だ。新聞報道に記載されていた逮捕までの経緯をあなたも読んでいただろう。凶器は捨てるもんじゃない。あなたはそう強く思った。だから迫水を殺した後もあなたは凶器を捨てることなく、ずっと携えたまま家に戻った」

「馬鹿も休み休み言え。あの男が殺されたら俺に疑いが掛かることは分かりきったことだぞ。刑事たちが家まで押しかけて来るのも目に見えている。それなのに家の中に凶器を置いておくっていうのか」

「ええ」

「話にならん。あんたも刑事なら、お仲間がどれだけしつこく家探しするかを知ってるだろ。家の中に置いておいたらあっという間に見つけられる。いくら人殺しに不慣れなヤツでも、そこまで迂闊（うかつ）な真似するもんか」

「だから、いったいどこに隠すっていうんだ。捜索のプロを騙し果せるような隠し場所なんて思いつきもしないぞ」

「ええ、誰も思いつきもしないでしょうな。まさか耕運機の部品が凶器になるなんて」

その途端、辰也の表情が凝固した。

「家にある刃物では家宅捜索ですぐに発見される。ホームセンターとかで新しく購入したら店の記録に残る。だから到底凶器には結びつかない部品で流用することにした。盲点でしたよ」

「何を、言ってる」

「前回伺った際、気にはなっていたんです。あの時、あなたは耕運機に乗っていた。そして近づいたら耕運機の機動音が少し耳障りだった。実はここに来るまでに、他の田圃で動いている耕運機を何台か見掛けていたんです。その耕運機の音とあなたの運転している耕運機の音が微妙に違っていた」

「そんなもの、機種によって違うだろう」

「いいや。絶対音感でもないわたしの耳が感知したくらいだから、機械個別の違いじゃない。まるで歯車の一部が空回りしているような不協和音だった。それでさっき、耕運機を調べさせてもらいました」

渡瀬はここを再訪する前に農機具メーカーのショールームに赴き、担当者から耕運機の構造とメンテナンスについてレクチャーを受けていた。だから辰也の使用している耕運機から凶器を探し出すのはさほど難しい作業ではなかった。

「耕運機は田圃を爪で耕す。この爪は緩やかな弧を描いた形で、使い込んでいくと先端が尖って柳刃包丁と似た形状になる。そして畦の硬い場所を耕したりすると刃先が摩耗しやすいので、すぐ部品交換できるように金具でネジ止めされている。案の定、不協和音の原因はそれでした。爪を止めていたネジが緩くなって、八本並んだうちのその一本だけがしっかり固定できていなかったんです。しかもその爪はご丁寧にも、刃の部分が他の爪より鋭く研磨されていた。楠木さん。あなたはその研磨した爪で迫水を刺し殺し、また元の箇所に戻しておいたんです。その際、ネジをしっかり締めなかったから、短時間使ううちに緩んでしまった」

辰也はもう身じろぎもしない。視線を徐々に落として渡瀬を見ようとしていない。

「爪を戻す際に迫水の血は拭き取られたのでしょうが、残念ながら現在の科学捜査では簡単に血液反応を検知してしまいます。指紋もあなたのものしか付着していないでしょうから、有力な物的証拠となります」

二人の間に再び沈黙が訪れる。

不意に、辰也の顔に明大のそれが重なった。

これ以上の詰問は避けたかった。こちらが袋小路に追い詰めるよりも先に、試合放棄して欲しかった。

そして、ようやく辰也はがくりと頭を垂れた。

ゆるゆると上げた顔は憑き物が落ちたようだった。

「……慣れ不慣れか。あんたの言う通りだよ。やっぱり俺には向いてない仕事だった」

「自首していただけますか」

「耕運機に目ェつけられたらどうしようもねえ。我ながら上手い隠し場所だと思ったんだがなあ」

「わたしもそう思います」

「恨むよ、刑事さん」

「えっ」

「そんな怖ろしい目と耳を持っているのなら、どうして明大の時に発揮してくれなかった」

ぐっと胸が詰まった。

「何故、明大の自白が苦し紛れのものだと看破してくれなかった」

「どうしようもない、未熟者だったからです」

渡瀬はやっとの思いで言葉を絞り出す。

「そしてあなたに言われた。わたしが明大さんとあなたたち家族にしたことを一生忘れずにいろと。だから学習しました。もう二度と間違えないように。思い込みや先入観に囚われないように。ご迷惑な話でしょうが、わたしを教え導いてくれたのはあなた方親子なんです」

「だとしたら皮肉なもんだよなあ。あんたは息子の仇だっていうのに、その仇に手錠掛けられるように仕向けちまったんだからな」

「分からないことが一つあります。あなたはどうやって迫水の出所予定を知ったんですか」

「手紙が届いたんだ。差出人不明の白封筒で、中には釈放の予定日と時刻、それと居住予定地が書かれてあった」

那美と高嶋に送られたものと同一のものに違いなかった。

「正直、それまでは俺も女房も割に平静だったんだ。もちろん明大のことは口惜しかったし、真犯人の迫水をどれだけ恨んだか分かりゃしない。しかし迫水も無期懲役の判決を受けた。もう死ぬまで狭い牢獄の中で暮らすと思えば、多少の慰みにもなった。そこにあの手紙だ。読んだ途端、怒りで目の前が真っ暗になった。か、か、仮釈放だって？　無実だった明大が獄中で死んだというのに、罪を被せて知らんふりをしていたヤツが自由の身になるだと。そんな、そんな理不尽があって堪るものかあっ」

辰也は激情に駆られたように声を震わせる。

「ヤツも死ななきゃ到底割の合う話じゃない。郁子も同じ気持ちだった。俺は郁子に言い含めてから、府中刑務所の前で迫水を待ち構えていたんだ。紙に書かれた予定時刻ぴったりにヤツは姿を現した」

犯行時を回想しているのか、辰也の目が異様な光を帯びる。

「ずっと後をつけた。本当のことを言えば刃物を持って来たものの、いざ殺そうって段になって怖気を震っていた。自分に人が殺せるものかと思い始めていた。歩きながら周りをきょろきょろしているヤツを見ているうちに、一度謝ってくれれば赦してやってもいいような気さえし出した。でもな、でもな……ヤツはコンビニで買ったビールを、駐車場の車止めに腰掛けて呑み始めたんだよ。あ、あの野郎の幸せそうな顔ったらなかった。その顔を見た瞬間、頭ん中で何かが弾けたような気がした。明大はもう、あんなに嬉しそうな顔をすることができない。それなのに、ヤツにはこれから楽しめることが山ほど待っている……そう考えると、もう抑えられなかった。俺はヤツが公衆便所に入ると、後ろから近付いていった。周りには誰もおらず、あいつは小便していて振り向くこともできなかった。千載一遇のチャンスだ。きっと明大がお膳立てしてくれたんだと思った。それで、後ろから脇腹を刺した。大して叫びもせずにヤツは動かなくなった。後はあんたが指摘した通りだ」

話し終えると、辰也はぐったりと上半身を倒した。

「今、仰った内容を署でも供述していただけますか」

「ああ。だが、できることならあんたに相手をして欲しいもんだな。同じ話を何度も繰り返すのは骨が折れそうだ。それに」

「それに、何ですか」

「明大の相手をしたのはあんただろう。だったらあんたに取り調べて欲しいな」

なるほど、そういう考え方もあるのか。

「管轄違いなので難しい問題ですが、一応上に掛け合っておきましょう」

「ああ、それから……女房のことなんだが」

「犯行以前に認知症であったことを証明する診断書が既に存在しています。依頼される弁護士がよほどのボンクラでない限り、共犯であることを責められる可能性は少ないように思えます。おそらく府中署も立件は見送るでしょうな」

「そうか。だが、女房をあんな状態のまま一人で置いておくのは……ああ、だから、さっきあんたは専門の医療センターを勧めたのか」

「差し出がましいことを言いました」

するとMe辰也は長い息を吐いた。

諦めとも安堵とも取れる溜息だった。

「なあ、渡瀬さん」

「はい」

「警察に自首する前に、病院に連絡させてくれないか」

4

さいたま地方検察庁の駐車場には乾いた風が吹いていた。

陽は西に傾きかけ、渡瀬の影を長く映す。

「やあ。待たせて済まなかったね」

玄関から現れた恩田は渡瀬を見つけると、快活に笑ってみせた。

「ご無沙汰しております」

「本当にそうだな。県警本部とは目と鼻の先だというのに電話で話すばかりで、顔を合わせるのはずいぶんひさしぶりだ」

　恩田は今年で五十八歳になるはずだ。それにしては髪はまだ黒々としており、颯爽(さっそう)とした歩き方と相俟(あいま)って若々しく見える。

「検事正のお仕事が激務ということは重々承知しています。本日はお呼び立てして申し訳ありませんでした」

「君なら構わんさ。付き合いも長いからな。それにしてもしばらく見ないうちにえらく強面(こわもて)になったな。組対(そたい)の刑事と間違われないかね。いや、これは冗談」

「悪人顔は昔からですよ」

「どこかで飯でも食おうか」

「いえ、それには及びません。今日はご報告に参上しただけですから」

「それは聞いてるよ」

　恩田はさも愉快そうに口元を綻(ほころ)ばす。

「府中署と警視庁が合同で捜査していた事件を、君一人で解決したらしいじゃないか。両方とも渋い顔をしておるそうだよ。犯人逮捕で面目は保ったものの、解決したのは管轄外の埼玉県警なのだからな。表向きは府中署の手柄ということになっているが、お蔭で警視庁は君に大きな借りを作ったことになる」

「運がよかっただけです」

「君のような手練(てだ)れが干し草の山の中から針を探すような効率の悪い手法は採るまい。犯人は楠木明大の父親だったそうだね」

「正確には母親も共犯ですが、府中署は母親の方の立件は断念したようです」

「二十数年越しの殺意という訳か。息子が冤罪を着せられて獄死しているにしても、よくそれだけ憎悪が長続きしたものだ。本件ばかりは被疑者に同情する世論も多いだろうね」

「長続きというよりは熾火だったのですよ」

「熾火?」

「明大の死刑判決が確定し、獄中で自殺したと聞いた時、確かに夫婦の絶望と憤怒は頂点に達していました。しかし、人を恨み続けるには膨大なエネルギーを必要とします。建築業から農業に転職し、自分たちの生活を支えていく中で憎悪を保ち続けることは困難だったと思います。実際、父親は最近まで二人とも平静な状態だったと供述しています。夫婦で嘆き合い、慰め合ううちに怒りの焔が胸を灼き尽くし、やがて白い灰になる。ただしその中心に温度の低い火種を残して」

「ほう。なかなか詩的な表現をするね。しかし結局は父親が凶行に走ったのだろう」

「熾火の中に新たな燃料を投下されたからですよ」

恩田はわずかに眉を顰めた。

「実は迫水殺しでは一つだけ未解決の問題が残っています。それは迫水の釈放予定を、楠木辰也がどうして知り得たかということです。捜査で明らかになったのは、迫水が釈放される十日ほど前、その予定日と時刻、それに次の居住地を知らせる手紙が、迫水に殺害された被害者の遺族である松山那美と高嶋恭司、そして楠木夫婦に郵送されている事実です。刑務所出所情報は限られた関係者が問い合わせをすれば回答できることになっていますが、それでも日時までを伝える訳ではありません。それなのに手紙には正確な予定時刻までが記載されていました。では、手紙の主はどうやってその内容を、そして三人の連絡先を知り得たのか。重要なのは松山那美と高嶋恭司に関しては旧住所に送付されていた事実です。楠木夫婦に関しては一度も転居していないことを考慮すると、どうやら差出人は古い住所の情報しか知らなかったことになる」

恩田は興味を覚えた様子で、渡瀬の説明に聞き入っていた。

「続けてくれ」

「二通の宛先は北海道と浦和市上木崎。その住所は迫水が逮捕された時、松山那美と高嶋恭司が浦和署に申告していた住所でした。これらを併せて考えると、一つの結論が導き出されます。つまり手紙の差出人は刑務所出所情報と捜査資料を自由に閲覧できた人物に限定されます」

「妥当な線だね」

「わたしはその人物があなたではないかと考えました。恩田検事正」

「ほう」

恩田はまるで他人事のようにそう洩らした。

「何故わたしがそんな真似をする。予てより被害者遺族に対するケアが不足しているという世論を受けてのサービス、とでも言うのかね」

「サービスですか。確かに遺族にとってはそういう一面があったでしょう。手紙を読んだ遺族たちは一様に心を動かされたようですから。しかし何でもそうですが、サービスを提供する側もメリットがなければそんな手間暇を掛けようとしません」

「メリット。それはどんなメリットかね」

「結果を考えれば、迫水が遺族の一人に殺害されたという事実です」

「つまり迫水の死がわたしにとってのメリットということか」

「ええ」

「ちょっと待ってくれ。するとわたしは迫水を亡き者にするため、彼に恨みを抱く遺族全員に下手な鉄砲数打ちゃ当たるとばかりに手紙を送ったということか。いくら何でも、それは無計画に過ぎるのではないかね」

「この計画の趣旨は自分の手を汚さず、かつ実行犯が自らの意思で殺人を行うことにあります。三人同時に手紙を出したのは、実行するのが誰でも良かったからであり、更に言えば誰が実行しなくても致命的な支障がなかったからです。用意周到なあなたにとってこれはプランAに過ぎず、もし誰もエサに食いつかなければプランBに移行すればいいだけの話です。だがあなたのことです、もちろん三者が迫水に抱いている怨恨の深さ強さを知悉していたはずです。下手な鉄砲でも一応狙いはするでしょう。そして思惑通り、中の一人が迫水を襲った」

「どうも分からんな。仮にわたしが君の言う通り、三者の誰かに迫水の殺害を託したとしよう。しかし迫水の死がどうしてわたしのメリットになるんだ」

恩田の言葉には余裕が聞き取れた。当然だろう。手紙の差出人が恩田であるのは、ここまでの時点で単なる仮説に過ぎない。仮説に過ぎない以上、これはただの推理ゲームだ。

「では、その疑問にお答えする前に、何故わたしが検事正に目をつけたのかを説明しましょうか」

「選りにも選ってわたしに照準を合わせるんだ。相応の理由があるのだろうね」

「最初に引っ掛かりを覚えたのは迫水と同じ班で働いていた服役囚の話でした。仮釈放が決まった直後、迫水は欣喜雀躍という体ではなく、半ば戸惑い怖れているようだった。これは検事正も納得いただけますか」

「そうだな。懲役が長くなればなるほど、囚人たちは外部への適応力をなくしていく。よくある話だ」

「ところが迫水が不定期に取っていた新聞を読んだ日から態度が変わったというのです。普段の穏やかな仮面が外れ、本来の悪党が顔を覗かせた。その服役囚は迫水が獲物を見つけたんじゃないのかと言いました。それでわたしは迫水が読んでいた埼玉日報のバックナンバーを揃え、隅々まで検索してみたのです」

「因みにそれは何日分のバックナンバーだった」

「仮釈放の決定日まで遡って三週間分ほどありましたか」

「二十一日分の新聞を隅から隅までか。根気の要る作業だな。それで結果はどうだった」

「迫水の起こした事件、並びに楠木の事件に関する記述はただの一語も見当たりませんでした」

「それは骨折り損だったな」

「いえ、成果はありました。たった一つだけ迫水の興味を引いたと思われる記事がありました。それはあなたがさいたま地検の検事正に就任されたことを報じる記事で、あなたの顔写真も掲載されていた」

「おいおい、それこそこじつけじゃあないのか。公官庁関連の就任記事など春の異動時期には珍しいことではあるまい。その中でわたしの記事だけを特定するのは根拠不充分だ」

「根拠はあります。仮釈放が決まった直後、迫水はさいたま地検に手紙を出していましたよね。あなたは御礼状みたいなものだと仰ったが、それならどうして府中刑務所の最寄りの東京地検ではなく、あなたがトップを務めるさいたま地検だったのでしょうか。迫水がわざわざさいたま地検に送ったのは、それが検事正に向けてのメッセージだったからではありませんか」

「穿（うが）った見方だな。しかし彼から届いた手紙の内容は文字通りの礼状で、他に奇妙な点は見当たらなかった。それは以前にも説明しただろう」

「服役囚からの通信は検閲されますからね。しかも宛先が検事正ともなれば滅多なことを書けるものじゃない。だからこそ迫水は当たり障りのない御礼状紛いの手紙を出したのですよ。その文面に関係なく、あなたが迫水の名前を見ただけで彼のメッセージに気づくように。あの御礼状はあなたと迫水だけに通じる一種の暗号文だった訳です」

「そこまでいくと妄想じみてくるぞ」

　恩田は憐れむように言う。

　だが渡瀬はその中に微かな動揺を聞き取った。

「わたしは次にあなたと迫水の接点を探りました。だが迫水の裁判の中であなたは一度も名前が出ていない。迫水は法廷であなたを見知った訳ではないんです」

「だろうね。わたしにも彼の事件に関与した記憶はない」

「二人の生地、出身校、そして知人を当たっても共通項は見つかりませんでした。しかし、迫水の供述調書を再度読み返した時、わたしはある箇所で目が釘づけになりました。それは迫水が久留間夫妻を殺害し、カネを奪って外に飛び出した際の供述です。『隣のホテルから出たばかりのアベックに見られたと思ったんだけど、そいつらを探せなかったみたいだな』。わたしはその時のアベックの片割れがあなたではないかと考えたのです」

「馬鹿馬鹿しい」

　恩田は手をひらひらと振ってみせた。

「妄想の次はヤマ勘ときた。どうやら、わたしは君を買い被っていたようだ。もう少し理詰めでことを運ぶ男だと思っていたのだが」

「確かにそれは勘と言われても仕方のないものでした。だが、そう仮定すれば迫水があなたにメッセージを送りつけた意図も分かるし辻褄も合う。現場から飛び出す迫水を目撃していながら、それを証言しなかったあなたには恐喝される理由になる。何といっても、犯人の目撃者がいなかったばかりに無実の楠木明大が容疑者にされ、冤罪を着せられたのだから。言い換えればあなたが楠木明大を殺したようなものだ。将来を嘱望された検事として、それは決して明るみに出されてはならない事実だった」

「それ以上、失礼な言動を続ければ君を友人のリストから除外しなくてはならない。第一、何の証拠もない」

「証拠は見つけました。それこそ僥倖だったのですが、久留間不動産の向かい側にある〈シャトー山猫〉というホテルに当時勤めていた従業員が、今もまだ勤務していたんです。その従業員は見事に思い出してくれました。犯行の直後、現場隣のホテルからクルマで出て来たカップルを」

　瞬間、恩田の顔から薄笑いが消えた。

「……何だと」

「フェアを期すために申し上げれば、従業員が憶えていたのは助手席に座っていた女性の方ですが、これは位置関係を整理すれば納得できます。問題のホテルから出てきたクルマが道路を左に曲がる。すると犯行現場から飛び出して来た迫水は運転席側のあなたと擦れ違い、逆に向かい側にいた従業員は助手席側の女性を目撃することになる。篠突く雨は視界を遮り、しかも従業員はクルマの行方を追い続けたので、反対側に逃げる迫水を目撃することができなかった。そして運のいいことに、女性は従業員もよく知る有名人生稲奈津美だった」

その名前を聞いた途端、恩田は目を剝いた。意外なことにたったそれだけの仕草で、恩田の印象は邪悪なものに様変わりした。

「当時、彼女の夫である山本智也氏は有価証券報告書の虚偽記載と大麻取締法違反の容疑で係争中だった。記録を確認しましたよ。二審の高裁を担当していた検事はあなただった。わたしは生稲さんに会って事情を訊きました。控訴はしたものの状況はとんでもなく不利で、このままでは山本氏の懲役十五年が確定してしまう。そんな切羽詰まった局面に現れたのが敵方の担当検事であるあなただった。あなたは生稲さんに、法廷で検察の不利になる弁論を進めることを条件に肉体の提供を迫った。徒手空拳で何も頼るものがなかった生稲さんはあなたの要求を呑まざるを得なかった。生稲さんは全てを告白してくれましたよ」

「……それは本当か」

「機会があれば証言してもいいそうです」

「ふん。今更証言したところで誰が得をするものでもあるまい」

「その通りです。誰も得をしない。それどころかあなたは大打撃を食らう。自身が担当する事件の被疑者の妻と関係を持った。そんなことが公になれば身の破滅です。殊に地方検察庁のトップとなった現在では尚更です。だからこそ、あなたは是が非でも迫水の口を封じる必要があった。生稲さんとホテルで一緒だった事実を隠し果す必要があった。たとえその結果、楠木明大という無実の人間に冤罪が着せられることになってもです。あなたは久留間夫妻殺害の犯人を目撃していながら、自分の保身のために楠木明大を見殺しにしたんだ。あなたが犯行現場で迫水を目撃したと証言さえすれば無辜の命を救うことができた。おそらく迫水も恨みを買って死ぬこともなかった。あなたが二人を殺したのも同然だ」

渡瀬はいったん口を閉じた。

恩田がどう反応するかを祈るような気持ちで見守っていた。

尊敬していた人物だった。

岐路で惑っていた時に力強く背中を押してくれた恩人だと思っていた。

しかし、違ったのだ。

今にして思い起こせば、全てのことが反転する。明大の自殺で渡瀬が気落ちしていた際、恩田は励ましてくれた。しかしその時点で恩田は明大が無実であることを知っていたはずなのだ。渡瀬に掛けた言葉は全くの偽善でしかない。

そしてまた迫水から自供を引き出し、明大の事件が冤罪であることを報告した際、恩田は捜査の続行を勧めた。その潔癖さに渡瀬は激しく心を動かされたが、これにも隠された思惑があった。

「迫水の供述内容を知ったあなたは、ヤツに自分の顔が割れていないと安心した。五年前に一度擦れ違っただけだからと高を括ったんだろう。そして冤罪の公表に協力してくれたのは、当時出世を争っていた住崎（すみざき）検事を陥れるためだった。実際、冤罪事件の責任を追及された住崎検事は職権乱用が発覚したことも手伝って降格・左遷の憂き目に遭った。あなたはわたしをいいように扱って、邪魔者を排除したんだ」

渡瀬は恩田に詰め寄った。

ようやく辿り着いた真相だったが、心のどこかで、恩田が軽快に笑い飛ばしてくれることを期待していた。自分の推理の欠点を指摘し、全くの勘違いであることを証明して欲しかった。

だが、次に恩田の吐いた言葉は渡瀬を落胆させた。

「取引をしようじゃないか。君は何が欲しい。地位か、それともカネか」

その顔にもはや尊厳はなかった。

保身と打算に彩られた卑怯者の顔だった。

それで吹っ切ることができた。

「取引はしません」

「清廉を貫くつもりかね。君には何のメリットもないのだぞ」

「検察官や警察官は権力を与えられている。権力を持つ者が真摯でいなければ正義はいずれ破綻する。これはあなたから言われた言葉です」

「もう少し賢い男だと思っていたが、残念だよ。それしきのことでわたしに鉄槌を下せるとでも考えたのか。愚かだな」

ひどく冷淡な響きだった。まるで別人の声のように聞こえた。

だが、これがこの男の本性だった。

「わたしと生稲奈津美の関係を調べ上げたことは誉めてやろう。大した執念だ。しかし二十八年前のことだぞ。どんな罪状を振り翳そうとも公訴時効はとっくに過ぎている。君に冤罪を暴くように勧めた話も美談にしかならん。生稲奈津美を引っ張り出してくるのなら、その前にわたしが君から警察手帳を奪うまでだ。県警内部で君を嫌う者は多い。現在のわたしの立場なら、君を徒手空拳の一般人に引きずり下ろすことなどいとも容易いのだよ」

恩田は微笑みながら渡瀬を誘う。

これは懐柔の笑みだ。

「君は生まれついての猟犬なのだろうな。その資質を生かすには、今の職場に留まるのが一番いい。それは自分でも分かっているはずだ。そしてわたしが検事として優秀なのは君も認めるだろう？　確かに保身に走ったことは認めるに吝かではない。出世競争を意識しなかったと言えば嘘になる。しかし検事としての業務を疎かにした覚えはない。君と同様に社会の悪を憎み、その検挙に邁進してきた。検事正という立場はその正当な評価だと思っている」

「確かに検事正はこの二十数年間、霞が関に巣食う巨悪を何度も暴かれました。度重なる功績を否定する者は誰もおらんでしょう」

「だったら、この件については口を閉じていろ。わたしも君も権力を預かるに相応しい資質と経歴を持っているのだ。沈黙がお互いのため、そして正義の遂行に寄与する」

恩田は言葉を切って渡瀬の返答を待った。

渡瀬は短く息を吐いてから徐に口を開く。

「検事正。法の女神テミスの話を憶えていますか」

「ああ。君にそんな話をしたことがあったな」

「テミスの剣に象徴される権力はいつも正義と一体でなければならない。あなたはそう言った。しかしテミスはもう一方の手に秤を持っている。その秤はあなたの罪をどれだけと量るのでしょうね」

「ふん。テミスの由来などたかが神話だ。とても現代に通用するものではない。そのテミスの秤ですら時代とともに揺れ動き、正義の基準は立ち位置によって左右するではないか」

「ええ。だからわたしは自分なりの秤を持つことに決めたんです。社会の趨勢とも、打算とも、古めかしい法律にも左右されない秤を」

その時だった。

一瞬の閃光が二人を包んだ。

「な、何だ」

突然の変事に恩田が狼狽えていると、駐車してあるクルマの陰から一人の男が姿を現した。

「ちゃんと撮れたか、埼玉日報」

「ええ。この距離ですからね。秋霜烈日のバッジまで克明に撮れてますよ」

尾上はデジタルカメラを誇らしげに掲げた。

「お前は誰だ」

「今しがた渡瀬警部が言われた通り、埼玉日報の尾上という者です。以後、お見知りおきを」

「これはどういうことだ、渡瀬くん」

「わたしたちの会話は全てその記者が録音しています。これが明日の朝刊にでも載れば、おそらくこのネタだけで二週間は保つ。マスコミ各社は狂喜乱舞することでしょうな」

　恩田の顔に憤怒の色が広がる。

　だが、それは見ていて哀れになるだけだった。

「汚い真似をするんだな」

「組織の自浄作用が期待できない時はマスコミの力を利用する。これもあなたから教えてもらったやり方だ」

　これで用は済んだ。

　渡瀬が踵を返すと、恩田が背後から何やら呪詛（じゅそ）の言葉を吐きかけたが、もう聞く気にもならなかった。

エピローグ

霊園の桜は既に八割方が散っていた。

散り落ちた花びらも大半は風が運んでいってしまい、砂利道に残された桜が微かに春の残滓を伝えている。

その中で渡瀬は一人、墓前に佇んでいた。

〈高遠寺家代々之墓〉

この下に高遠寺静が眠っている。

自分に正義の何たるかを穏やかに指し示してくれた裁判官が眠っている。

今日は報告に参りました、判事。楠木明大の事件がやっと終わったのですよ——。

渡瀬は持参した供花を捧げると、改めて合掌する。

恩田検事正が過去に被疑者の妻である生稲奈津美と通じていたこと。そして楠木明大の無実を知りながら、奈津美との密会が露見するのを怖れて沈黙していたことは、早速検察の大スキャンダルとして報道された。本人の自白とも言える録音も公開され、恩田には反論の余地もなかった。いや、反論を試みようとしたかも知れないが、その前に最高検察庁からの審問を受け身動きの取れない状況下にあった。

恩田がさいたま地検のトップであることが逆に災いし、到底内部処理だけで済む話ではなくなった。検察が自ら襟を正すという姿勢も求められている。まだ正式な決定は下されていないが、早晩恩田に対して苛烈な処分が為されるのは火を見るよりも明らかだった。

一方、渡瀬に対する風当たりも弱くなかった。

迫水殺しの犯人を挙げたとはいえ、上司の命令を無視したことは事実であり、しかも検察の人間をマスコミに売ったのだ。日頃の独断専行と絡めて糾弾する者は多く、弁護する者は少なかった。ただし弁護する者の中に県警上層部の人間がいたことが幸いした。結局、渡瀬に下された処分は一カ月の減俸に留まった。行為の是非と結果を考慮すれば、それが妥当な落としどころだったのだろう。

それでも渡瀬の気分は晴れなかった。

自分が浅はかだったばかりに多くの不幸を招いてしまった。その事実は何をしようと覆せるものではない。もっと早く恩田の正体に気づいていれば、迫水が殺されることも、楠木辰也が犯罪に手を染めることもなかった。

つくづく自分は罪深い人間だ。それなのに、なぜテミスは自分に剣を振り下ろそうとしないのだろうか。

静は職を辞することで自らを罰した。静らしい決断だと思った。

だが、それをそのまま渡瀬に当て嵌めることはできない。安月給で地位と呼べるようなものはない。職を辞したくらいで法の女神が赦してくれるとは到底思えない。

まさか一生苦しめとでもいうつもりなのだろうか。いつまでも過去に犯した過ちと流された血に怯え、それでも正義とやらの十字架を背負って延々と歩き続けさせられるのか。

そんな絶望に囚われかけた時、渡瀬は自分に近づいて来る気配を感じた。

振り向くと、供花を下げた若いカップルと目が合った。男の方が渡瀬を見るなり驚いて手を額に翳した。

「渡瀬警部じゃありませんか。どうしてこんなところに」

憶えている。迫水の事件で警視庁から事情聴取にやって来た葛城という刑事だった。

「判事には生前世話になってね。そちらのお嬢さんは彼女かい」

相も変わらず生真面目そうな振る舞いに、つい頬が緩んだ。

葛城の横にいた娘は丁寧に頭を下げた。

「初めまして。孫の高遠寺円と申します」

驚いて渡瀬も腰を上げた。

楚々とした佇まいだが、言われてみれば確かに目の辺りに静の面影がある。

「そう言えば孫娘がいると言ってたなあ。あんたがそうかい」

まさか葛城と付き合っているとは意外だったが、口にしなかった。

「お花、ありがとうございました。おばあちゃんの命日、憶えていてくださったんですね」

円はそう言ってから、自分の持って来た花も墓前に捧げた。

そして葛城と並んで手を合わせる。一挙に客と供花が増え、静も驚いていることだろう。

ふと、渡瀬はこの娘をからかってみたくなった。

「要らんお節介だが、刑事のカミさんは苦労するぞ。考え直してみたらどうかね」

「わ、渡瀬警部」

横で葛城がひどく狼狽えるが、円は初対面の渡瀬に物怖じすることなく答えた。

「専業主婦にはならないです」

「ほう」

「わたし、おばあちゃんのような裁判官になるつもりなんです」

渡瀬はもう一度驚き、葛城の顔を見た。

葛城は照れたように笑っている。

二人の様子を見て、納得した。

そういうことがあってもいいか。

「円さん、だったね」

「はい」

「あの高遠寺判事のお孫さんだ。きっと立派な裁判官になれるだろう。いや、なれ」

「命令形なんですか」

「司法に携わる者は常に自分を律していなければならない。甘えは禁物だ」

しばらくして円はくすくす笑い出した。

「だって、渡瀬さん、おばあちゃんと同じこと言っているんだもの」
「どうかしたかい」

そうか。
判事。あなたは自らを罰した上で、遺すべきものをちゃんと遺したらしい。
俺は、遺せるのだろうか。
そして償えたのだろうか。
「あんたが法衣を着るのを楽しみにしてるよ。それじゃあ」
渡瀬はそう言って静の墓前を後にした。
すると背中に円の言葉を浴びた。
「じゃあ、それまで刑事さんでいてくださいね」
どきりとした。
まるで静に言われたような気分だった。
まだしばらくは償い続けろということか。
渡瀬は一度だけ頷くと、後ろ向きのまま片手を挙げてみせた。

（了）

解説

谷原章介

一行目から終幕まで一気に読み終え、息を吐きながら本を閉じる。中山七里さんの作品を読むといつも悩ましいのが、エンタテインメントの醍醐味と爽快感を味わいながら、そんなふうに楽しんでしまった事への罪悪感。どういう事かといいますと、どんでん返しの帝王と呼ばれる方だけあり細工は流々、いつも気持ち良く物語の奔流に飲み込まれる一方で、そこに通底するテーマを考えた時果たして手放しに面白かったと喜んでいて良いのだろうか、と考えてしまうのです。没頭できないという事ではなく、すればするほど自問自答をしてしまう……いや、自問自答しながら没入しているんです。

僕が中山作品にはまるキッカケになった『贖罪の奏鳴曲（ソナタ）』に始まる御子柴礼司（みこしばれいじ）シリーズでは痛快な法廷劇と主人公が自分が犯した罪と向き合う物語。『セイレーンの懺悔』ではメディアを巡る狂騒劇と法で裁けない悪。そして本書、『テミスの剣』においては冤罪に隠された真相と、人は人を裁く資格があるのかという問い。エンタテインメントと社会的なメッセージ、この二層構造が僕にとって中山さんの魅力です。

もう一つの魅力はもちろん皆さんご存知でしょう、多彩な登場人物たちです。極限の状態の中で彼らが見せるそれぞれの苦悩と選択。彼らは読者の代わりにテーマと向き合い、傍観する者、道から外れる者、煩悶しながら一歩一歩進んでいく者等様々です。その描き方に中山さんの人間への想い、社会への冷静な眼差しが透けているように思えるのです。この『テミスの剣』もそうで、渡瀬が無骨で不器用ながら、丁寧に自己と自分が起こした過ちに向き合っていく様に、僕は惹きつけられました。

主人公の新米刑事、渡瀬は、先輩刑事、鳴海とともにある事件の捜査にあたります。県警一の狩人である鳴海は、順調に容疑者、楠木明大に目星をつけ取り調べを行います。密室で行われる鳴海のやり方に違和感を覚えながらも、共に楠木を追い込んで行く渡瀬。それは明らかにいきすぎた取り調べで、予断で紡がれた筋書きに楠木をはめ込みます。結果、楠木は死刑判決を言い渡され、その執行を前に獄中で自死してしまいます。その数年後、真犯人が逮捕され、冤罪だったことが世間に暴露される……。

僕は職業人、そして子を持つ親という二つの視点から渡瀬を見つめました。

迷いながらも組織の方針に抗えず下した決断が、職業人としての根幹に関わる時、果たして僕はどう責任を取るのだろうか。隠蔽するのか、職を辞するのか、どうする事が最善の方法なのか。そもそも自死とはいえ、そこに追い込んだ片棒を担いでいたのであれば自分が殺したも同じでしょう。そんな責任、どうすれば取れるのか。

僕は仕事の中で、自覚的に人の人生を左右する刑事のような決断をしなければならない事はありませんが、時に難しい判断を迫られる場合もあります。役者として演じる時には演出家や共演者とそのシーンにおいて何が正解かを話し合ったりもします。その選択は自分で選んでいるようで実は外的な要因で選ばざるを得なくなっていることもままあります。考え方や解釈の違い、簡単に言えば皆やりたい事は違うのです。その上予算や時間的な制約でやれる事やれない事があり、芝居の出来も含め全員が納得できるまでこだわり続ける事は困難です。ですがそうだとしても、いざ作品がうまくいかなかった時に自分のせいではないとはいわない。それが職業人としての僕の矜持(きょうじ)です。全ては自分が良しとしたのだから、結果は甘んじて受け止める。

渡瀬がもがき苦しむのは、彼が人の人生を大きく左右するだけの力を持つ立場だからです。

人が人を逮捕するということは、現行犯でもない限り逮捕に踏み切っても、見送っても、過ちかもしれない可能性をはらんでいる。

逮捕すれば事件は表面上、解決するかもしれないが、それが誤認逮捕であれば警察組織、公権力に対する国民の信頼が揺らぎ、逮捕できなければ警察の無能さを糾弾(きゅうだん)されてしまう。疑わしきは罰せずと言いますが、灰色にも限りなく白に近いものから黒に近いものまで、色の階調は様々で『ここまでは許し、ここから捕まえる』という判断は権力を行使する側に委ねられています。正義や正解というものは立場や時期その時の状況で移ろい行く霞(かすみ)のようなものかもしれません。極論を言えば力を行使する側が正しい判断を下したとしても恨まれることもあり得るわけで、警察官という仕事の難しさはそこにあります。人であるのに人を捕まえ裁きにかけなければならない。

答えの出ない過酷な状況で葛藤する渡瀬を、中山さんは丹念に描きます。

本書のタイトル『テミスの剣』はギリシャ神話に出てくる女神テミスから取られています。テミスは右手に力を表す剣、左手に平等を意味する秤を持ち、正義を司っています。ですが我々を守り、裁き、公正な判断を下すのは神ではなく人なのです。人ですから、間違いも犯します。

もしその間違いが他人ではなく自分の身に降りかかったら。

親の視点からすれば、我が子が冤罪で逮捕され自死してしまったらどうするのか。逮捕されただけでも精神的な苦痛は計り知れないものがあるでしょう。子に対する怒りと心配、世間に対する申し訳なさ、それ以上に自分の教育が間違っていたのかと自分自身を責めるでしょう。そして子が自死した後に冤罪だと分かったら。その怒りは筆舌に尽くしがたいものがあるはずです。我が子はどんな想いで死んで行ったのか。その時どんな景色を見ていたのか。自分は刑事を恨めば良いのか、検事を恨めば良いのか、判事を恨めば良いのか、司法機構全体を恨めば良いのか。誰に謝罪されても、金銭的な補償をされても、我が子が生き返る事はないのです。

もし死刑という制度がなければ、我が子は自死するほどの絶望に至る事はなかったのかもしれない。しかし我が子の死にたいして秤でバランスが取れるものは、死以外に何があるのか。

そこに死刑という制度の矛盾を感じます。死がさらなる死を求める終わることのない負の連鎖が……。『死んで詫びをする』。それは我々日本人にとって感覚的にわかりやすいのかもしれませんが、罪を犯した者にとって一番過酷な事は何か。僕の中でまだ答えは出ませんが、犯罪者一人死刑になったとしても贖えない罪は存在します。問題は死刑制度より、いかに被害者を社会として救済するのか、なのかもしれません。我々はいつ不幸が降りかかるかわからない不完全な社会で互いに危険と隣り合わせで生きている。時に問題と直面し、揉め事に巻き込まれる事もあるかもしれません。そんな時、せめて僕は自分の秤と剣を持ちたい。決して立場や時期、その時の状況で揺らぐことのない秤と剣を。

テミスの秤は僕の眼前に、剣は喉元に突きつけられているのだから。

なんてかっこつけたものの現実の社会ではなかなか難しいので、まずは子供と向き合う時だけでもテミスのようでありたいと思います。ただし愛情とユーモアを持ち合わせながら。正論ばかり振りかざすテミスって、ちょっととっつきにくいですもんね。

（俳優）

初　出　別冊文藝春秋２０１３年11月号〜２０１４年7月号
単行本　２０１４年10月　文藝春秋刊
ＤＴＰ制作　萩原印刷

文春文庫

テミスの剣（つるぎ）

定価はカバーに
表示してあります

2017年3月10日　第1刷
2024年1月31日　第11刷

著　者　中山七里（なかやましちり）

発行者　大沼貴之
発行所　株式会社 文藝春秋

東京都千代田区紀尾井町3-23　〒102-8008
TEL 03・3265・1211㈹
文藝春秋ホームページ　http://www.bunshun.co.jp

落丁、乱丁本は、お手数ですが小社製作部宛お送り下さい。送料小社負担でお取替致します。

印刷・TOPPAN　製本・加藤製本　Printed in Japan
ISBN978-4-16-790804-1

（　）内は解説者。品切の節はご容赦下さい。

偽りの捜査線
誉田哲也・大門剛明・堂場瞬一・鳴神響一
長岡弘樹・沢村 鐵・今野 敏
警察小説アンソロジー
刑事、公安、交番、警察犬……。あの人気シリーズのスピンオフや、文庫オリジナル最新作まで。警察小説界をリードする7人の作家が集結。文庫オリジナルで贈る、豪華すぎる一冊。
と-24-70

最後の相棒
永瀬隼介
歌舞伎町麻薬捜査
伝説のカリスマ捜査官・桜井に導かれ、新米刑事・高木は新宿歌舞伎町を舞台にした命がけの麻薬捜査にのめり込んでいく。予想外の展開で読者を翻弄する異形の警察小説。（村上貴史）
な-48-6

静おばあちゃんにおまかせ
中山七里
警視庁の新米刑事・葛城は女子大生・円に難事件解決のヒントをもらう。円のブレーンは元裁判官の静おばあちゃん。イッキ読み必至の暮らし系社会派ミステリー。（佳多山大地）
な-71-1

静おばあちゃんと要介護探偵
中山七里
静の女学校時代の同級生が密室で死亡。事故か、自殺か、他殺か？　元判事で現役捜査陣の信頼も篤い静と、経済界のドン・玄太郎の〝迷〟コンビが五つの難事件に挑む！（瀧井朝世）
な-71-4

119
長岡弘樹
消防司令の今垣は川べりを歩くある女性と出会って……（「石を拾う女」）。他人を救うことはできるのか――短篇の名手が贈る、和佐見市消防署消防官たちの9つの物語。（西上心太）
な-84-1

鎌倉署・小笠原亜澄の事件簿
鳴神響一
稲村ケ崎の落日
鎌倉山にある豪邸で文豪の死体が発見された。捜査一課の吉川は、鎌倉署の小笠原亜澄とコンビを組まされ捜査にあたるが……。謎の死と消えた原稿、凸凹コンビは無事に解決できるのか？
な-86-1

山が見ていた
新田次郎
夫を山へ行かせたくない妻が登山靴を隠す。その恐ろしい結末とは。少年をひき逃げした男が山へ向かうと。切れ味鋭く人間の業を抉る初期傑作ミステリー短篇集。新装版。（武蔵野次郎）
に-1-46

西村京太郎
「ななつ星」極秘作戦
十津川警部シリーズ
太平洋戦争末期、幻の日中和平工作。歴史の真相を探ろうと豪華クルーズ列車「ななつ星」に集った当事者の子孫や歴史学者らに、魔の手が迫る。絶体絶命の危機に十津川警部が奔る！
に-3-52

西澤保彦
黄金色の祈り
他人の目を気にし、人をうらやみ、成功することばかり考えている「僕」は、人生の一発逆転を狙って作家になるが……。作者の実人生を思わせる、異色の青春ミステリー小説。（小野不由美）
に-13-1

似鳥　鶏
午後からはワニ日和
「怪盗ソロモン」の貼り紙と共にイリエワニ、続いてミニブタが盗まれた。飼育員の僕は獣医の鴇先生と事件解決に乗り出す。個性豊かなメンバーが活躍するキュートな動物園ミステリー。
に-19-1

似鳥　鶏
ダチョウは軽車両に該当します
ダチョウと焼死体がつながる？――楓ヶ丘動物園の飼育員「桃くん」と変態（？）「服部くん」、アイドル飼育員「七森さん」、そしてツンデレ女王の「鴇先生」たちが解決に乗り出す。
に-19-2

貫井徳郎
追憶のかけら
失意の只中にある松嶋は、物故作家の未発表手記を入手するが、彼の行く手には得体の知れない悪意が横たわっていた。二転三転する物語の結末は？　著者渾身の傑作巨篇。（池上冬樹）
ぬ-1-2

貫井徳郎
夜想
事故で妻子を亡くした雪籐が出会った女性・遥。彼女は、人の心に安らぎを与える能力を持っていた。名作『慟哭』の著者が、「新興宗教」というテーマに再び挑む傑作長篇。（北上次郎）
ぬ-1-3

貫井徳郎
空白の叫び（全三冊）
外界へ違和感を抱く少年達の心の叫びは、どこへ向かうのか。殺人を犯した中学生たちの姿を描き、少年犯罪に正面から取り組んだ、驚愕と衝撃のミステリー巨篇。（羽住典子・友清　哲）
ぬ-1-4